大地的泉眼

彭 程 著

广西师范大学出版社
·桂林·

大地的泉眼
DADI DE QUANYAN

图书在版编目（CIP）数据

大地的泉眼 / 彭程著. --桂林：广西师范大学出版社，2021.7
（彭程作品系列）
　ISBN 978-7-5598-3771-4

　Ⅰ. ①大… Ⅱ. ①彭… Ⅲ. ①散文集－中国－当代 Ⅳ. ①I267

中国版本图书馆 CIP 数据核字（2021）第 074852 号

广西师范大学出版社出版发行

（广西桂林市五里店路 9 号　邮政编码：541004）
（网址：http://www.bbtpress.com）

出版人：黄轩庄
全国新华书店经销
广西广大印务有限责任公司印刷
（桂林市临桂区秧塘工业园西城大道北侧广西师范大学出版社集团有限公司创意产业园内　邮政编码：541199）
开本：880 mm × 1 230 mm　1/32
印张：9.875　　字数：184 千
2021 年 7 月第 1 版　　2021 年 7 月第 1 次印刷
印数：0 001~6 000 册　　定价：49.00 元

如发现印装质量问题，影响阅读，请与出版社发行部门联系调换。

目录

家国故乡 / 001
消逝了的夏天 / 006
吃小饭馆 / 012
宁静季节 / 019
娩 / 026
大地的泉眼 / 034
地图上的中国 / 045
大事不着急 / 050
尺度 / 055
连续 / 061
停止与开始 / 065
快乐墓地 / 069
40 岁那天的雪 / 076
招手 / 081
对坐 / 085

滚烫的石头 / 091

一个人怎样变得衰弱 / 106

破碎 / 114

物证 / 123

错位 / 131

劳动和幸福在一起 / 137

王子与玫瑰 / 144

回归大地
——怀念苇岸 / 158

高处 / 172

遥望故乡塔 / 182

故乡人物 / 203

身边的人们 / 215

童年乡野 / 230

返乡记 / 249

远处的墓碑 / 265

在母语的屋檐下 / 274

当地名进入古诗 / 286

跋　对生活的感知和表达 / 305

家国故乡

海外的好友又有信来了，行文依旧那般灵动而富有诗意："……在这异国的高秋，像我这样常被认作无忧无虑的人，竟也觉出一缕乡愁了。真想亲眼看看，校园里的乌桕树叶依然彤红如昔吗？"这位大学时的同窗，班上的诗人，现时正在大洋彼岸攻读学位。在那个连国旗上都飘着枫叶的国度里，他却固执地眷念着万里之外，校园里这一片秋色。想来在某个灯稀更阑的静夜，这片红云该飘临过他的梦境吧？

又何须去邦万里，即便只有几个钟点的路途，乡情涌动时，那一份沉重也几欲令人负荷不起了。有位远亲伯父，早年孑然一人来到这座大都市，如今已是子孙成群。家乡早已没有什么亲人，几十年未曾回去过。不料退休以后，这个念头日夜袭扰，又自知难以实现，便常常怅惘叹息。每次返乡归来去探望他时，总被问及种种故乡人事，提到最多的是村前的苇塘，是否依然当年模样。我曾暗笑老人真是脑子不清楚了，几十年岁月风雨改变了多少东西，一处小小苇塘岂能例外？但我不忍道出。为什么要夺去老人这一丝乐趣呢？那是他童年的乐园，回忆苇哨、芦花，摸鱼玩水的嬉戏，抚慰了他暮年的孤寂。

"存亡惯见浑无泪，乡井难忘尚有心。"说出这样沉痛深挚的话，可见乡情是怎样颠连不尽的了！无分老幼，不论远近，我们每个人都是怀乡病患者。乡情缭绕我们的心灵如来去飘忽的微风，如若有若无的乐声。在日常的忙乱中我们浑然若无觉，但乡情却是静静地蛰伏着的，等待着适当的时刻，一句乡音，一包土产，一个我们熟悉的人的消息，甚至，报上的一条新闻，都能使它在瞬间苏醒、跃动，活泼如初春的燕雀。

于是，在那样的时刻，仿佛一幅画面被迅疾地推至眼前，摇曳在脑海的满是家乡的影像了——

是老屋旁那棵气根纵横的老榕树，是村子外那条清亮欢快的小河；是孩童时在里面捉迷藏的青翠一片的瓜地，是稍大些常去攀爬的那道长满酸枣棵的山岗；是夕阳西下时，牧童和水牛暗青色的剪影和晚风中的笛声；是每天早晨，家家茅草屋顶上纠缠着的炊烟，那种好闻的呛人的气味……你的故乡，有小巧的乌篷船，桨声咿呀，渐没入无边的田田荷叶中去了；我的老家，齐腰茂草延展成巨大的绿地毯，风行草偃，神话般现出牛羊片片，像一个遥远的梦境……

在无量数可感可知的形象上，我们停泊着自己的乡情。

仅仅因为它是故乡，这便是恋念的全部根由了。我们有着不少的虚荣，但故里再贫瘠，也想不到怕羞似的去遮掩：不停地走着远路,看看到天边了,却会有什么扳回我们的目光,眺望云烟断处,小如泥丸的故乡。

谁能解释清那种血肉般的关联呢?

因为那里的泥土,蹒跚学步时脚掌亲近过它的潮湿;因为那些粗淡的饭食,喂养成我们今日的身躯;因为那里留下过我们的歌哭悲欢,生命的一部分便撒落在其间了,因为我们来于斯而最终还将返归于斯——最好是叶落归根,让躯体化土,滋养那绵绵青草,岁岁枯荣。最少也要撒落一抔寒灰,当风起轻扬时,便是作逍遥的故里巡游了。最堪怜是天命乖违,乡梦难圆,便只有长歌当哭了。不见一湾浅水曾隔断两岸音尘,不死的是望乡心。"葬我于高山之上兮,望我故乡。"生时求归不可得,只好寄望于身后了。"故乡不可见兮,永不能忘!"最怕是所望终将难遂,那样淋漓的苦痛,纵几万斛海水,也负载不起的。

毕竟我们有福,我们有家乡可望、可想。当天涯孤栖,午夜梦回,旅愁像夜色一样裹人时,家乡便是窗外清明月光,抚我慰我。当我们于危机四伏的困旅中,颠踬、受创,四围尽是摒弃的目光时,只有家乡愿意收养、庇护,让我们像一只受伤的小兽,舔干灵魂的伤口。所以我们是这样地爱着她了。

就像爱生养了我们的母亲一样。

当依凭思绪的驰骋,渐行渐远时,我们便是在接近一个神圣的名字了。

在不久远的昨天,我们总是怀着虔敬肃穆念起她,双唇的每次开合都在胸中播种下叩击。那时在我们的理解中,她是辽阔,是深邃,是无法诉诸语言的神秘。而今天,想到她时心中却充满了宁静——依偎在母亲怀中,享受着她手掌的摩挲,那样一种源于相知相亲的宁静。

她是——祖国。

是因为莱蒙托夫的那首同名诗篇吗?在诗人笔下,他的祖国是这样的一些形象:野火冒起的轻烟,草原上过夜的大队车马,闪着微光的白桦树,堆满谷物的打谷场,覆盖稻草的农家草房……他的目光柔和地抚摸过它们,这些俄罗斯大地上平淡无奇的景物,而心中"浸满了奇异的爱情"。于是感悟便在瞬间完成,仿佛眼前亮过了一道闪电。

就像家乡,祖国从来不正是一些可以感受到的存在吗?祖国,不是一种观念,而是一种实体。是你的春雨江南,是我的秋风塞北,是大漠上蜿蜒的驼队,是渔场里如林的樯帆,是开放金灿灿油菜花的平原,是生长绿油油荔枝树的丘陵,是所有这些形象的延伸、连接、叠印,当它们被连绵地播映于脑海之际,便胜于一切言语文辞。她编织进了无数家乡的形象,所以才那么广阔绚丽。家国之思从来相并而提,可见家乡与祖国,本就是血脉相连的一体。思念故乡时,便是在不觉中爱恋着祖国,这个我们共同的家园了。

于是明白，游子去国，何以总怀揣一抔故乡泥土，去去万里烟波，风雨飘摇，当愁绪涨满如圆月，望家乡便是祖国。这捧生长故国乔木的热土，足以吸收最不堪负载的忧思了。走在碧眼金发的人群中，见到一位同胞，一样的黄皮肤黑头发，一样的染着那块土地的颜色，虽然各自家乡相距遥远仿佛燕宋千里，却仍然相逢如同故旧。在大洋、大陆组成的坐标中，祖国便是家乡。

秋风起时，忆起莼鲈的滋味，江南游子，便要起故园之思了。而祖国，却是寄寓于从须弥到芥子的一切物事之中，天涯海角，时时处处，我们总能意识到它的存在。大到长城黄河，秦宫汉陵，这些5000年古国的表征，小到屋前的一方水塘，村头的一株老树——凡萋萋芳草蔓延到的，朗朗月光照临到的，都令我们想到那个最为亲爱的字眼。

我们如何载负得起这样的幸福呢？

消逝了的夏天

夏天又一次如期到来了。不论是忽然间就变得炎热的空气,还是亮得炫目的阳光;不论是开始浓重起来的绿荫,还是水果摊上新摆出的硕大新鲜的红草莓;都在默默却又温馨地播撒着季节的诗意。想到后面那些交织着骤雨和蝉歌的长长的日子,心上会有一种别样的熨帖。

这个季节我不由地又想起你来了,朋友。

每次想到你时,身后似乎总是晃动着某种夏天的风景,好不奇怪。当然,我们频繁的交往原不受季节的分割局限。同乡更兼同样对文学的痴迷,中学校园里结下的友谊有着说不清的韧性和牢固。毕业后你也分来这个城市,原来靠书信往还连接的空间骤然变得可以用自行车轮丈量了。你我都不肯轻易放弃这样的便利。于是好几个年头的许多周末,我们在香烟、啤酒、花生米和许多不切实际的放谈中挥霍着那段幸福的时光。这时我明白了,为什么对夏天的印象那么固执。那个仿佛没有尽头的季节里,下班后到上床前那段漫长的时光,单身宿舍里的酷热,以及比酷热更难挨过的寂寞,都在驱使人走出房门,走进由冰镇啤酒、轻柔缥缈的抒情音乐和好友间无拘无束的谈天造成的闲适散漫的境界中。在饱尝了成家后的忙和累的今天，才觉出做单身汉时是多么的潇洒无羁和值得怀恋。

但你使我想到夏天，主要还是因为你是位诗人。这个称号今天常会让人哑然失笑，然后用混杂怜悯和嘲弄的眼光上下打量一番。这一点不能不说，今日的许多变动都与它有关。但当年我们是那样狂热地推崇一切与诗有关的东西，诗几乎是我们唯一膜拜的神灵。这中间，你的声音别具一格。你用痴迷般的热情，唱你的自然和季节之歌，其中，最投入最动听的是你对夏天的爱恋。是夏天的热力无遮拦地注入你的躯体了吗？在你那间凌乱得令访者却步的小屋子里，你的诗却让我体味到了真正的才华才能创造出的美好。正午公园里发亮灼人的石凳、黄昏树林中无休无止的蝉歌，风中树叶的喧哗和闪光，暴雨骤来时激起的茫茫水雾……你敏感的触须探遍了夏天的每一个角落，你的诗情像这个季节的雨水一样丰盈淋漓。那天你宣布总有一天你会写出一部关于夏天的杰作，我一点不怀疑，你能够写出。

回忆中，那个夏天是一带汪汪的绿，嵌着湿湿的边。我不知道这个印象是否得之于你的一句诗。

往后的日子渐渐变得干燥了。我们先后走上了人生的一段新路程，恋爱，成家，营造一个小小的巢穴。生活变得实在而琐碎，不敢奢望过去的悠闲了。时间之外，世界也在变，诱惑的声音日渐喧嚣，侵扰着心境的清明。诗越来越遥远了，终于有一天连最迟钝的人都发现了这一点。学不会世人的顺水放舟与时推移，我在心中筑起一道堤坝，守望着缪斯。你更会是这样吧？但从什么时候起，报纸杂志上你的名字渐渐稀落了，有时通个电话，话筒那边的声音常常带了几分委顿倦息，不复往日早晨般的清朗明亮了。这倒也不奇怪。时光慢慢地流逝，它怎能不给每个人身上添加或者减少些什么呢？

后来就到了去年夏天，一个闷热的日子，许久未见的你突然造访。但真正让我觉得猝然的却是你的宣布。你说第二天就要奔赴南方，去那个椰风蕉雨的海岛，安放一种全新的梦想。你的语言干脆果决，对我表露出的疑惑丝毫不以为意，大有壮士一去不复返的气概。你什么时候萌发这一念头的？

还是那家去过多少次的小饭馆，我们占据了临窗的一张桌子。人声嘈杂中，啤酒的醉意又使你话语滔滔不绝，像以往诗友相聚一样。然而这次你的谈吐却全然是非诗的。你慨叹诗人在消费时代的多余而可笑，谁都可以随便轻侮取笑，诗的位置和价值何在？类似的话我也已听过多次，但经你的口说出来，平添了一种惊心动魄的意味。你感叹以前寄情缪斯恍如一场缥缈梦境，而今梦醒，该给自己的双脚寻一条坚实的路了。说到激烈处，你愤激的情绪令人想到某种到了极点的压抑的大爆发。那天你给我看了一首诗，你说这是你的最后一首诗了。我记得，最后几句是这样的：无诗的日子／诗人是一条／随风飘逝的船。

又一个诗人流浪去了。

许多的诗人流浪去了，缪斯的竖琴日渐喑哑，且蒙络了尘土。放眼诗坛，昔日的攒拥化作今天的寥落。冒牌的去了也就去了，他们原本与诗无缘，当初只是觉得这儿有利可图才来的，如今时势变了，有了更大的名利场，更让人眼热心跳，他们迅即转舵。他们的机敏令人叹服，他们总是能走在潮流的前面，等到有一天衣兜里揣了几个钱，他们还会想起嘲弄诗。这些倒无须大惊小怪，诗歌的大树原不是为他们繁茂的。真正的诗人是啼血杜鹃，呕出内心最真挚的情感浇灌诗的根苗。只要有他们坚守劳作，诗的园地就不会寂寞荒芜。这样的诗人应该像钻石一样稀有。我把这样的期许寄托于你。阅历和时光会使你的才能臻于完善，我相信这点。

但你终于也离去了。

我不知道该说什么。惋惜肯定有的，更多的却是悲哀。为你，更为了诗。非诗化已成为这个时代凸显的文化景观，信奉实利主义的人们鄙薄甚至否认物质之外心灵的价值，诗已经退居世界的边缘。然而，这不正是诗人挺身而出的时候吗？他应该明白，抵抗的时刻到了。当拜金主义的狂潮就要荡涤掉灵魂中最后一点纯净时，诗应当成为一堵坚固抗御的墙。诗人，你正是那个砌墙的瓦匠啊。

然而你却离去了。

时代浮躁，大众盲目，诗人你也短视吗？难道清贫的生活真是那样不可忍受？难道我们的勇气、尊严，还有使命感，在物欲面前竟然是那样不堪一击？我们总还有每天的面包和水，足以喂养我们的诗情。诗是我们的终极追求，是超越万物之上的宝贵。除了诗，没有任何东西值得为之献身。这些话你一定很熟悉，它们曾是你激昂的心声。那一口因诗而炽热沸腾的心泉，今天难道冷却干涸了吗？

诗人流浪去了，夏天的歌者关闭了歌喉。洒满阳光的矮松墙，灼热耀眼的石凳，窗前踩得发亮的小径，深夜海水般深蓝的夜空，都感到深深的寂寞了吧？我分明听到今夏的蝉声愈加喧噪了。你去了南方之南，那个太阳的国度，那里天空被烧得镀银一般，那里的毒日头足以烤干人心头的最后一点湿润。那里倒是四季皆夏，但在一片欲望的喧嚣中诗意早已被驱伐殆尽了。诗人，你泅渡在语言与感受的河流中可谓自如优游，但面对布满急流暗礁的商海也能够得心应手吗？

到了那儿不久，你曾写来一封信，诉说新的天地里你的不适：岩石一样冷静现实的算计，冰冷的商业规律。"连笑容都闪现着算盘珠的栗色光泽！"——你特有的诗化语言。你发愿要让自己尽快适应你不喜欢的这一切，为了过上一种富足尊严的生活，然后再去侍弄你的诗之园圃。

你语言的不容置疑甚至感染到了我，一向自认为磐石般岿然不动的内心皈依竟有些恍惚了。但好在这只是瞬间的事情。面对大潮挟人，我庆幸自己尚未轻弃一份清明的理性。一个人一生只能做一件事——你该还记得这句话吧？它出自一位我们共同尊崇的诗人之口，曾给两颗心播种下深深的感动。既然选择了诗，选择了地球上最美好的事情，就意味着要献身牺牲。诗人的使命就是在大地上寻找花朵，他有太远的路途需要跋涉，太多的荆棘需要跨越，他殚精竭虑终其一生，为了走入梦中的花园。他发觉这是一桩一刻不能松懈的事情。一个人一生只能做一件事。其他不过是蛊惑人的谎言，是意志薄弱者的遁词。至于说到尊严……还有什么比血管里汹涌着诗情更使人高贵呢？富足能够带来舒适，但却无法使精神增值。尊严如果不是在心里，还能去哪里停泊呢？你肯定错了，兄弟。

  许久没有你的音讯了。从朋友处辗转传来的消息，有的说你赚了钱，有的则说你落魄苦闷。我更愿意相信后者。我测度你的心情，因为我们曾有着相同的脉跃。一个像你那样的人，一旦走进了诗，就走进了一种宿命。那照亮心底的火苗会轻易地熄掉吗？你一定会时常想到诗、眼泪和爱恋，会痛苦而温情地怀念你的夏天——那阳光的淋漓，那暴雨的豪华，那绿意的恣肆，那蝉歌的热烈。魂兮归来！一个音符自季节的深处冉冉上升。

  夏天会消逝吗？

  我不相信。

吃小饭馆

做记者,满天下跑,称得上行万里路吃百家饭,想想有很多可做谈资的。尤其在吃的一端,因为更邻近人性——告子说过"食色,性也"——每个人都离不开它,自然更容易受到关注。同时人性又有趋远避近的特点,喜欢打探陌生遥远地方的种种。这两方面凑在一起,能引出很多有趣的话题。目前都在谈论饮食文化,沸沸扬扬颇具阵势。一再撩拨之下,不免有些心痒,索性也来凑一回热闹。回想数载浪迹,天南海北,到处雪泥鸿爪,唯有与小饭馆,倒是始终缘分不断。那么,就来写一写它们吧,这些不惹眼招目,却又滔滔者天下皆是的,小饭馆。

谈到小饭馆,心中不由升起一种亲切的感情,像是想到故乡,想到一位熟悉的朋友。眼前呢,也仿佛浮现了一幅模糊却是生动的画面:错落的桌凳,进出的身影,上菜的伙计穿梭其间。背景是弥漫的水汽,黄霭霭的灯光,有种雾也似的情调,伴以挤来拥去的嘈杂的声响,煎炒蒸煮的复杂的气味,带给人一种醺醺然的感受。

这种感受，说得单纯些，便是适意。也是因为职业的关系，曾进出过一些所谓高级的饭店酒楼，其中某些还是带了星级的。果然气度不凡，到处饰以吊灯，铺以绣毯，大理石墙面光可鉴人，彩色音乐喷泉扬起如一阵花雨。开宴了，饮料少不了红绿几色，盛在高级玻璃杯中，给轻柔的灯光映得晶莹迷离；菜呢，更是佳肴美馔纷呈，逗惹人的馋涎。这该是让人称羡的享受了。然而说到底，这还并非"清享"，因为那种悠然忘我的心境，与这等场所无缘。大饭店是都市的脸面，人进到里面，也会不由自主想到自己的形象，变得自爱起来。想一想吧，目中皆是豪华奢丽，四处的镜子映出尊容，侍立的漂亮小姐冲你摆出职业微笑，若是不曾修炼到波澜不起的地步，是很难视若无物的。这环境中有种无形的力，逼迫着你收拾起散漫、随意以及无拘无束的心性，努力扮出一副文明人的派头，望去俨然谨严有君子风了。这是为了虚荣牺牲自由，出让自己以就他人。再者，这等场所的宴集，多出于公事应酬，看上去杯箸交错，个个脸上堆满笑容，倒也融融泄泄，但实际是或者十分拘谨，或者等而下之，揣了一肚皮算计。这般，自然无轻松可言。至于那些声名远播的菜肴，实在也如同时下多数的事物一样，靠的是无所不及的舆论的力量，不过时间更长久些罢了。常常是，很平常的材料，借了某种异想天开的烹制法，或者附会某个典故传说，而拥名自重。一当明白就里，会觉得不过尔尔。少数货真价实的，又往往是简单到家家都能做的，正应了那句话,"真理总是朴素的"。而且,天下酒楼饭店多矣,菜谱上翻来覆去,却无非有数的那些花样。这种种,都来心上,便凑泊成一个不适意。

小饭馆则不是这样。走进去,铺面一二间,桌凳五六张,略讲究些的,再摆两盆花,挂几幅画,便是全部了。它随意却不零乱,整洁得恰到好处。旅人在此歇脚,抖落一身的行尘,容易生出仿佛归家的亲切感。野曲无腔,随兴哼唱,在这里谁也不用想到许多。刚入座,便有满脸和气的掌柜,低眉顺眼的跑堂姑娘,殷勤地嘘寒问暖,或者是半大的伙计,吃得脸上红扑扑的,用着见面熟的亲昵,隔着老远问你要些什么。不一会儿伴着一声"来了"的响亮呐喊,热腾腾的饭菜便摆在你面前,色、香、味,诱惑着你,不禁要耳下陷坑,举箸直取了。

那是真正的诱惑!没有吃过豪华大宴不算什么,但若是不曾泡过小馆子,不曾寄情过那些数目繁多、眼花缭乱的各地小吃,那我真该替你惋惜了。我眷恋小饭馆,一半由于它们,单单是想起来,唇角舌尖,往往就要沁出唾液。天南海北,秦云陇树,饮食也因地而异。好比欲知晓某处民间服饰的特点,须向陌巷远村,访野老农妇一样,汇集了民间味和地方味的小吃,也只有去熙来攘去的小饭馆里,才能得着深永酣畅的品味。几年前去成都,住处比邻饭铺攒聚的春熙路,每到黄昏灯上,便踅入小吃店,依了次序,一家家地吃,每样一二两,只求知味。红油抄手、麻婆豆腐、赖汤圆、钟水饺……麻、辣、烫，吃得舌灼唇热，嘶哈有声，汗落如雨，却不肯停下。直吃得肚圆而归，道旁卖熏肉肠的摊车上，香味浓郁，怕要直渗进脏腑里去。谁能数清蓉城小吃有多少种？一周后离去，唯一遗憾的是未能悉数尝遍。而更远的滇云之游，西双版纳傣家人的吃食，则又使我念念于真正的山野风味了。在景洪飘荡着轻雾的晨市上，我从一老妇人手上接过糯米粑，慢慢地尝着。很像内地的粽子，不过用的是新鲜芭蕉叶，那种植物天然的香气经过蒸煮渗入米中，吃起来清香绵软。还有香茅草烤鱼、竹筒烧饭，也无不以其清远的香味，让人知道调料手艺之上，还有一种远为天然精妙的滋味。那种神韵，最好的碧螺春差可比拟。可惜喜爱野菜茶食的知堂老人① 不曾有过这等口福，不然经他一支笔迤逦道来，又该增添几篇清新淡泊的美文了。一别几年，交通日趋便利，听说大型波音机已可直航，何时可携来些茶山蕉林中的朴野食味呢？

倘能品尽天下小吃，细细道说，该是何等赏心乐事。这当然只可存望，难以企及。但退而言之，几年中车舟倥偬，仅就亲近过的尚属有限的种类言，已足以让我当时迷醉，过后回甘了。天津"狗不理"小笼蒸包，皮酥馅腻，用不着咬，自个儿就渣滓全无了；贵阳街头的汤旺面，拌以猪血杂碎，重放辣椒，吃起来荤辣浓烈，直顶喉咙眼，煞是痛快！而在春天的西

---

① 指周作人。

湖畔，新炖的莼菜汤，颜色嫩绿，口味清淡，无味之味使人流连，像一首隽永的小诗……已矣哉！一支钝笔，难以曲尽个中妙处，小作谈论，不过为证明前言不谬而已，若不加节制地写下去，则不免要为擅此道者所笑了。

"未能抛得杭州去，一半勾留是此湖。"唐朝白居易这样称道心目中的西湖。前面谈到小饭馆的可爱，一半由于小吃，实在也是因为除了甘醴珍馐，小饭馆还能供给别的享乐。食味之外，还有情味、韵味，足以娱目骋心。小饭馆多设在深巷狭街，道旁水侧。这样的所在，最能凸现一地的风光特色，民情人心。旅人到此，不妨放松一下心境，优游从容些，把注意力从箸下盘中分一些出去，常常会收获诗意的情调和感悟。是个夜晚，在西安的一条小巷里，吃热腾腾的羊肉泡馍，耳旁嘈杂着小贩的吆喝声，那古老的声调怕有千年了吧？望得见不远处的古城墙，笼在一片长安月色中，亘古如初，而汉唐往矣。在苍山洱海间的大理古城，吃一种状如耳朵的大米烤制的食品，喝苦苦的沱茶，远望银白的三塔，积雪的峰巅，无边的湖面澄澈蔚蓝。这五朵金花的家乡，仿佛上天格外恩宠，阳光空气将人洗漱得神气清爽。那一缕吊古的幽思，早已给真实的人间欢乐冲淡了。湘西的石板路如《楚辞》一般古老，坐在吊脚楼里，有细眉白脸的少妇进出招呼，喝一碗温软的米豆腐，听下面江上的邈远歌声，不禁要想到沈从文笔下的故事。旁边嚼辣椒灌苞谷酒的汉子，是叫作"牛牯"的吗？你们的剽悍之气，也让我明白了"楚虽三户，亡秦必楚"的道理。妩媚和刚健，在这方水土中，是那般奇妙地结合为一体。而泛舟东下，江南吴越，则是另一种入骨的袅娜。小铺临水，有小船咿呀来去，白墙黑瓦，雨中朦胧一片，几顶花伞，飘动在逼仄幽长的深巷里，"吴娘暮雨潇潇曲"之类的句子，会很容易地跳到你的嘴边。啜着莲子羹，尝着做工精致的小点心，便理解了那么多的古代文人，何以会恋恋此地，"未老莫还乡"了。女人秀丽温婉，男人热情精明，言笑行止，处处显示出一种经过巧妙安排的自然妥帖。至于为客山东，齐鲁古地的真诚，则时时让人想到脚下泥土的气息。曾在泰山脚下的一间村野小店吃过一碗面条，面是现擀现下锅，煮得松软，碗底卧着一只鸡蛋，汤上浮着点点葱花，香油放得多，吃来香气扑鼻，至今难忘。虽是再普通不过的吃食，却很少能做得那么地道，正是所谓真食味在民间。坐等的当儿，笑容忠厚的掌柜递上毛巾，放下碗筷，又有一杯热茶送到手上。多么美丽古朴的人情味啊。唯其是圣人之乡，流风余韵广布，百代之后依然令人感动神往。这是双重的餍足，口腹和耳目，食的品味和心的赏味。此中真意，不是数度亲历，难以体会深微的。

借一支笔，已跑出很远，也该来谈谈所寄身的这座城市。食息在京华，已有10年。屈指数来，在这不算短的时间里，结缘最多的场所，第一是书店，第二就是小饭馆了，足证这种爱好是一以贯之了。这既合于"民以食为天"的古训，又适合马斯洛的需要层次理论。这些且不去管,只是谈小饭馆。北京的风味小吃数量亦极多,又沾了皇城的光,据说不少都是有来历的。但我尝过的有限,说不出多少。这或者也如前面所说,是趋远避近的缘故。经常进出的,不过是就近的小馆子,往往是与一二友人,清酌两杯,薄蔬数碟,看上去仿佛为吃饭来,实际的兴味却在聚谈。尤其是在寒冬,外面呼呼刮着西北风,屋里却温暖如春,围着紫铜火锅,喝白酒,吃涮羊肉,酒酣耳热,兴会亦浓。这实在是北地独有的一种享乐,难怪曾引得郁达夫称道不已。一个人的时候,我喜欢去旁边一家小店,吃卤煮火烧。交上条子,看掌案师傅极麻利地将几只面饼剁成大小均匀的块,扔进一只粗瓷蓝花海碗里,另一只手抄起笊篱,从旁边一口沸腾着的大锅中,捞起肥肠、肺头、油豆腐等倒进去,撒些蒜、姜、辣椒等调料,再浇上一勺勺浓酽的汁汤,立刻就有一股浓香诱人的味道升起。还未及进嘴,喉结就已经连连地上下滚动了。——不再写了,外面暮色方临,趁正值饭时,我且拐进这家小馆子,再大嚼一回吧!

宁静季节

秋天来临时,人会感到很熨帖。走过漫长的夏季,经历了阴雨和暴晒的轮番袭扰,秋日的那一份安详宁静,便容易让人想到最和蔼的微笑,那当然是属于慈祥的老人,譬如奶奶。

奶奶此刻正向这边走来,使得凭窗沉浸在秋日感受中的我,起了这样一种联想。其实,不如说挪动,更为恰切些,毕竟是90岁的老人了。奶奶蹒跚着来到窗前,瘦小的身子便整个沐浴在射进屋子的一片阳光中。从光线的明亮柔和,你能想象到秋天的种种表现:湛蓝的天色,清爽的空气,还有其他众多让人精神愉快的成分。奶奶欢喜地叫了一声,听来多少有些夸张,然后眯起眼睛,无声而长久地望着外边。阳光映着她脸上的微笑,久久不去,仿佛雕刻般富有质感。我欣赏着老人的笑容,她那不带一点矫饰的喜悦像一个纯真的孩子,你会相信笼罩她的阳光同时也照亮了她的心底。90岁老人的笑容里,会有些什么意味呢?

这样的念头也许会被视为某种矫情。但对于我,困惑却是真实的。随着生命被填充了越来越多的日子,爱好悬想的天性也在悄悄地生长，默默无语如墙角的一棵树。既然活着不外是光阴的累积，因而面对生命的那一种质询，便常常落脚到潮水般涌来漫去的日子上。奶奶以其拥有的漫长的生命，自然地，聚拢了我探询的目光。90年生涯，单单这个数字就会让人感叹，又该蕴含了怎样的悬想不尽的深奥呢？这其实并非什么新鲜想法了，我明白，是窗外的秋天使它又一次浮出。金黄色的阳光水一样流淌时，是多么适合思索一些什么啊。

自从加入这个家庭，胸中便萦绕起一种关心，有关奶奶的。若去寻情感的踪迹，大概总脱不开一些形象。是想到漫长的白日，上班人走尽后，奶奶如何面对塞满房间的空寂，听挂钟滴答数点着时光的流逝吗？是在雨气弥漫的夏天，听奶奶讲她遥远的故乡的人和事，看那枯涩深陷的眼睛中渐渐氤氲出梦幻样的光彩吗？面对单调而执拗的暮年生命，你的感觉会变得尖锐而又邈远。

奶奶有福，街坊邻居们经常这样说。看起来也正是这样：在这个四世同堂的家庭里，她享受着三辈人真心的敬爱，照料是无微不至的。每天傍晚，刚上小学一年级的重孙子，回家第一句话就是跟奶奶问好，童音清脆好听。你若是在这时看到奶奶的表情，就会深信奶奶沉浸在幸福之中。笑容像霞光一样在那张衰老的脸上闪烁着。子孙满堂，晚岁无忧，老人还有什么可期望的呢？而知根知底的亲戚，或者乡下老家来的上了岁数的人，会说奶奶老来有福。用词的细微差别，暗示的内容显然有所不同。

好在弄清楚这一切并不需要费什么力气。甚至早在成为她的孙女婿之前,我已经熟知了奶奶的身世。奶奶一生平凡却又饱经风霜。第一次得知她的经历时我曾惊骇不已。一个自小卖给人家的童养媳,一位养育过10个儿女却先后夭折8个的母亲,一位中年丧夫的寡妇,最后才是祖母和曾祖母,一个家族中的老寿星。一条轨迹自遥远的过去延伸到眼前,有着毋庸置疑的清晰。这样的身世,很容易让你联想到人生的某种普遍形式,似乎,这其中的意蕴也是普遍适用的:经过坎坷困苦迎来幸福。挣扎在苦难中,想着将来的某一天,会有福分在等待着,也是悲哀中的慰藉吧。谁都容易得出这样的理解,这样去想,也倒是很能够鼓舞人。

然而,果真是这样一览无余吗?我怀疑。把人的一生交付给语言描述和概括,有时会是一个冒险的做法。在高度浓缩和抽象了的词语背后,你常常只能看到一个框架,而多少鲜活丰满的血肉却被漠视了,冷落了。无情的时光径自匆匆地走动,只是偶尔漫不经心地记录下一些事件,若隐若现仿佛浮出水面的岩石,后来的人们便往往根据这些来把握、评判一个人的生命。这是不是有些轻率呢?在事件的水面之下,还有多少不为人知、默默涌动的潜流呢?

还是说回奶奶吧。依附于真实的形象,思想更易于显露自己。阳光明亮,窗外的老槐树叶子光洁碧绿,秋日有一种凝滞般的静美。奶奶凝视着窗外,这个姿态她可以保持一个钟点。我望着,一时间有些恍惚。背景模糊了,窗外幻化出一片春天雾似的绯红,一片夏日浓重的绿荫,而奶奶却兀自地站立在各个季节。都说回忆是老年的地盘,眼前的情景,是再好不过的注脚了。只是……我的心发紧了:奶奶的回忆里会浮现出什么呢?有一首有名的歌这样唱道:"老朋友怎能忘掉,那过去的好时光……"而好时光却与奶奶的过去无缘。那么,回忆岂不成了苦难的重温?痛定思痛,此刻的滋味,往往甚于当时啊。

  这种担心被证明是多余的。我曾不止一次地惊诧于奶奶讲述往事时的那种语气。她告诉我两个孩子如何因患疟疾无钱求医,一夜之间先后夭折;她回忆酗酒成性的老头子怎样在喝醉后动不动就打她,并在一次大醉后,跌进水塘送了命。有一次她劝我戒烟,我因此知道她曾经有过一段吸烟的经历:寡居的她拉扯几个孩子艰难过活,一次山洪暴发将两间茅屋卷走,食宿两无,一筹莫展,正是从那天起她抽上了她所谓的"愁烟"……她的口气平静、祥和,间或停顿,也是为了想得更清楚些。愁惨如浓雾一样的往事,在讲述中褪尽了喜怒哀乐,听起来仿佛是不相干的别人的事情。这还可以从她的神情中得到证实。这自然让我感到有一些意外和困惑。我有时想,奶奶是不是太老了,对一切都麻木了,才这样无动于衷。时光真的有那样残酷的本领,甚至能够过滤掉人心中最强烈的感情?还是说,生命本身即已被赋予了一种特殊的调节能力,以保护软弱的人类不至于从根本上受到摧毁，以便使之能够走完整个人生路程？

我宁愿相信后者。倒退若干年，我会嘲笑这种想法。怎么能够允许这样消极地看待生命呢？它应该是张扬的，进取的，无所不能的，无坚不克的，它自豪于自身的力量，任何畏缩和收敛，包括些微的疑惑，都是不应该有的。——那憧憬和骄傲的岁月，连同憧憬和骄傲本身，都多么令人怀恋啊。多少年过去，我明白了平心静气的好处。在日子里浸泡过、冶炼过，浓浓地尝到了什么叫无奈，便常有一丝自嘲浮上嘴角，心里却渐渐坦然了。不这样又能怎样呢？没有谁敢夸口自己是彻底自由的。他怎么能够抗衡那种种神秘而无形的力量呢？劫数也好，命定也好，在摈除了种种玄妙荒诞的因素之后，生命的那一份软弱便赤裸裸地展现在眼前。

这样想来，许多萦回心头的疑惑至少是得到一些厘清了。我记起，许多个暮霭初起的黄昏，或者暝色四合的暗夜，奶奶瘦小的身躯深陷在对面的长沙发里，悄无声息仿佛一个虚幻的影子。我望着，脑海里展开她漫长的一生。她曾经同命运有过怎样惊心动魄的搏斗，只是这一切被她的平凡卑微遮盖了，也被流逝的岁月湮没了。与漫长的苦难相比，晚年的幸福只是短暂的一瞬。如果生命有目的的话，那么，几十年的含辛茹苦只是为了这短暂的暮年的颐养？这毕竟是一个可以讲通的解释，虽然代价过于残酷。可是……另一种疑惑慢慢地聚拢起来，让我怀疑刚才的想法了:在为一夜中猝死的两个孩子哭干了眼泪的时候,她可曾想到晚年会有这样的安宁?我怀疑。当时的情形分明是看不到一点光亮的漫漫黑夜,即使她能够用想象中的未来的好日子来宽慰自己,那种安抚也未免显得太虚幻了些,又怎么能够支撑起漫长的几十年的信心呢?我无法窥见那深奥的谜底,它们正仿佛眼前四面围拢而来的暝色。

看来,是应该感谢这个季节了。谁说过的,秋色的明亮澄澈不但抚平人心,也能让思想变得通豁。想来是站累了,奶奶回转身,慢慢地走回自己的屋子。她的脸色那样平静单纯,令我一时间忽然意识到,自己的种种悬想显得有点可笑,不着边际。也许一切本没有那么难解,是人们自己把它搞复杂了。就像日出日落一样,生命也不过是一种简单的事实。你会想到去问一棵大树、一株小草为什么要生长吗?既然获得了,那就要走到底,走完这个生物体所规定的路程,直到踏入无边的虚无和黑暗。平坦也好,坎坷也好,幸福和不幸,说到底只是在某一层面上的意义,而最根本的真实却是要默默地、隐忍地度过人生。只为了这个生命的被赐予。

忽然忆起两句歌词来了——"忍啊,这难忍的无缘长坂／我那咀嚼不尽的／妈妈的微小的人生"。

这是一位东瀛歌者的声音,数年前从一本书上初次读到时,我就牢牢地记住了。这里面有着一道残酷的、无奈的,同时又是悲壮的意味,让刚刚踏入生活、对未来充满憧憬的自己,体验到一种类似从危崖峭壁探头俯瞰般的危险的诱惑。在那个年龄的想象中,这种前景反而增添了一缕诗意的刺激。与其平静安逸地过活,何不如从惊涛骇浪中体验生命的醉意——哪一个青年人不曾这般豪迈过一番呢?但说说毕竟容易得多。等到见识了幻灭,面对过命运的乖戾,而依然持有对生命的信念,那就不愧是勇者了,即便是一种无奈的隐忍。生命本不是在戏台上表演给人看的,何必故意敲锣打鼓制造些声响呢?这个秋日的宁静感动了我,启发了我,再次将目光递送出去。秋色正好,到处弥漫着一种安详、成熟的气息,一种沉静的美的韵味。

娩

已经是第几次拿起笔又放下,这个晚上。将身子向后仰去,竹靠椅发出烦躁的吱吱响声。桌上新打开的一包烟,已经空了四分之一,弹落的烟灰撒在白色塑料布上,撩乱着心境。是个安静的夜晚,只开了小灯,灯光画出了一个淡黄色、很柔和的圆圈,将我连同面前的纸和笔框在里面。曾经迷醉于这个姿势的淡淡的诗意,但此刻它消失殆尽。

脑海里依然一片空白。

没有一处字迹,洁净的稿纸在灯光下惨白,仿佛一张不怀好意的脸。盯久了,绿色方格像一颗颗眼睛,鬼样地眨动着。抬头望窗外,浓稠的夜色中闪烁着霓虹灯的图案。那里该是一处歌厅,有过多的郁积、过剩的精力在狂放或者缠绵的歌喉中被宣泄被释放。离去时,脚步和表情一样舒展轻松。若是有谁恰好从我的窗下走过,瞥见灯影里枯坐的身影,他会怎样呢,在心里暗笑或是扯一个响亮的呼哨?

如果不是自寻烦恼,至少也是不智。不管是哪样都足以让人怜悯。

连我都开始怜悯自己了。耗去了整整一个钟头，仅仅为了一个开头，而期待着的那种感觉依然杳如黄鹤。找到了又怎样呢？后面也未必会轻松多少。为了一个独特些的意象，一个尽可能新颖的比喻，或者，一个错宕的句式的安排，一处回环的语气的布设……至少为了对得住自己，为了不至于过后嫌恶地丢弃像扔掉一块破抹布，多少次我把自己全身心地投进去。仿佛一个孩子，刚刚学会几下扑腾，经不起海的诱惑，不知深浅地跳进去，才发现这一大片水体原来那样难于泅渡。我泅渡在语言之流中，苦于没有舟楫。好不容易游到了岸边，感觉到力气几乎耗尽了。

多少次想掷笔离去了。

然而仍然还是稳稳地坐着，逼迫自己，母鸡孵蛋一样地等下去。像过去多少次经历过的一样，只要有耐心，酬报会在某个时刻降临。会有那样的时候，语句相簇拥着纷至沓来，仿佛闪着光亮，而且发出奇异的声响，争先恐后地向笔下涌流。它来去倏忽，你得尽快捕捉，俘获，纳入一个个方格中。那时你会觉得一支笔远远不够用。而散发着新鲜油墨清香的出版物更是带给你微醺般的喜悦：在你的名字下面，密密麻麻的满篇黑字是你的创造。你会觉得它们仿佛键盘上的一个个键，被心的手指轻轻触摸，就会流出歌声来。

多少次好像下足了决心，但在最后时分终于又转回身。是因为这样一种诱惑吗？

但辛劳和报偿之间，相去也未免太远了。且不说比起搜索枯肠的窘迫，顺畅的流泻总是少数，仿佛露出汪洋水面的几块可怜的礁石，即便那变成铅字打出名字让人羡慕的所谓成功，究竟又有多大的真实呢？竟日的伏案只换得 5 分钟的愉悦，接下来又是新一轮的煎熬，看不到尽头地伸延着，只要你仍然固执地不肯辍笔。我有时想到马戏团里驯养来娱人的猴子，在做出某个让主人满意的姿势动作后，会得到一颗糖果，一块点心，一点小小的奖赏，便觉得自己可怜的成功正仿佛这种情境，有些滑稽，更有几分凄凉。我也是一只猴子，被语言戏弄着，表现是我邀功受宠的手段。但猴子至少不能清醒地识破这个圈套，我却能够。这就更惨。

周围人们个个都很飘逸地走动谈笑，置身那一派悠然闲散中，你会奇怪他们脸上居然也会有皱纹。"干吗活得那么累，潇洒些！"这句话仿佛是当下的季节风。他们高声地说着，神态么自若，以至于让我打消了探询这个词汇的原本意义的念头。谁能怀疑大众呢？既然不想作对，那就跟在他们后面吧。可去的地方多得很呢，哪儿都强似小屋子里的受难。

犹豫过动心过也走出过，但最后总是返回。陪伴一盏灯，一支笔，一沓纸，不变的"三一律"。仿佛有谁在说：你的命运中少不了这幅图案。

于是又一次抓起笔，正襟危坐在灯影里，因为明白了别无选择。

一切都因为那个精灵。我看不见它，却能时刻感觉到它的躁动。它追逐着我，逼迫着我，执拗而顽强。它一次次命令我拿起笔，像暴君役使他的臣民。我极不情愿，却不得不服从。我曾四处张望它的踪迹，在一个寂静的时刻，却发现它原来就藏匿在心中。

并且我念出了它的名字：创造。

多么有声有色的一个词，让人想到天地初始时的一团混沌，想到生命最初的洞穴。我们都从那个洞穴爬出，便宿命般地接受了一份礼品。我们懵懵懂懂地长大，看什么都平淡无奇，任时光的河流载负着，从一处水埠到另一个码头，觉得日子就是这样。但是有一天会忽然顿悟。启示是突如其来的，虽然酝酿也许很漫长。那时就像童话里那道神奇的咒语，一念起，人马上不复是原来的自己。

去创造吧！他听见一个声音在朝他呼喊。

我一定是在那个时候得到这支笔的。我小心翼翼地拿着它，带回我那间狭小阴暗的屋子。从此一支笔支撑起许多的日子。在阳光下，在灯光下，慢慢地写着，只听从自己内心的指令。有时不动声色，有时如醉如痴。白天很喧闹，夜晚很寂静，我用一支笔连接夜与昼，像一尾穿梭于两岸之间的鱼儿。我看见自己的精血慢慢从笔尖流出，流淌成一片黑压压密麻麻的文字。我有时相信我看到了一个人形的物体从字里行间站起来，逐渐地变大,那样子有几分像自己,但显然更加自信和强壮。这当然是错觉,我却宁愿相信它提供的暗示。我在写下文字的同时也提升了自己。

你们用画笔再现世间的色彩的,用琴键奏出优美的曲调的,其实都是我的族类。大家分散在各处,相互不通音讯,却都是听命于同一个君主。像我一样,你们也曾抗拒过,试图保有一份自由,但一旦听出这是自己心的呼喊,你们就变得驯顺了。刚才我看到你们还在蹒跚地学步,转眼间却急不可耐地加入了那场名为创造的赛跑。你们狂热地将自己融入进去,变为色彩,化作旋律。生命明亮在画布上,延伸在曲折的五线谱里。

罗曼·罗兰说过:我创造,所以我生存。

原来只需要一句话,就足以廓清整个昏昧的思维疆域,就仿佛要照亮某个幽暗的墙角,一束阳光便够了。这句话让我沉静了一个下午。我看着窗外,没有风,几株草花微微摇动,那是几只蜜蜂在起落。它们小小的忙碌却也在帮助我完成一次觉悟。为什么要加以限定呢?岂止人类,一切生命不都是以创造为最本质的属性吗?一朵花的开放,一只蜜蜂的酿造,一个婴孩的诞生,不都同样体现着生生不息的意志?创造是它的另外一个名字。生存着,便要创造,不管是自觉还是无意识,不管是肉体还是精神。创造寄寓在生命中,就像箭之于弓,就像弦之于琴。

我还是要庆幸我属于进化最高级的那一个物种,可以选择适宜自己的方式。我拿起一支笔,将它握在手里。握住一支笔原来就是握住自己的生命,那肢体形骸之外看不见的部分。

慢慢地写,字斟句酌。停下,挑拣字眼,再写,再停下。如果思路常常如一沟滞塞的水,艰难地流动,那么手里的笔仍然是一尾鱼——围在词句的美丽的栅栏中,困于意义的幽暗的罟内,左奔右突,一尾不自由的鱼儿。

为什么畅达的奔流稀少得仿佛奇迹?

这才算真正地懂得了那句话:最大的痛苦是语言的痛苦。

向你的痛苦臣服吧,不要抗拒,我对自己说。并且还要会意地微笑,从心里。这是神祇的一个圈套,一个诡计。他应允了创造不再是他的专利,但又不肯爽快地出让地盘。在吞吞吐吐半予半夺中,他维持着自己的一点尊严。他在必须经由的路途中布设下许多绊子,然后躲起来,等着看一场热闹。

于是所有的创造都先天般伴随着某种残酷的意味。你想获取吗?那首先要交付。一个赤裸裸的经济学等式。太缺乏诗意了吧,但正是它孕育了美好,孕育了诗。就像一株只有半尺来高的新出土的树苗,鲜嫩的枝叶带给人喜悦,但它顶破瓦砾岩石拱出地面的艰辛,却并不常被记起。就像动物界某些族类的繁衍,新的个体的产生要以父辈死亡为代价,孕育的刹那伴随着萎谢。就像那一切创造之母——生命的诞生,在地狱般撕裂一样的疼痛中分娩出一个新生命,一颗小太阳,一个希望和未来。

那血光和惨叫一定是为了强调和凸显某种意蕴,使它更接近一个仪式。我在想。

一缕淡淡的笑意浮上我的嘴角。为什么要抱怨呢?因为某个机缘,你分得了一支笔,从此它陪伴你,如影随形。你不喜欢喧嚣,又羞于向外人吐露自己,这时这支笔成全了你。你写下自己的热情和悲哀,梦想和谵妄,开始不过是出于一种幽秘的好奇心,还有一点儿自我表现的愿欲。但是有一天你却发现再也无法放下笔,尽管那引起你恶毒诅咒的写作的艰难,依然缠绕着你。

我对自己讲,这些都是值得的。

这不过依旧是那条铁律的显现罢了。虽然形式不同。可创造的神祇并不曾亏待你。你吃进桑叶,又吐出自己的丝,不多也不少。要是你的那一份果然更难堪些,那分明预示着更多的获取,应该感激才是。你因为使用了一支笔,实现了它的使用价值,拿起它时心中常常会有一些自矜的情绪,殊不知应该感恩的正是你。在多少个恍惚的日子如云如烟般飘散后,这支笔让你感受到地面的坚实。连痛苦都是为了确证。就像有的时候,为了相信眼前的情形并非梦境,我们掐痛自己。

如果没有疼痛……一个怯弱的声音仍在迟疑地发问。

我在一段漫长的时间里也曾享受过彻底的轻松。我无思无欲,乐也融融。我挥霍啤酒也挥霍泡沫般漫来又灭去的日子。

没有人逼迫我做什么，内心深处那个间或让人不安的声音也久已不闻，我疑心它已经喑哑。这样岂不更好？无须劳心苦志殚精竭虑，我躺在时间的臂弯里像一个幸福的婴孩。直到在某一个深夜的梦里，我看见自己飘飞成一只风筝，悠悠飘滑向一大片泥淖。我惊惶醒来，神色迷乱。

原来我的守护神并不曾离去。它放纵我的滑坠而沉默不语，也是一种别具深意的机智。它懂得代价远比空谈更能令人记取。它让我轻飘恍惚地活过，是为了在适当的时间揭穿一个阴谋。当有一天连最劲烈的歌舞也不能触动末梢神经时，它给我看所谓的轻松潇洒后死亡设下的陷阱：空虚正张开两颚准备好一次吞噬……这时它交给我一支笔，告诉我：创造是消灭死。我接过笔，艰涩地写着，很苦很累，却感觉自己正在成长，开放，枝繁叶茂，纷披如一株夏天的大树。

那么，还抱怨什么呢？

大地的泉眼

寒冷寂静的冬夜,不想去按电视机的揿钮而又缺少可倾谈的对象时,逃向文字便成为一桩聊可自适的事情。但这一次手伸向的不是书,而是一本刚刚摆到桌上的崭新台历。它正躲在台灯温馨雅洁的光亮里,很有耐心地等待着即将由它管辖和分割的日子。此刻已是岁末,窗外悄然飘落的一场大雪正用洁白和简练迎迓一个新的开始。

没有想到一次信手翻阅会成为一篇文字产生的契机。随着一个别致而富有诱惑的念头骤然跳上心头,联想之网也迅速地在脑海中架设起来。接下来便是意义的渐次涌现,像泉水从大地的深处汩汩冒出一样。在一个适当的时间我拿起笔,我胸中积蕴的东西在寻求表现。

触动来自台历本上的节气。

惊蛰、清明、谷雨、芒种、白露、寒露、霜降……在我的手指随意的翻动下依次出现了这些字眼。开始并没有引起注意,对我来说它们和上面的月份、日期、星期几一样,不过是一些抽象的标示。但随着它们联翩而至并且轮回成一个完整的四季,我的面前开始凸现一些亲切而模糊的形象。我将目光从纸上移开。像一条琴弦被一根手指拨动,我感觉到胸间某种板滞的东西正在剥蚀、融化,而一种遥远的原野气息却慢慢地鼓胀,渐渐地盈满了。

我该从哪里开始我的诉说呢?

雪把一切都遮掩了,凸起和凹进这样的词汇在这个日子很难被想起来。早上推开门,满眼白皑皑光亮会刺伤人的眼睛。要是深深吸一口气,就会觉得是把一部分冬天都吸进去了。脏腑像被谁蘸了雪擦拭过一样。我说的当然是乡间,最好还是童年。

那样雪地上很快就会排起一行行的小小脚印,绕着一个肥胖的雪人。一定还会有响亮的笑声、叫喊声,和着被脚步溅起的雪粉,飘飘洒洒。但后来的日子却很寂寞了,雪人渐渐消瘦了但坚硬了,落下的灰尘使它看上去混沌而迷惘。

小雪,大雪。窗外皑皑的白色为我的思绪准备好了开端。有这一大片素净做铺垫,我相信足以保持它的纯正。一场飘飘扬扬的大雪,就是一片银屑样的记忆,幻化出童年的天空和大地。

真正理解语言并领受它的魅力,需要一些特殊的时刻。那时，它的朴实和凝练，它的生动和丰富，使得事物仅仅是由于它们，而不是因为自身，才显得容光焕发。洛根·史密斯说过："世界上，究竟还有什么慰藉比得过语言带来的安慰呢？"

语言的魅力常常并不取决于描写的繁复摇曳。有时，倒是一些简约至极的词句反而更能拨动感受的琴弦。我不知道该如何解释这点。或许，它的不加修饰的素朴正像一片无遮无拦的原野，为想象提供了最为宽阔的空间。摆脱了具体狭隘的经验的拘囿，这样的想象最能接近事物的本质，同时散发出浓郁的诗意。

小雪，大雪。想出这两个词来概括一段节气的是聪明人。它把性状和差异、现时和趋向都收容在一起了。你还能找出比这更恰当的表达吗？在纷纷扬扬的背景中时间隐匿了，寂静寒冽袭来无声。

日子过得很快。"冬天来了，春天还会远吗？"在读懂这句诗之前许多年，我们就已经记熟了它。窗外的雪很厚，但用不了几天它便会消融得无影无踪。它到哪里去了？天空和地下有它们的消息。不过你马上会发现，这是另一个季节的故事了。

立春，雨水。春天的降临如同一个童话的开始，这个童话弥漫着湿淋淋的气息。一年中的第一场雨从天上落下来，润湿了、松软了冻结一冬的土地。冬眠的动物苏醒了，纷纷出土活动。惊蛰。这两个字里有着隐隐的雷声，有一种突如其来的，让人心灵生发出愉快的紧缩的东西。

迈进"春分"的门槛，白天就和夜晚一样长短了，就像两间大小形状完全相同的屋子。但很少有人会细心品味这一点，前面几步开外，"清明"正从一片绿意迷蒙中散布着湿润柔和的光亮。说到清明，人们通常会想到清明节，节气在这里第一次成了节日。墓草萋萋，纸幡飘飘，哀思播撒在这一天，好像连绵遥迢的春草。文化传承的力量强大而深厚，不过这种理解显然是后来被赋予的。这个词汇的本来意义仍旧是描述性的，就像字面透露出来的那样充满感觉：天气温暖起来，天空晴朗，草木繁茂，空气清新润泽。清明，这两个字里有水汽氤氲。

这以后，雨水愈发多起来了。这时的雨水是为了唤醒谷物的种子，发芽出苗。谷雨。因为是和收获、生存系连在一起，这两个字显得分外美丽，令人动容。滋润万物生长的雨水，带给我们口粮的雨水啊。

"好雨知时节，当春乃发生，随风潜入夜，润物细无声。"春天的雨水啊，1000多年前让杜甫欢喜欣快的雨水，如今依然飘洒在我们感受的天空。喜悦恒久如初。

诗的最初的源头在哪里呢？

当我们阅读节气时，其实已经是逼近它的边缘了。这一刻，感受向世界敞开，原野的鲜腥气息注入胸中，灵魂感到了微微的悸动。拂掠过它的是自由的风,而风来自大地。

因此诗要向大地叩问。

节气无疑包含了最为原始质朴的诗意,它直接源自大地,就像雨水从天空落下,而未经过过滤和雕饰。它给人看到大自然率真的表情和微妙的灵性。它是大地上轮番上演的戏剧的一幕幕背景。

诗潜藏于大地的深处,节气是它涌现的泉眼。水声汩汩。

春天是萌发,夏天便是生长了。季节的脚步是纵向的,它像传说中的精灵,喜欢沿着作物的秆茎上上下下。关于夏天的节气,我愿意接受这样的想象。

麦子的籽粒饱满了,北方,绿沉沉的麦田一望无际,大地陡然感到了重量。小满。这样的命名意味深长。饱满的籽粒是农业时代人们的梦想,这个词里有着沉甸甸的希望。

风在大地上吹,金黄色的麦浪起伏涌动。成熟和收获的时节来临了。芒种。这两个字指的是麦类等有芒作物的成熟,多么质朴无华。农人的眼光唯有在这一点上才显出精确细腻,你能想象出他们怎样一次次挽起麦穗细细端详。风在丰饶的大地上吹,金黄的麦浪照亮了劳动者的眼睛。哦,亲爱的麦子!

到现在为止发生的一切其实仍然是序幕。夏至来临,我们才正式走入季节的深处。这一日的白昼最长,夜晚最短。太阳选择这一天实施它一年中最长的一次统治,既是预兆,又是象征。紧接着，炎热撒一张巨网，罩住了大地山河，城市乡村。天空和土地的火力毫无遮拦、酣畅淋漓地喷射着，暑气一日甚过一日。炎热炙烤着漫长的夏三月，连绿沉沉的田野，也仿佛是凝固的绿火焰啊。小暑，大暑。念起它们时脸边拂过夏日的热风。

可是还有蝉歌如雨，还有暴雨如注，还有阳光的鞭子凶狠地抽向大地……那么多的节目正在搬演，大自然的威力和魅力在这个季节最为袒露和彻底。我们睿智而善感的祖先，为什么不曾用别的字眼来表达这一种热烈？

小暑，大暑。只是这样的简单朴拙。但无疑它们是对的。这样的字里有着一切：色彩、声音、所有的细节。它们是原色，其余的只是它们的伸延和表现。

当我们一任自己被感受之船载负，沿季节河道顺流而下时，另外一件事情也在悄悄发生。我们透过节气的舷窗向外张望，结果看见了儿时跳跃的身影。好像童话中读到过的，某人不经意间进入了一条时光隧道，于是往昔重现。

没有什么时候比童年更贴近土地。池塘、树林、果园、草场，这些地方在印上我们稚嫩的脚印的同时，也占据了我们的心灵。捉迷藏、戏水、掏鸟窝、摸鱼捞虾……儿时的欢悦深藏在大地上的每一个角落，每一阵微风中都有我们的笑声。

诗就是这样同生命结缘。大地是诗之源泉，童年的心灵最容易受到它的浇灌。许多年后我们在日渐阔大的河流边漫步,涛声浩荡中,我们听得见最初的潺潺和泠泠。

所以返回常常很有必要。时光一往无前,但自由的心灵却可以回溯,回到过去。那里有生命的根。每个人都应适时回去,培一捧土,或者浇一罐水。他会发现,这样他站得更稳。

看看又到秋天了,大地上的故事也掀开了新的一页。立秋的信号在夏天浓绿的襟边打出时,太微弱了,几乎没有人看到它。风还是那样热,蝉声还是那样响亮。

但端倪终于逐渐显露。变凉变爽的皮肤知道气温在降低,变白变硬的小径知道雨水一天比一天少了。这就是处暑。暑气飘散,夏天的背影也慢慢不情愿地隐去了。

再后来,到了夜间,空气中的水分会凝成露珠,缀在紧贴地皮的草叶上,晶莹清亮。如果春天是从天上飘降的,那么秋天则是自地表滋生的。这些日子被称作白露。露珠是大地分泌的泪珠,是对于刚刚过去的那个火热季节的悲悼和祭奠。接下来秋分到了,白天和夜晚再次一样短长,但谁都清楚,从此后路标指着完全相反的方向。从这道后门出去,有一天人们觉出脚下越发寒凉潮湿,发现原来已经走得很远了,周围是被割倒的庄稼和枝叶日渐稀疏的树木。寒露。有几只蟋蟀颤颤瑟瑟地唱出这个调子。

第一场秋霜多半飘降在拂晓前混沌的梦境里。它看上去那样黯淡，凝滞，沉闷，了无生气。对它们产生爱恋是不可能的，因此霜降是一个再平实不过的言说。这个轻描淡写的词汇有意掩盖了许多人们不愿见到的东西，譬如因叶子脱光而露出的褐黑色的树干，譬如连日灰蒙蒙的天空和缠绵冰凉的细雨。

有人很投入地望着田野，进而很落寞地看自己的心，写下一些让人怅惘的句子。这样的人被叫作诗人。诗人的年龄几乎和土地有记载的历史一样长，5000年诗的天空中，布满了他们嘘气凝成的云。秋天降临到人的心上，这就是愁了。在造字的时候，做出这样规定的一定是他们中的一个。诗人是田野最诚笃的守望者，风向着他吹。

这样的人如今越来越少了。人们坐在舒适的沙发上，喝着五光十色的饮料，眼前的大屏幕电视播放着一个个悲喜交集、翻云覆雨的故事。室外，楼顶上巨幅的霓虹灯广告闪烁明灭，歌舞厅里嘶哑的声音随风飘荡。城市里有太多的去处可供娱乐宣泄，人们还有什么理由不满足呢？

就这样，在物质累积的背后也暗暗滋生着贫困。水泥地面和摩天高楼将天空和土地隔绝，机器的轰鸣和流行音乐使人远离鸟鸣和水声。人躲进一个个狭窄的笼子里，什么样的风才能吹到他？人们不再用皮肤，而是靠电视广告里的应季服装，来感知节令的变换交替。没有谁肯去关注最后的雪和第一场雨。感受之水被闸断了，失去滋润的心日益干涸荒芜。

我们获得了舒适，却丧失了诗。我们拥有了过多奢侈的东西，却远离了土地。谁能算得清其间的予夺得失？

100多年前，在那本有名的《瓦尔登湖》里，梭罗记下了这样的思想："每一个人，一年中至少应该有一次，放下手头的劳作，来到一片未受袭扰的田野或湖畔，静静地站上一会儿，直到清新的空气注满他的肺部。"在今天，这些话依然适用。压迫我们的东西，似乎更多更重了。

节气，在这中间扮演什么角色呢？

没有鸟可以单凭一只翼飞。事物栖居于空间和时间的双重维度。如果诗是种子，大地是温床，节气便是风和雨水。每一朵花，每一颗果实里，都藏着一个小小的季节神。

最后一只寒虫噤声时，最后一片枯叶飘落时，冬天的大幕便完完全全拉开了。立冬。标示四季开始的用语都一样平淡，但唯有在冬天，视野中一望无际的单调枯燥，才最能够与这个词的缺乏色彩相匹配。在这样的日子里，只能巴望来一场雪，好给黯淡的底色刷上一层耀眼的白。

小雪，大雪。小雪过后是大雪。但怎么回事？睁大眼睛，眼前依然只有稀薄的阳光和凛冽的风，偶尔飘下薄薄几片雪花，刚刚触到人的鼻息便融化了。看来大自然有时也会开开玩笑，它允诺，但并不急于支付。它在等待合适的时候。

这个日子常常在房檐下垂的冰溜的断裂声中来到，充当伴奏的是西北风的呼啸。冬至。最冷的时辰从这天开始,最长的黑夜也属于这一日。冬天的安眠曲奏响了。在某个弱音或停顿的部分,雪,真正的冬天的雪,无边无际的、鹅毛般厚重而温暖的雪,梦一般飘落下来了。

看雪的人早晨走到户外。雪把一切都遮掩了,凸起和凹进这样的词汇在这个日子很难被想起来。他的鼻子和耳朵冻得通红,嘘气时像一只小烟囱。从仿佛发出脆响的空气中,他听到,两个日子正在走来:小寒,大寒。

孩子们的笑声飞扬起来了,无忧无虑,空旷响亮。但他似听未听。他只是很有兴趣地看着尚在飘舞的雪花,脑海里一些印象、一些画面相互叠加了。他知道,这是去年的雪,这也是明年的雪。

一年就这样过去了。对于大地和岁月,这只是极为短暂的一瞬。一只土拨鼠飞快地从田埂溜过?一只鹰隼迅疾地射向高空?

但在诗人的意识里,时间却模糊了,隐匿了。他看到的只是一个美丽的环,首尾相衔,无始无终。环串起了时间,环因而在时间之外。这个看不见的环上,这儿那儿,像钻石的闪光一样,放射出强大的诗意。这便是节气。音乐,图画,神话乃至历史,在它无穷的循环中渐次显现。

这是真实的吗?再没有一种真实能够和它相比了。读懂了它,一切文字便都索然无味了。这其中什么没有啊:土地、自然、季节、诗。

没有理由不为此感动。大地已将自身向我们敞开,启示是清晰昭然的。

海德格尔说过:人应该诗意地栖居。

最后,二十四节气歌是这样唱的——

> 春雨惊春清谷天
> 夏满芒夏暑相连
> 秋处露秋寒霜降
> 冬雪雪冬小大寒

地图上的中国

在我兼作客厅和书房的那间12平方米屋子的墙壁上，挂着一幅1∶300万比例的中国地图。堆满书籍的屋子很逼仄，相形之下地图显得过大了。地图上，这儿那儿，许多标示地名的大大小小的圆圈或圆点上，被一个更大的圆圈圈住。几位细心的朋友发现了这点，问我，我回答这都是我曾到过的地方。没有人再问，大概都觉得这很正常，和到一个地方旅游要拍照片、买些纪念品一样，是一种纪念。

朋友们的想法没错。但它们对于我有着怎样丰富深长的意蕴，却只有我自己才清楚。

圆圈一律用的是绿色，一种我最喜爱的颜色。每次从一个新的地方归来，我都迫不及待地在地图上相应的位置做上标记。那种心情，像热恋中的青年赶赴一次约会。然后，在几天的时间里，我投向地图的目光会定格在那里，一遍遍地回忆，让思绪温习和抚摸每一个耳鬓厮磨的细节，像一头牛反刍干草。慢慢地，它会和先前画上的其他圆圈一样，移到记忆的边缘和深处，也许很长时间不再去看它想它，但是它绝不会被遗忘，和镂刻在青石上的图案一样。某个时候，当我感受的频道重新向它开放时，所有的美丽即刻会被呼唤出来，展现开来，鲜明生动如同当初。数十个圆圈都曾重复着同样的故事，数十次的重复必定蕴含着一种真义。

　　站在地图前，我看到了什么？那一个个圆圈会让我产生幻觉，仿佛科幻电影里的镜头，被我的目光激活，旋转着放大，化作一扇扇窗口，一些画面、声音和气味次第呈现。苏州，青石街道上足音跫然，水巷桥洞下桨声欸乃，春天雨水的湿味里掺和了栀子花缥缈的清香，而秋天桂花的芬芳却熏人欲醉——我有幸走进了它的两个最美的季节。那个叫作富蕴的边陲小城，钻天的白杨树下，小贩在叫卖阿尔泰山宝石，烤肉的烟雾四处飘散。从山上望去，远处额尔齐斯河泛着深蓝色的寒光。那还是黎明之城景洪淡紫色的晨雾，水田里白鹭悠然漫步，娇小的傣家少女的筒裙旋飘成一朵朵彩云。哈尔滨，是零下20摄氏度的严寒砭骨刺肤，是洁白的树挂和飘洒的雪霰，是凿开松花江的冰层跃入冰水中的冬泳勇士，是夜晚梦幻般的五彩冰灯。上海浦东的东方明珠电视塔，深圳蛇口的缩微世界，也都曾经反复地在我的脑海中播映。我梦想此生能够把地图上的每个地方都画满圆圈，城市和乡镇，矿山和牧场，让双脚亲吻遍它的每一个角落，每一处皱褶。让我保留这一注定难以实现的美丽幻想吧！

　　读地图成了我执着的爱好，从未感觉到厌倦，尽管我远非一个有耐心的人。只因为它的内容太丰富，太精彩，才一次次吸引和羁留了我的目光。这时，一个圆圈又像一条通向过去的时光隧道，等着我穿越岁月层层叠叠的堆积，去时间的彼端感知它的妩媚和灿烂。每个2个字、3个字、4个字、5个字的地名后面，都有着厚厚的一沓电脑软盘才能储存的丰富。读一个地名，便是翻开一册大书，历史是正文，诗文是旁注，物产风俗则是题图和尾花。"杭州"二字，会让人遥想五代吴越国都的繁华，南宋小朝廷的苟且偷安；会让人想起白居易的"江南忆，最忆是杭州"，苏东坡的"欲把西湖比西子"，陆放翁的"小楼一夜听春雨"；让人想起龙井的幽香，杭丝的滑腻，想起绸布伞和檀香扇。每一次阅读都带来发现，每一个发现又都孕育着新的灵感，难以想象会有穷尽的一天。即便最僻远闭塞的所在，也拥有自己的一份光荣。最新被我做上记号的，是武强，冀中平原一个贫瘠的小县，它的县城甚至比不上江南富庶之地的一个乡村。但就在那里，我参观了一处颇具规模的博物馆，丰富翔实的资料，记述着作为全国五大年画之一的武强年画昔日的灿烂，为我脑海里原本模糊的概念填充了丰满的血肉。5000年风的吹拂雨的浇灌，这块古老的、叫作中国的土地孕育了太多的辉煌。只要你愿意，每一个地名都会变成一口永不枯竭的泉眼，涌流出历史和传说，故事和诗篇。

　　目光在地图上漫游，思想也伸向了遥远的地方。这不是寂寞时的娱乐，或可有可无的自遣，而是一门重要的功课，因为我的整个血肉和精神的存在都与它有关，准确地说是与它代表的一片土地有关。每次读它，都是在追溯我情感的源头，探寻我精神的基因。曲阜不只是泰山脚下的一处地名，凉州也不只是今天甘肃武威的古称。前者孕育了孔子和《论语》，一句"仁以为己任"为全中国的士子标举了做人的姿态；后者衍生了那么多被称为《凉州词》的唐代乐府，王之涣的名句"羌笛何须怨杨柳，春风不度玉门关"，教会我感受和言说的方式。我用个人的、诗的方式接近它，它也在用群体的、历史的方式向我走来。这仅仅是那雄鸡形状的一大片版图上的两个点，而960万平方公里的土地上，有着这样的启迪意义的地点，仿佛银河里亿兆的星星，谁能数清了！每个细微的点都连接着宽阔的面，每种现在都通往过去，每一种具体中都蕴含着一般。如果说，文化是一片古老丰饶的原野，那么每一个这样的地名就是一棵茂盛的大树，根系深深地扎入过去，枝叶则荫蔽了今天和明天。它们与我有关，与我年迈的父母有关，还与我上小学的女儿有关。

既然头顶着同一片历史和文化的天空，因此青绿赭黄的地图上的每一个角落，都是我目光的宿营地，心的故乡。这不是滥情，心绪的流荡自有其独特的管道和法则。一首歌曲唱得好："我们都有一个家，名字叫中国。"朴拙的比喻里有着最深刻的真实。当闭塞的广西10万大山开出第一列火车，汽笛声里有我的喜悦。当贵州高原上一位贫困母亲为无钱给孩子交学费伤心抽泣,眼泪中也有我的辛酸。新疆腹地喀什噶尔维吾尔族人的歌声和我有关,西藏雪域布达拉宫前飘扬的经幡和我有关——虽然我尚未能在这些地方画上圆圈。土地宽阔,车辙纵横,我的足迹所及只是少数,但并不妨碍我用心抚摸它的全部。天空是连接的,道路是连接的,此地的风会在彼处的水面上拂起涟漪。

读地图,已经成为我不肯割舍的习惯和爱好。心醉神驰中,感悟也源源不断。我把它当作一堂没有期限的课程。它既寄托了对丰富广阔的生活的向往,又是我和自己对话的方式,更是对母语和国土的一种注目仪式。它时时提醒我,让我知道我的心的疆域,我行走的姿态,我的信仰和爱情的起讫,我忠诚和献身的方式。让我终生学习这一功课吧。

大事不着急

悖论常常反映了事物的本质，世界的真正的模样。庄子笔下的樗树，树干臃肿，枝条卷曲，完全不合乎工匠的要求，因而得以免遭斤斧，自由生长。格拉斯的《铁皮鼓》中的主人公奥斯卡，也正由于是鸡胸驼背的侏儒，在"二战"的炮火中，才成功地躲过了好几次性命之虞。

有一天我忽然想到一句话：大事不着急。

什么事让我们魂不守舍、心跳加快、血流加速？一篇一个小时内就要交稿的新闻特写，报纸就等它付印了；火车3分钟后就要开了，还未到检票口；内急得快憋不住了，却到处找不到厕所……那个时候，那件事就是整个世界。但很快，世界又完整如初，在那件事情做完后，它甚至丝毫不再被想起。它们是急事，但不是大事。

真正的大事是不着急的。开凿一条运河，建造一座城市（罗马不是一天建成的），绝对着急不得。修筑长城用了几个朝代。有意思的是，卡夫卡在《万里长城建造时》中，将之作为一个隐喻，表达其目标永远无法达到的思想。长城形体的巨大，恰好对应了人类生存的永久的、可悲的困境。从甘地到曼德拉，大事也在另外的维度上展开。让一片土地挣脱桎梏，一个民族当家做主，也远不是几番声明、几次集会能做到的。答案在一双从南到北丈量印度半岛的光脚板里，在那一架手纺车的转动中（我们都见过那张著名的甘地纺线的照片）。它纺织着次大陆的棉花，也纺织出一幅独立的梦想。答案还在罗本岛上的那间单人囚室中，室内，30多年的阴暗潮湿，室外，30多年的潮涨潮落。普通人的个体生命当然无法和这些丰功伟业相比，然而平凡的一生中但凡称得上重要的事，也都是耗费时光的。把一个热爱的女人追成妻子，不是一朝一夕的事；将孩子从一团粉红的肉养育成高大的少男少女，还要小心不让他或她学坏，要多少个寒暑的操心劳神。

　　大事有时甚至和体积、数量这些空间范畴并无关系，而表现为一种深刻和纯粹，但大事却注定了和时间结缘。大事不是即时的催逼，而是长久的压迫。是一种苦乐交织的厮守，灵魂纠缠不去的负担。如果它受到阻碍，那是钝物割肉的疼痛；如果它获得进展，那种喜悦也该像啜饮一杯清茶，而不会是大汗淋漓时痛饮冰镇汽水的畅快。它脱离了庆典、仪式的短暂和喧哗，而和日常的生活相依相偎，也因此具备大地的品性。真正的大事不事张扬，就像真正的劳动者不炫耀掌心的老茧。大事是以工作为发端的一条直线，抵达它的距离很长，它所能延伸的距离就更长，就像夕阳光里，大树和它的影子。它的光荣镌刻在时间里。

不着急,不是不能着急,是着急不得。当然,我们也熟悉这样的话:"一万年太久,只争朝夕。"它表明了一种进取态度,张扬了主观意志,但仅仅靠它是不够的。大事的本质决定了我们应采取的态度。大事既然是卓越的,超常态的,就需要更多的悟性、心智和体力,更深入、更持久的劳动,而这些是着急不得的。它是百年老树,而非那些速生的、用来做一次性筷子的树种。它的长成需要更多的阳光、风和养料。它有着自己的节奏和周期。佛经称"三界无安,犹如火宅",情境够危急的吧?但欲求解脱,还得靠修行,而修行是缓慢的功夫。菩提树下佛祖的正觉是一个伟大的寓言。

我想谈谈诗,还有文学。它们是精神生活的大事。

记述这样的"大事记"得用上数字:歌德写《浮士德》花了60年,曹雪芹创作《红楼梦》耗去的是一生。普鲁斯特用最后20年的时光,息影绝交,在厚重的窗帷隔出的阴暗和寂静中,达成了与时间的和解。《追忆逝水年华》,一个开放在时间深处的花园,芳馥幽雅,同时却具备了最为坚固的金属的性质。几个世纪后,一定还有人在它的旁边,徘徊流连。通过同时间最紧密持久的拥抱结合,作家连同作品得以超越时间,存在于时间之外。

里尔克写道:"我们应该以一生之久,尽可能那样久地去等待,采集真意与精华,最后或许能够写出十行好诗……为了一首诗我们必须观看许多城市，观看人和物，我们必须认识动物，我们必须去感觉鸟怎样飞翔，知道小小的花朵在早晨开放时的姿态。"

大事需要纯朴憨厚的心灵，坚信和虔诚，毅力和耐心，与时间的相守相忘。诚笃朴拙比机敏灵巧更值得称颂。大事的尺度是时间。然而我们这里多的是速度的大师，数量的模范，蔑视价值是必要劳动时间的凝结。他们争先恐后，一星期看不到自己印成铅字的名字就着急，一年没有新著出版就怀疑自己堕落了，他们本来也许是想做大事的，却不知不觉把大事做成了急事。

帕乌斯托夫斯基的散文集《金蔷薇》，是对作家的劳动的生动表述。一个巴黎的贫穷清洁工，多年中收集首饰作坊里的尘土带回家，因为里面混杂了极少量的金屑。每天，他筛出尘土，留下一点点肉眼几乎看不到的金屑。岁月流逝，金屑积少成多，终于铸成了一枚金锭。清洁工请人将它打成一朵金蔷薇，要送给一位他一直关心的、不幸的女性。作家在文章最后写道：这朵金蔷薇或多或少便是我们创作活动的写照。相信每一部小说，每一首诗，每一篇散文，只要具有足够的纯正，在其完成的过程中都有这样的图式。

还是里尔克说过，"不能计算时间，年月都无效，就是十年有时也等于虚无。艺术家是：不算，不数；像树木似的成熟，不勉强挤它的汁液，满怀信心地立在春日的暴风雨中，也不担心后边没有夏天来到。夏天终归是会来的,但它只向着忍耐的人们走来……""如果春天要来,大地就使它一点点地完成"。(《给青年诗人的十封信》)

尺度

辩才无碍的哲人也会有遭遇窘困的时候。苏格拉底曾这样给人下定义：无毛双足的动物。于是有好事者将一只鸡拔光了毛给他看，问这是不是人。苏氏是否因表述不当贻人口实而沮丧，已经不可查考，但这个定义委实欠缺周密。它只描述了人的外部生物属性，没有考虑人之为人的社会属性。而后者才是人区别于动物的根本特征，是最重要的、不可或缺的衡量尺度。

对绝大多数的人物、行为、事件，在绝大多数情形下，有两个字是躲避不开的：尺度。尺度与事物如影随形。尺度描述、判断、界定事物，为之贴上形形色色的标签。无法想象没有尺度的存在物，虽然可能因为时间、空间等种种因素不同而形态各异。古人如此称道女人的美丽：增之一寸则胖，减之一寸则瘦。美丑妍媸的区别具体化为可以度量的准确尺寸。今天的选美，"三围"达标是必需的前提，适量智商是宜人的花絮。这当然只是举例说明而已。几乎每一个领域、一切事物，都要通过尺度的介入、参与而存在、运行，自足自立。尺度仿佛电脑中的驱动程序，驱动的是现实人生的运转。这实在是一个魔幻式的空间，虽然我们因熟视无睹而感觉平淡无奇。

驰骋一番想象，像波德莱尔在巴黎大街小巷徜徉一样，让思绪的脚步迈过城市一日的寻常生活。早上，把孩子送进学校，期望他作业全做对，考试得高分。老师的好评、三好生的奖状是衡量成绩的标尺。它决定了孩子的未来，也决定了自己在别的家长面前是脸上有光还是臊眉耷眼。进了单位，应该努力工作，不出纰漏，让同事认可、上级赏识，得到提升，这正是社会意义上成功的尺度。到对口单位联系工作，对方出来接待的人，必定级别相当——一种被称作"对等"的标准派生出了相应的游戏规则。中午休息时去农贸市场闲逛，摊主殷勤推销，旁边媳妇在低头点钞，一天的收获如何，净赚多少，比什么都来得要紧。下班回家，老父亲正和一帮老人在楼下小花园里健身。健康，长寿，是眼下他们第一位的话题。一天忙碌终于结束，躺在床上却感到一些迷茫：这是我希望的生活吗？如果是，为什么惶惑？如果不是，应该是什么样子？这种思索绝大多数情形下是没有答案的，但你得承认，此时你是引入了一种新的尺度，哲学的或是美学的。

尺度具有相对性。在一种人群、一种环境中被视为天经地义的，换一种背景来看，可能就匪夷所思，莫名其妙。环肥燕瘦，大相径庭，但不妨皆成美人——在不同时代不同的调焦镜头之下。君临无边无际的想象王国的作家在那厢悲壮地叫喊

"不创作毋宁死",而另一边,浸润了实证精神的科学家会奇怪,如此虚幻的勾当何以让人付出整个身心?这时尺度之不同简直成为一道墙垣了。不同的标准有主观的、神秘的、不讲道理的一面,却又是真实存在的,被奉为圭臬的各方信仰膜拜,所以这个世界上才会有那么多的隔膜、误解乃至对抗,小到一个家庭中长幼辈之间的代沟,大到亨廷顿所谓"文明的冲突"。这些都印证了一个论点:世界是由我们的看法组成的。

人生是一次演出,不同的人物被分派扮演不同的角色,遵循不同的尺度,采用与之相适的行事方式。做帝王或是跑龙套,扮相当然不同。这属于最基本的游戏规则,轻易不会被打破、混淆。春行夏令,牝鸡司晨,越俎代庖,都是要不得的。陈凯歌的影片《霸王别姬》里的旦角程蝶衣的悲剧,就在于他将戏中的情境代入现实人生,造成脱榫错位。但话又说回来,即便是同一个人,行为也常常会改变,其程度有时甚至比换肾换血还要剧烈。对于当事人而言,剧变或巨变是由于更换了一种标准。放下屠刀,立地成佛,是因为尺度由嗜血大变成为慈悲。我认识的一位商人,驰骋商场日进斗金,忽然迷上了园林设计,不是投资,而是亲自操练,从此沉湎日深,终至改弦易辙,上演了一出法国后期印象派画家高更的中国当代版。几年后再见,言谈之间变得悠远淡定,与昔日的机敏过人相比判若两人——新的职业并不需要那种玲珑和伶俐。同样,一个曾被公认为十足书虫的同学,因为学而优,更因为偶然的机遇而致仕，曾让大家为之捏一把汗，但几年历练下来，却也进退应对得合辙合式，令人刮目相看。面对旧友的调侃，其话语间也不由流露出当年何以那般冥顽的自嘲。这些既足证人的潜力的巨大，又足证尺度的十分了得。人生历程是时间的延伸，也是不断调校、新建尺度的过程。爱好、喜恶、价值观……一把把标尺在无形中挥动，不断地调整、收放、丈量，好像洗牌，不同之处是节奏舒缓，在时间的广漠背景中慢慢地展开。

尺度具有普泛性，但也不时会有意外，仿佛当今赛事的频爆冷门。以木桶为家的古希腊哲人第欧根尼，对前来探望的亚历山大皇帝的唯一要求，是"不要挡住我的阳光"。当代语言分析学派哲学家维特根斯坦放弃巨额的家族财产，因为它们妨碍了他的哲学思考。明代公安派代表作家袁中郎，放着苏州行政长官的肥缺不愿当，连续数次上书辞官，因为"上官如云，过客如雨，簿书如山，钱谷如海，朝夕趋承检点，尚恐不及"。他自问："人生几日耳，长林丰草，何所不适，而自苦若是？"他的趣味是无羁无绊，与山水相唱和。这些人当然是常人眼里的"另类"，是不按常规出牌，但你不能说他没有尺度。也许梭罗的这句话概括得最到位："如果谁没有跟随队伍的步伐，很可能因为他听到了另一种鼓点。"他们对公认的尺度不以为然，往往是因为心中有着自己独特的标准。越是杰出者、大人格，就越容易偏离流俗，因为他们的目力更能洞察事物的本质，更能窥见大美之所在。"五岳归来不看山""除却巫山不是云"。相比人云亦云的景从者，他们更乐于自己决定怎样迈步。如果没有合适的尺度的话，他们甚至自己动手创制，他们如尼采所言，是立法者。

这就接近了一个重要的观念：尺度的核心是个性。或者说，个性决定了尺度的面貌。一条清晰分明的因果之链连接起了二者。而所谓个性，不过是源自对于生活的独特领悟，和由之而生的特异的行为姿态。围绕这一点曾有过那么多的表述。"认识你自己"是德尔菲神庙墙上镌刻的句子。"一种未经省察的人生是不值得过的"是苏格拉底的智慧的起跑线。"孤独的个体"是克尔凯戈尔学说的逻辑原点。"成为你自己"是尼采哲学的进门票。"存在即选择"是萨特理论的关键词。人与人之间，外在的区别可谓多多，种族、文化、宗教、贫富、尊卑等等，但删繁就简，到最后个性的有无会是一个明显的分野。当其他因素遁隐或模糊时，这点仍然是真实鲜明的。于是有了隐居瓦尔登湖畔玄想天道的梭罗，有了辞去高官打游击战的切·格瓦拉，有了去非洲瘟疫区行医的法国人史怀泽，有了孤身走天涯的余纯顺。在常人难以理解之处，他们凭依所遵循的大写的尺度成就了大写的人生。他们的身影被拉得长长的，将一直投射到今后久远的岁月中。

越是在这个复制的时代，独特的个性就越显得重要。而个性的极致是与臻于极致的尺度互为表里的。然而我们看到的情形却不容乐观，众多的生命样式都仿佛是在一个模子里铸成的,更令人忧虑的是人们对此每每视而不见。据说随着基因工程等现代科技的发展,人除了得享长寿外,甚至可以定制自己的器官形体。你大可以选择梦露的容貌,乔丹的体型。这当然令人雀跃。但为什么很少听人谈及要为自己选择独特的生存尺度呢?为什么不努力将尺度设定得更好、更合理、更杰出特异呢?不同的人、不同的生存状态之间,当然有尺度的巨大区别,就像存在着小溪和大江、土丘与高山的分别一样,就像哈勃天文望远镜里的视野与肉眼所见迥异一样。做到这一点并不需求助于技术的神力,只要一颗虔诚的心,一种牢固的善念,一种持久的耐心。对万物的爱和怜悯,创造的热忱,超拔的追求……让我们选择这样的尺度吧,即使无关民生社稷的宏大叙事,即使仅仅为了自己的尊严。

连续

连续,首先是一种时间的维度,是在此刻中含有过去,是现在成为孕育着下一个时辰的种子。连续,也就是不变,是同样的事物的反复呈现和无限循环。时间所向披靡,但在它面前败退了。

如果诉诸可感知的形象,连续应该是天空自远而近又复远去的滚动的雷声,是大海里一波波浪涛的递送,是大地上连绵延展的峰峦。此外,那些矗立了上千年的古堡,那些传唱了几百年的曲子,那些被一代代人口口相传的神话和寓言,也因其超越时光无限伸延的特质,而在人心中唤起同样的感受。

连续,带给人的是安稳和从容,是一种值得信赖、可以托付之感。不变的事物最让人感觉安全。父母是不变的,兄弟姐妹是不变的。一日三餐是不变的。家的大门,总是敞开在同一个地方,等候着孩子放学归来。放眼四望,青山依旧,绿水长流,祖父的祖父曾经在那棵老榕树下嬉戏追逐。一代代人的脚步,把那条石板小径踩薄磨亮。也正因为如此,对恒久和有常也即连续性的认同,已然深深贮存于人性的基因中。

连续,也体现了自然界最为本质的节奏和韵律。季节的递嬗是连续的,春天后面是夏天,冬天后面是春天,年年岁岁,莫不如此。设想一个乱了次序的季节,六月飞雪,寒冬惊雷,反常和悖逆往往兆示着不幸,是灾难片驰骋想象力的领域。

大量的美的事物,正是通过连续性而诞生、达成的,仿佛强力胶将木和铁牢牢黏合在一起一样。它们体现在皖南徽州古民居中,那些马头墙和美人靠,那些木雕和砖雕上的人和动物、花卉和叶片,处处荡漾着浓郁的明清情韵。体现在被称为永恒之都的罗马古城的每一条街巷、每一座雕塑上,那里几百年一个模样,仿佛时光凝固了。坐在当年拜伦流连的西班牙广场环形的盘绕台阶上,仿佛诗人刚刚走开不久,耳畔还回荡着他的吟诵声。正是凭依时间的累积,这些事物永恒的价值才得以凝聚和显现。

人情、人性之美,常常也是经由连续性的通道而抵达。翻看一本家庭的旧相册,在页码的翻动中,年华悄然流逝。先是新婚的照片,目光明亮,笑容灿烂,青春的余音尚自缭绕;然后是中年的平静内敛,神态中,飞扬和淡定此消彼长;最后是相濡以沫的白发暮年,温煦而疲惫的眼神,阐释着什么叫作相濡以沫。仅仅是连续看下来,就足以让人感动。因为时间的绵密而悠长的存在,爱情的深长便显得毋庸置疑。

而一切有着长久生命力的事物,也都是因为持久的爱和坚持——一种堪称杰出的能力——才造成的。二者的纠结属于彻底的正相关。许多名垂建筑史的经典屋厦，建造过程常常要历经数十年甚至上百年。以耐心为经，以技艺为纬，劳动在漫长的时间背景下缓缓展开，心血一寸寸渗透进去，才使其具备了或者说被赋予了坚固的本质，足以抵抗风雨剥蚀。我们的建筑倒是造得快，几个月就竣工了，但最先坍塌的也是它们。精神的产品亦是如此。伟大的作品，都是多少年连续工作的结晶，如此才能够保证质地的卓异。米开朗基罗用4年多的时光，为西斯廷教堂的屋顶绘制壁画，他夜以继日工作，多次从脚手架上摔下来，伤痕累累。再想一想普鲁斯特吧，他把生命的最后几十年封闭在寂静和幽暗中，心无旁骛，因此《追忆逝水年华》才具有了金石般纯正明亮的特质。别相信一不留神写出杰作云云，那只是意志薄弱者的异想天开和痴人说梦。

习惯形成性格，性格决定命运，说的都是个体凭借不间断的行为方式，成就了自己生命的独特性。当然，有好有坏。播下什么，收获什么。个体如此，放大视野，集体亦无二致。一个民族的生活中体现出来的某种连续性，也便成为一扇展示这个民族独特的精神文化蕴涵的窗口。它们往往通过某些特定时刻的集体仪式而显现，像清明节的祭奠先祖，端午节的龙舟竞渡等，都系连着汉民族深长悠远的历史文化记忆。它不可替代也无法复制，让人感觉到和历史、先民、土地的关系，产生一种灵魂的归属感。

星移斗转，变化成了当下最为突出的特征。技术的飞速发展,让我们时时刻刻面对新事物,享受种种便利和好处,眼花缭乱,心满意足。但与此同时,内心的感受也被切割得凌乱、无序、碎片化。不再有某个原点、某个恒久的存在物,作为思考和行动的参照系和坐标轴,方向感变得茫然阙如。过去—现在—将来的连接被打乱了,不知明天怎样,明年又会如何。

也许更为糟糕的是,对于这种对灵魂的侵扰,我们尚未具备正确的应对态度。今天,一个人若体现出人格和行为的连续性,体现出坚持和固守,不但难以得到赞许,反而常常会招致诟病。这些值得珍视的品格,在当下语境中却每每和保守、惰性、不思进取等负面评价相伴随。对一位专心埋头于田间劳作的农人,一位执着于自己私人化的爱好而对其他不闻不问的人,我们经常会投以某种怜悯的眼光,而难以觉察这种念头中的谬误。我们自觉不自觉地鼓励变更,颂扬革新,变化本身便成为价值,至于内容,无暇或者不愿去进一步想。结果便是,我们的生活中充满太多的见异思迁,太多的志大才疏,使我们无法和连续结缘,无法长久地钟情于某一种价值。因为被疏离了、抽空了时间这一要素,许多事物便变得空洞、浮泛,让人疑虑。

需要把连续作为内心的神祇,加以供奉,至少是怀有一份尊重。这样能够使自己变得更有定力,更丰富,更能够接近那些永恒、坚固的事物。佑护之后,必有提升。

停止与开始

在这个人人争先恐后日夜兼程的时代,有谁肯逆风而行,想一想有关停止的话题吗?

停止,和躲避、放弃、失败等字眼一样,在通常的理解中,似乎总带有某种消极、贬抑的色彩,不怎么讨人喜欢。然而停止却是宇宙间的节奏。在宽泛的意义上,停止包含了拒绝、关闭等含义,是当下生活的中止,同时也潜伏了新生长的可能性。从自然物事到社会人生,停止画出了一道分界线,分隔开两种明显区别甚至是极端对立的状态。黑夜停止之时是白昼,陆地停止之处是海洋。狂热的意识形态运动停止之处是安定正常的社会生活。放下屠刀,才可能立地成佛。隔了数百年的遥远距离的两个哲人都曾仰望天空,帕斯卡尔感叹:这无穷空间的无终寂静使我战栗。灵魂都颤抖了,语言只能遁隐,于是试图解释的动机最终让位给了皈依,前后的性质完全不同。康德读出了启示,由"头上的星空"联想到"心中的道德律",在他眼里,二者是同样的庄严整饬。他倒是说了什么,但前提是一定也沉默过,而沉默当然是语言的停止。语言停止处,是

"道"的边界，是老子"恍兮惚兮"的"精"或者"真"，因此连一向信奉实用理性的孔子都不禁表示："予欲无言"。

停止每每意味着变化，至少是变化的前夕。停止的落脚点是在新与旧的结合处，充满了辩证法的精神。想一想夏天骤雨前的天气吧！树叶忽然纹丝不动，万籁俱寂，安静得古怪，然而即刻就会电闪雷鸣，将世界重新安排。

我们不妨再把视线投向身边，既然万物的运行都遵循这一定律。一对平素打打闹闹出言无忌的青年男女，突然变得相对无言，眼神躲躲闪闪，很可能一簇激情的火苗正在双方心底暗暗点着，等待着熊熊燃烧。夫妻长期反目舌战，忽然有一日偃旗息鼓，不排除重修旧好，但更大的可能是彼此厌倦到了极点，懒得吵闹了，要分手了——而分手意味着旧的结束和新的开始。

每个人都有这样的体验：当视听关闭时，内心生活的生动活跃才有可能，那是外界声色形象在灵魂之门前的停止。去了一趟新疆、西藏，置身高天远地的风景和善良淳朴的人们中，会有一种生命更新的感觉。那是拥挤喧嚣、冷漠、狭隘的都市生活的暂时停止。当追名逐利的脚步停歇时，才有心境欣赏大自然的美，体会月色溶溶，杨柳依依，微风燕子斜，细雨鱼儿出。停下来也才能返归内心，与真实的自我对话，才能重建与大自然的和谐，才能思考千百年来哲人的思考——我是谁？我从哪里来？我到哪里去？在歌德笔下，一生求索的浮士德博士最后喊道:"美啊,请为我停留!"对于今天的我们,一种加以改动的表述也许更为恰当:美啊,请让我为你停留!

  大人格、大成就无不自不间断的停止中生长出来。印度王子乔达摩·悉达多,倘不是弃绝了宫廷生活出外苦修,便不会有菩提树下的觉悟,自然也诞生不了大慈大悲以众生为怀的佛教。法国画家高更毅然终止了巴黎证券商的富裕生活,远赴南太平洋的塔希提岛,在炽烈的热带阳光下,一支画笔点燃了张张画布,也烧旺了当时籍籍无名的象征画派的声誉。一个时代如果总是让人眼花缭乱,一个人如果永远有做不完的事情,那个时代可能罹患了病症,而那个人所忙碌的事情的价值也大可怀疑。

  何以匡正?把脚步放慢,直到能听到心跳的声音。在路上高速奔跑的感觉固然刺激,然而不能指望看清两边的东西。即便目标明确,停顿也是必要的。毕加索一生高峰不断,齐白石衰年变法艺臻极境,奥妙之一,便是他们在绘画艺术之外,还不断温习停止的艺术。在停止中才能反省,才能酝酿着突变,完成对自我的超越。所以,耶和华创世,将第七日作为安息日,后世的人们也在这一天停下手中的活计,以便默诵神恩,使灵魂亲近神圣,停止以极端的方式证实着生命的不息和更新。

  现代生活的一大弊端是仓促。欲望太多,同时又太急切。快速成为时代的美学,于是生命遭到异化荼毒,目标为手段所替换。日子仿佛一辆狂奔的马车,然而驾车人在哪里?快并不是唯一目的，如果方向错误，越快只会离目标越远。"梯子应该搭对墙壁。"西方一位管理学大师这样比喻。我国一位诗人说过一句话：一个人一生只能做一件事。要给这件事定位，找到它的坐标，算出其半径和周长，停下来是必不可少的。此时，停止是一种调整和校正。在新世纪的喧嚣纷乱中，守护什么？放弃什么？我需要和众人一样吗？即便没有资格谈论对时代负责，总该对自己负责吧。不再有救世主和导师，每个人都是自己的立法者。试一试停止吧，停止是为了重新上路。在现状与超越之间，停止是一座桥梁的名字。

据说瑞士的阿尔卑斯山口立着这样的标牌，提醒人们留意两侧的风景："慢慢走，欣赏啊！"慢慢，也就接近停止了。只有停下来才能欣赏到、读懂一些好的东西，试一试停止吧！如果我们瞩望于新的开始的话。

快乐墓地

有一些这样的地方,它们的存在,似乎是为了帮助人解答生命中的某些大谜。由于机缘凑巧,一些人来到这里,徜徉盘桓、目接神交之间,原本埋藏心头已久的某种纷乱模糊的东西获得了澄清,至少是显露了基本的内在轮廓。

譬如快乐墓地。

它位于罗马尼亚北部马拉穆列什县,一个叫作瑟彭的边境乡村。地方十分僻远,隔着一条界河,对面乌克兰的果园和村庄清晰可见。大概极少有东方人来这儿,我们一行几人所到处都成为众人目光的聚焦点,用当今时髦的话说,是充分吸引了眼球。仅仅因为这处墓地,偏僻的村子得以闻名遐迩。这显然是由于话题本身的分量。墓地是死亡的寓所,而死亡是每个人早晚都要面对的,它并不遥远,而且无可逃避。

墓地紧邻贯穿村子的一条街道,旁边和对面都是人家的院子。它是个长方形的院落,中间是一间乡村教堂。墓碑整齐地排列着,横平竖直,相互间的距离不大。我数了数,每排大概是12个,共十几排,约几百个。墓碑之间,墓穴之上,花木丛生。墓碑高低错落，大部分都有两米多高，用山毛榉木雕凿而成。墓碑顶部是十字架，为了遮挡雨水，上面罩上了坡度陡峭的小尖顶。墓碑雕凿而成，再彩绘上多种颜色，以湖蓝色为主。碑身上半部，是介绍死者生前职业、性格和嗜好的绘画浮雕，下半部则是成行排列的诗句，既富于幽默感又充满哲理。整个碑身上装饰着各种图案，红绿相映的花卉，颗粒饱满的麦穗，飞舞的小天使，成对的鸽子，等等。还有各种几何图案，圆形、三角形、曲线形、等边菱形等。

我在墓碑间随意走动，丝毫没有置身墓地的阴冷凄凉的感觉，倒像是在欣赏一处民间艺术馆，周身放松，心旷神怡。初秋的午后，阳光暖洋洋地照射着，四周明亮温暖，静谧安详。陪同我们的中国驻罗马尼亚大使馆年轻的外交官小耿，很认真地介绍着碑身上的文字。其实通过朴拙的画面，已经能够基本了解死者的大致情形。一位健壮的男人正在扬鞭驱马犁地，显然他生前是一位农夫；一位男子坐在拖拉机上招手致意，不用说是位拖拉机手；其他，像全神贯注搓线的妇女，正在刨平木板的木匠，打开蜂箱取蜜的养蜂人，挥刀刈草的夫妻……都栩栩如生地写照了主人在世时的职业和生活。不少画面还介绍了死者死亡的原因。一块墓碑上有3幅画，第一幅画的是死者在果园里采摘果子，第二幅画的是后面一个人用枪顶着他的头，第三幅画的是死者的头被那人拿在手里，身子躺在地上。文字介绍说，他死于"二战"时期，是被入侵的匈牙利人杀死的。另外一块墓碑，正面画着一个埋头读书的女学生，背面画着她正走出屋门，前面是一辆大卡车。猜测她死于车祸，一问翻译，正是如此。有些墓碑，在十字架的中心位置还嵌上了死者的照片，或平静或微笑地望着这个他们业已离别的世界，给人一种恍惚的感觉。

画面下的文字，都是模拟死者口气，用第一人称写下的。行程匆促，我们所看到的有限，但都一反痛悼、哀伤、凝重的气氛，而代之以一种欢快的、有时是调侃的口吻。有一块墓穴，主人是一位名叫伊利耶的老人，墓碑画面上他身穿民族服装，精神抖擞地跳舞，当地两位著名的兄弟歌手在为其伴奏。碑文这样写道："村中我最老，生平喜舞蹈……我能活到九十六，祝你活得比我老。"诗句幽默诙谐，老人生前一定是个乐天开朗的人。

这真是一次崭新的体验。墓地，在最好的情形下，也是浸透着伤感、悲痛和悼念，是魂摧魄伤之所。即便贵为帝王，为了死后能够延续生前的显赫荣华，陵墓建造得富丽堂皇，也依然掩不住沦肌浃髓的肃杀萧瑟。不论是南京明孝陵墓穴，还是北京十三陵地宫，带给人的感受都是潮湿阴冷，凄凉黯淡。就连艺术也不能改变这种深重的底色。俄罗斯画家列维坦的那幅著名的《墓地上空》，全景式的、气势恢宏的画面下方一角处，是一方破败的墓地，几个十字架或歪斜，或干脆偃卧在地上，气氛死寂凄凉，烘托的是人世的渺小，人生的无助。更何况，墓地还常常笼罩着晦气、不祥的氛围，是许多邪恶事物的发生地或背景。远的如孩提时候听到的鬼故事，近的如当前影视片上许多鬼祟气十足的场面，墓地出现时，总是和阴森、恐怖、阴谋、恶意等连在一起。一句话，墓地不论是具体的真实的存在，还是作为一个意象、一种修辞，都是蓬勃欢乐的生命的反面，意味着死亡对美和生命权利的剥夺和虚无化。然而在这里，在快乐墓地，映现在我们眼前的，却是大相迥异的一幕。我们丝毫感受不到身后世界的令人不快，被消解掉的，是所有那些臆想的、自我恐吓的情景和情绪，甚至生者对死者的怜悯——他们已经通过豪迈爽朗的画面和文字，表明他们不需要怜悯。相反，大加张扬的是现世生活中的美好，以及由此而产生的缕缕留恋。你不由会想，这些画面，在生平写照之外，更是死者对生者的殷切寄语，仿佛在说：活着的人们，珍惜生活吧。我们在这边等待着你们到来时，带来曾经真实地、充实地生活过的好消息。我们曾经那样热爱它们，你们也不要辜负上天的馈赠。

看来，将此处命名为"快乐墓地"，的确是名实相符。在数不胜数的墓地陵园中，它无疑是一个异数。早已化为骸骨的亡灵们，在九泉之下，在阻隔阴阳的那堵看不见的墙壁之后，还在赞美生命的快乐。它将死亡映衬得衰弱无力，至少成为一种当其降临时可以坦然领受的状态。所有这些，和我们观念中的死亡，以及与之有关的种种，产生了巨大的对比，为我们提供了一种全新的认识。

不论东方西方,从来"生死事大"。远的不说,单单这个说法本身就足以佐证——将一瞬间完成的死亡,同整个漫长而复杂的生存相提并论,足以表明死亡在人们心中的位置。人们被本能的恐惧牢牢控制住,不敢正视它,连睿智如孔夫子者,都以一句"未知生,焉知死"轻轻带过。这实际是一种躲避,以所谓实用理性的借口,掩盖无力破解的尴尬。但回避躲闪并不能使对象不复存在,它暗灰色的影子反而变得越来越大,黑黢黢一片,最终似乎拥有了巨大的体积和重量,令人心悸的品质,无法想象的威力。人的胆量、心智都无法承受、进入,更谈不上剖析和厘清。

然而在这里,却分明显现着另一种解读。生与死的判然分明的鸿沟不复存在,死亡成了生的一种转化形式。二者之间不是尖锐突兀的对立,而呈现为一种很自然的,甚至可以说是十分流畅的接续。当然,没有一块墓碑上的文字是这样写的,但你却能够从墓地的气氛中体验到这点,那种弥漫氤氲的安详、恬静,便是最好的注释。死者好像是跨过一道肉眼看不见的界标,到另一个地方休息去了。没有呼天抢地的抱怨,没有牵肠挂肚的系念,那情形仿佛也是在这样的一个午后,去不远的邻居家聊天,一去,就永远留在了那边。

原来死亡并不总是幽暗、凄清、孤寂,它也可以透射出这样的色调:温暖、慵懒、安详。那么,这也就等于说,死亡并没有原本的、固定的面貌，而取决于每个人如何描绘。

　　这些墓碑最早的设计者，是村民斯坦扬·珀特拉什，有将近200多个墓碑出自其手，最早的一块竖立于1913年。这样的墓地，据说在罗马尼亚全境中独一无二，仅凭这点，就堪称是对民族民间文化艺术做出的巨大贡献。未能找到有关这位民间艺术家的更多资料，但我猜想他必定是个乐观而睿智的人，对于生和死有深刻的、独到的理解。如果向更深层的背景探测，这也许与民族性有关。作为征服者罗马人和当地民族达契亚人混血的后代，罗马尼亚人具备鲜明的拉丁民族的特性，风趣、浪漫、乐观。他们认识到死亡的不可避免，而以豁达的心态来对待和迎接它。这如果按中国古人的说法，该是"知其不可奈何而安之若命"。艺术家通过个人的努力和追求，将这种精神特质发掘出来，表现出来，在写照了民族特性的同时，也为自己赢得了不朽的名声。

　　一朵巨大的白云飘过，将影子投在墓碑上，造成弯曲的、明暗相谐的荫翳。但云朵很快飘过，墓地又是一片灿烂。

　　这些有关死亡的感悟，最终还是指向和作用于此岸的生存。我想，至少对一些人，这样的心灵嬗变是可能发生的：本来一直是怀抱一种忐忑的隐忧，等待必将降临的死亡，尽管这种担忧并非经常袭扰，但它每次浮现在意识中时，总像是晴朗的天空中飘来的一片阴霾。如今却忽然发现，死亡原来一点也不可怕，想象中那副狰狞的面容原本只是心造的幻影。他于是长吁一口气，内心深处的郁积消融殆尽。从此，他会以一种坦然超然的心境，过好他的每一天，不再担心那最后的日子。哪天它来了，很好，跟着走就是了，就像陶渊明的诗句，"纵浪大化中，不喜亦不惧"。不止一次从报刊中读到过，那些曾与死神觌面而挣脱回来的人，都变得更热爱生活，对死亡无所畏惧，那该是一种与此处的精神相通相洽的灵魂体验。那么，虽然是匆匆过客，我们不是也应该抓取些感悟，携带回去，以引导今后的日子？在生死意义的标尺丈量下，地理上的相隔万里，充其量只等同于一个毫微米。离开之前，我以墓地一角为背景，请同行者拍照留念。我头顶的上方，是一株繁茂的苹果树，树冠如伞，枝叶间无数成熟的果子垂垂累累，金黄火红，光彩闪烁。

40 岁那天的雪

早晨睁开眼睛,浮现在脑海中的第一个念头是:今天40岁了!心情平静,甚至于接近淡漠。但接下来又觉出一些异样,片刻后明白过来,是屋子里的光线比平时明亮,且鸦雀无声。起身走到阳台上往外看,白茫茫的,原来下过雪了。

想起来了,昨晚看电视,气象预报说过要下雪的。看这样子,要算是一场大雪了。屋顶全白,树木全白,道路也大多被遮盖,除了楼下三环主路被不多的车辆轧出一道辙印,像白裙上黑色的镶边。平常这个时候,会有各种复杂的响声,但这会儿全部失踪,被雪吸收了,静谧得让人觉得奇怪。当然,今天是星期天,又是大早,人和车都稀少。心里面有点儿痒痒,像什么在抓挠。妻子女儿还在熟睡,我下了楼,走进雪地里,走进旁边的一片平房区的胡同里。

地上积雪颇有些厚度,踩上去咯吱咯吱响。空气清澈寒冽,深吸一口气,肺叶翕张,片刻后凉爽已抵达小腹部。胡同里居然没有一个人影。平常这会儿可是一片纷乱嘈杂,菜贩子蹬着三轮车从批发早市匆匆赶来,孩子们睡眼惺忪急着去上学，卖煎饼、油条、豆腐脑的火炉也早该生着了。面对此刻的空荡和寂静，有一种很不真实的感觉。

想来是由于这种虚幻感的作用，意识中忽然闪现出了近30年前的一幕。当时10多岁，刚刚学会骑自行车。那天清早，怎么也推不开门，原来夜间的一场大雪，把门槛封了个严严实实。头一天接到报丧，姑姑的公公去世了，今天下葬。爸爸恰好那天生病，但依照礼节不能不去人，想到了我。我极不情愿，但拗不过，只好全身棉袄棉裤裹得厚厚的，硬着头皮扎进一片白茫茫中。姑姑家离县城大约七八里路，当时觉得极远。记忆中没见过比那天更大的雪了，一脚踩下去，雪一直没到脚脖子，拔出脚，是两个深深的窝。骑车也费劲得很，车轮扎进松软的雪里，留下两道深深车辙，吃奶的劲头都使出来了，却走不出多远。不一会儿，身上竟出了毛毛汗，暖烘烘的。要命的是，走了还不到一半，车链子掉了，怎么也挂不上去，只好推着走。道路、田野、河流，都被覆盖，浑然一体，自然的和人工的界线被抹平，消失，分辨不出来了。有一段，路两旁没有树，缺少参照，不能识别被大雪遮盖的壕沟，几次陷了进去，再爬出来时成了雪人。四面白茫茫一片，望到天边都看不见一个人影，开始时很紧张，恐惧，还有一种遭到遗弃的委屈感。但不久太阳出来了，到处明亮晃眼，那种不适的感觉很快消失，相反，一种欢快、振奋、活力充溢的心情生长出来，越来越涨满，等来到村口，简直觉得浑身都飘飘然了。

沿胡同走到尽头，是一片足球场般大的空地。前身也是一片平房区，刚拆完不久，砖头瓦块这儿那儿凌乱堆放着，但这会儿被雪遮盖住了，反而显得起伏有致。原来还有起得更早的。一位年轻母亲，一个孩子，都穿着红色的羽绒服，被白雪映衬得甚为夺目，像两团火球。儿子顶多五六岁，追着妈妈，投掷雪球，兴奋得大叫。妈妈夸张地喊叫着，鼓励儿子进攻得更猛烈。从我身边跑过时，孩子的雪球投到我脸上，本来就没有攥结实，哗地散开了。孩子笑容倏地冻在脸上，很惊慌的样子，看到我冲他眨眨眼，才放了心，笑容融化了，继续甩开脚步追赶妈妈。

脸上的雪花，不，应该说是细碎的雪的粉末，流进脖颈，凉飕飕的，像小虫子在爬。我享受着一丝奇特的快意，无意擦拭。那么多暌违已久的东西，一时间，从意识的深谷里簇拥着露出头来：冬天，院子里的水缸上面结了厚厚的一层冰盖，掰下一块吃下去，从喉咙眼到小肚子，仿佛倏地就绷紧了一条冰凉的细线；屋檐下挂着长长的冰溜子，坚硬光滑，敲一段下来，掉在水泥地上声音清脆；走到村外结冰的河面上，用力跺踏，能够听到河冰断裂的咔嚓声……童年从遥远的地方，递送过来一个模糊的笑脸。

有些事情，不想也没有什么，但一旦细想起来，就会觉得大有深意。曾几何时，这些儿时记忆早就被彻底遗忘了，就好像从来没有发生过。因为一场雪，中年和童年相遇了，曾经被光阴的层层积尘覆盖的美好被重新翻动，晾晒，隔着一道道岁月的篱笆，散发出秋日干草一样的清香味。就好像是一件遗失很久的珍宝，却意外地被找回来了。这岂不是像一个奇迹，一份意外的赠品？

日复一日变得黯淡的、灰蒙蒙的心境调色板上，蓦地飞扬起了一点鲜亮，一种久违了的纯粹的快乐。因为一场不期而至的雪。

40岁的年龄，城市里的生活，是两路强大的纵队，以单调的队列，枯燥的步伐，合围过来，一天天，一年年，把灵魂深处残存的一缕诗情，一丝浪漫，一抹遐想，一点点地剿杀，吞噬，非把你弄得片甲不留不罢休。这肯定不是上天希望看到的情形。他要想给予暗示和警醒，总会有适当的途径。就像此刻，在我生命的中场，岁月的暧昧地带，一场浸染了大自然灵性的雪，提示我想起某些至关重要的东西，某些不应失落和背弃的珍贵。

天机微泄。接下来，就全是你自己的事了。慧根有深浅，悟性分强弱，各自会得到一份相称的酬报。

生活在今天，越来越像是一个悖论。人们挖空心思累积物质财富，以为那样就贴近了幸福，但同时却倍感无聊、郁闷，究其根由，大半是因为灵魂亏空。灵魂的库房里货物很多，但从门缝里窥探一下，在最扎眼的位置上，总应该供奉着这些东西：阳光，风，雨水，哗哗响的树叶，沉甸甸的谷穗……当然，也有雪，今天这样的雪，儿时那样的雪。

昨晚，女儿拿着一个信封宣布："老爸，我给你准备了生日贺卡。"我正要接，她又改变主意，收回手说："明天拿给你！你猜，写的是什么？"女儿此刻在酣睡。她会写什么？不知道。小学六年级的孩子，小脑瓜里已经有许多花样。

不过，我却愿意自作多情，把眼前的这场雪，想象为一件意味深长的礼物，来自一只慈悲的、看不见的手。

招手

这两年间,心中最舒坦的一件事,是和年逾古稀的父母做了邻居。他们就住在同一小区,同一幢楼,相邻的单元里。走过去,走过来,包括上下电梯,也就5分钟。

10多年前的冬末,他们从近300公里外的冀东南小城迁来京城,去年夏初,又从近30公里外的郊区小镇,迁来我居住的三环边的小区。父母年龄越来越大,能够就近照顾他们,是我们兄妹的共同心愿。

转眼一年有半。我并没有照料他们什么,倒是又一次受到他们的呵护。骤雨来袭,再不用担心出门时窗户大敞,他们会及时过来关上。晚上回家后,餐桌上经常摆放着母亲做好送过来的吃食,包子或炒饼,茄盒或馅饼,温乎乎的,像童年记忆中,抚摸脸颊的母亲的一双手。

父母在身边,我内心的幸福滋长得茂盛。

刚搬过来时,他们说,这下好了,你们晚上别开伙,就来这边吃吧。但很快就失望了:儿子媳妇都忙,晚上七八点钟回家也是常有的事。只能在周末,凑在一起吃上一两顿饭。为了这一两顿饭，母亲会提前很久就做准备，煞费苦心。

虽然不是每天都过去，但每天却能和他们相见，用的是当初谁也没有想到的一种方式：招手。

他们和我，父母和儿子，每天清晨，一方在院子里，一方在房间里，隔着几十米的距离，相互招手。这个动作，成了每天固定的节目。

父母有早起散步的习惯。一年多来，除了冬季，其他三个季节，每天早晨，他们都会定时出门。六点多钟，我走进厨房，张罗简单的早餐。从窗边向下面张望，多半就会看到，父母已经在下面的小花园里散步了。花园是被几幢楼围起来的一个椭圆形空间，不大，尽在我的视野中。通常，母亲走在前面，目光平视，父亲跟在后面十几米，佝偻着腰，看着地面。但走到迎着这幢楼的方向时，他们都会抬起头来，向着我这扇窗户张望。

我知道，他们在等待我，伸出手去，朝他们挥动。

我住的是这幢楼房的20层，他们要仰起脸来，才能看到我所在的房间位置。我在下面张望时脖颈都感到别扭，他们抬头的动作，就要显得更吃力，更迟缓。因为角度关系，我在上面能望得见他们，他们在下面却看不到我。

窗子通常是开着的。此刻我要做的，就是把固定窗纱的销子拨开，让窗纱自动弹卷上去，然后将一只胳膊伸出去，朝他们招手。这时他们马上就会招手回应，没有丝毫的迟疑和缓慢。手臂互相挥动几下后，我就继续完成早餐准备，他们也继续散步，等走够了半小时，回自己的屋子。

不记得第一次是怎样发生的，但自从有了第一次，以后就每天如此，成了习惯。

这样大约一个来月，有一天早晨，我忽然萌生出一个孩童般的类似捉迷藏的念头。在他们半个小时的散步时间里，每次走到面对这边的位置时，都一如既往地抬头望着，一共五六次，但我没有像以往那样，伸出手去招呼他们。最后两次，他们还停下脚步，望着这儿，议论着什么。我知道他们在说怎么没见到儿子。他们向东边走，要回自己住的单元门里去了，在二三十米长的路上，他们还停下脚步，身体扭转过来，仰头朝这边望。

过不几分钟，电话响了，是母亲的声音，应该是回到房间就直接拨打的。母亲问："今天怎么没看见你，没有听说要出差啊，是不是生病了，不舒服？"

我心里掠过了一丝疼痛。我觉察到，我的游戏中有一种孩童般的顽劣。

那以后，每个早晨，进来厨房，第一件事，就是先走到窗边，卷起窗纱，伸出胳膊，向他们招手。然后才是准备早餐。

这样，招手对我便有了一种仪式般的意味。做完了它，我才会感到心中踏实，这一天的开始也就仿佛被祝福过，有了一种明亮和温暖。对父母而言，这个动作的意义会更大。当脚步日渐迈向生命的边缘时，亲情也越来越成为他们生活的核心。

我把这当作是一种冥冥中的赐予。招手，父母和儿女之间，血脉和骨肉之间，呼唤和应答，自然而然，但又意味深长。

父亲和母亲，一位 78 岁，一位 75 岁。

父母这个年龄，让我欣慰，也让我忐忑。每当看到一些耄耋之年甚至接近期颐之龄的老人，身体康健，精神矍铄，不论他们是我认识的人，还是从报纸电视上看到的，都让我欢欣，潜意识中，总是把父母明天的形象和他们相叠加；但亲友同事家老人的猝然意外也时有所闻，又时时提醒我，命运无从测度，难以掌控，不情愿的事情照样可能发生。

只能叨念，在他们体力衰弱的诸多表现中，在那些动作的迟缓、脚步的蹒跚、目光的浑浊之前，不要再加上一个"更"字。那些一点点剥夺他们的尊严的伎俩，那些让我们心里的疼痛一寸寸累积的东西，虽然终归要来临，虽然无法不来临，但来得迟一些吧，再迟一些。

自认为一向是毋庸置疑的唯物论者，但到了如今的年龄，有时却希望，真的有一个无所不能的神灵，那样我会向他祈祷——

请你，保持这样的一幕，让我和父母，永远能够像今天这样，相互之间，招手。请将这一幕，固定成一幅永远的风景。

这在你算不了什么，却是我无与伦比的幸福。

对坐

两只沙发，一长一短，围着面对着电视机的茶几，摆成一个 L 形。我坐在短沙发上，父母并肩坐在我的对面，准确地说是斜对面的长沙发上，看着茶几前面两米开外处的电视荧屏。电视机里正播放着一部古装剧。

伸手可触的距离，他们的面容清晰地收入我的眼帘之中：密密的皱纹，深色的老人斑，越来越浑浊的眼球。他们缓缓地起身，缓缓地坐下，一连串的慢镜头。母亲这两天肺里又有炎症了，呼吸中间或夹带了几声咳嗽。

我心里泛起一阵微微的隐痛。近两年来，这种感觉时常会来叩击。眼前两张苍老松弛的脸庞，当年也曾经是神采奕奕，笑声朗朗。在并不遥远的 10 多年前，也是思维敏捷，充满活力。而如今，这一切都已然悄悄遁入了记忆的角落。

我明白，横亘在今与昔巨大反差之间的，是不知不觉中一点点垒砌起来的时光之墙。

记得多年前，在我 40 岁左右的时候，有一天母亲端详着我的鬓角，用一种充满怜惜的口气感叹道：儿啊，你都有白头发了！如今又过了10多年，我也已是年过半百，白发较之当年自然是更呈蔓延之势了，母亲却不再提起。面对时光的劫掠，每个人都无可逃遁，最明智的应对也许就是缄默。但这种劫掠体现在老人身上，显然更为袒露和张扬，更为触目惊心。时光流逝之匆促，想起来，会有一种荒谬之感。不知不觉中，他们都已经年届八旬了。生命是一个缓慢的流程，在成长、旺盛和衰颓之间，他们踏入了最后一个阶段，渐行渐远。举手投足之间的那一份迟缓，无不源自时光累积所形成的重量。

其实，我有充足的理由感谢上苍：父母没有致命的疾病，买菜做饭，洗涮清扫，都还能够自理。每到周末，母亲都要拿出最好的手艺，尽量做得丰盛些，做我们最喜欢吃的饭菜，等候我们过去。一家人围桌而坐，那一种平静而深邃的满足之感，随着年龄的增加，体验得越来越深了。

前年如此，去年如此，今年也如此，这就很容易给人一种感觉，似乎这种状态可以长久地持续下去。但身边众多的事例也让我清醒地认识到，在他们这样的年龄，什么样的事情都有可能发生。眼前看似颇为圆满的一切，实际上都是脆弱的，随时可能会遭遇某种不测。再次感谢命运的眷顾，那种戏剧性的猝然之灾，没有发生在父母身上。但并不是说，他们能够逃脱伴随年老而至的，那一阵阵叫作衰老和疾病的寒风的袭扰。前年初夏，从住了10年的远郊小镇上搬过来不久，一向体格不错的母亲得了一次急性肺病，平生第一次住了半个月的医院。如今她嗓子时常会发出一些浊重的喘息声，就是那次的后遗症。

再退一步讲，即使有少数人十分幸运，一生身心康健无病无灾，也总要走向那个最后的归宿。在自然规律的寒冽秋风面前，人只是一枚瑟瑟的树叶。甚至财产，最深的爱，都阻挡不住那个必然会到来的结局，只是延迟到来而已。生命最深刻的悲剧性，正是体现在这里。

于是，我已经清晰无比地望见了，眼下我所看到的父母的一切言行举止，随着时光的流淌，都将会加上一个"更"字：更缓慢的动作，更迟缓的反应，更多的睡眠，更少的饮食——而这，在未来的日子里，在可以想象出来的诸多情形中，将是最好的情况。

除此之外，你不能祈求更多。

理性和感情是两回事。内心深处早已是波澜不惊，但脑海里却每每执拗地浮现出一个童话画面：忽然有一日时光倒流，枯黄的草重返青葱，坠落的果子飞回树上，老人变回青年，童年正在前面等待。

那样，我就可以重返那一个场景，那是我童年记忆中最清晰的一幕：母亲骑着自行车，要把我送到姥姥家住几天。我坐在前梁上，母亲低下头来对我说着什么有趣的事情，我笑得险些从车上掉下来。当小学教师的母亲，那时候还不到40岁。

时节是春末夏初,阳光明亮温暖,庄稼地一片葱茏,生机勃勃。自行车车轱辘在乡间土路上颠簸的那种感觉,穿越岁月烟云,一次次传递到此刻,鲜活真切。

几年前的一个夜晚,我曾经做过一个这样的梦——

也是这样地与父母坐在一起,不过是在当时他们居住的房间里。客厅逼仄,只容得下一只沙发,他们坐在沙发上,我坐在一只小方凳上,在聊着什么。忽然间,没有任何预兆,他们坐着的沙发连同后面的墙壁,开始缓缓地向后移动,越来越远。我大声呼叫,他们也手忙脚乱地叫喊和招手。但无济于事,移动的速度越来越快,他们的身影越来越小,终于看不到了。眼前是白茫茫一大片,似乎是我的故乡常见的盐碱地。

这时候我醒来了,惊魂不定。

这其中的意味,应该再为明确不过了,不需要特别阐释就能读懂。它是关于丧失,关于永远的分离。对于父母来说,对于子女来说,这都是一个必然会到来的日子,我不过是在梦境中做了一次预演。我明白了,这关乎内心中最深最顽固的恐惧,虽然平时自己未必意识到,更有可能是不愿意去面对。在黑夜,在理性的掌控最为脆弱的时候,它释放了出来。

有好几天,这个梦境仿佛一道阴影,笼罩在我的心中。

不久后读到龙应台的散文《目送》,其中有段话带给我一些释然和慰藉:"我慢慢地、慢慢地了解到,所谓父女母子一场，只不过意味着，你和他的缘分就是今生今世不断地在目送他的背影渐行渐远。你站立在小路的这一端，看着他逐渐消失在小路转弯的地方，而且，他用背影默默告诉你：不必追。"

从这段话中获得的启示是明确的。既然分离必将到来，与其感叹这个铁一样无法改变的结局，不如在将来的"无"将一切淹没之前，努力抓住现在的这个"有"，珍爱它佑护它，把它的意义和滋味，品咂到充分。对于生命的有限性而言，"来日无多"永远是正确的，即便侥幸得享期颐之寿。因此，对于挚爱的亲人，任何时候，每一次相聚的时刻，都是弥足珍贵。多少人就因为抱着来日方长的错觉，该珍惜的时候不曾珍惜，过后追悔莫及。

那么，我是不是要好好地想一想，在今后的时日中，哪些是需要认真去做的。应该尽量多过来陪伴他们坐坐，不要以所谓工作紧张、事业重要云云，来为自己的疏懒开脱。和挚爱亲情相比，大多数事物未必真的是那么神圣庄严。当他们唠叨那些陈年旧事时，虽然已经听过多少次了，也要再耐心一些，那里面有他们为自己衰老的生命提供热量的火焰。他们大半辈子生活在几百公里外的故乡小城，故乡的人和事是永远的谈资，他们肯定会有回去看看的想法，只是怕影响我的工作，从来没有明确地提起。我应该考虑，趁着某个长假日，开车送他们回去住上几天，感受乡情的滋润和慰藉。

我要好好地想一想。

回到眼下。让我将眼中的这一幕场景，深深烙刻在我灵魂的版图上。

出于一辈子养成的节俭习惯，他们看电视时只开着沙发边小茶几上的台灯。从灯罩上方的圆孔中放射出的灯光，在天花板上扩散开来，晕染成为一个大了好多倍的圆圈。电视机荧屏上变动的光影，把他们的脸映照得忽明忽暗。后腰和沙发之间，塞上了一只棉靠垫，以支撑住他们日渐衰疲的躯体。父亲起身，慢慢地走到厨房里，倒一杯水，慢慢走回来坐下，小口啜饮着，嫌烫，又放回茶几上。母亲摸索着剥开一颗花生，还没有送到嘴里，目光变得迷离了，眼睛慢慢阖上了，喉咙发出了一声轻微的鼾声，但马上又醒过来了。

多么盼望，这一幕能永远驻留，天长地久。这当然不可能。那么，就默默祈盼，让它注定会变作记忆的那个时间，来得越晚越好。

我已经认识到，而且随着时光流逝，将会越来越强烈地认识到：这，就是幸福。

滚烫的石头

你走在崎岖不平的山路上，干涸焦渴的黄土地望不到边，你的眼睛都给炙伤了。你去河边汲水，几只小鸭子围着你的水桶嬉耍，抻抻脖颈，扑棱翅膀。你坐在炕沿上剪窗花，不时去剪一下油灯的灯芯，灯光跳跃起来，屋子里霎时间便亮堂了许多。你睡下了，满腹心事，久久难眠，里屋爹爹响亮地打鼾，窑洞外，呼啸的风撕扯着树枝，牛在反刍，邻居家的狗偶尔吠两声，把夜色衬得空旷。

那么说你是歌里的妹妹了。但哥哥却不在画面里，而是在你的念想里，当你做每一件活计时。他仿佛是一个隐身人，陪伴在你的身旁。在歌里，他要么在耕地，要么在放羊，要么在砍柴，你用一双毛眼睛偷偷地瞅他，又喜又羞。但他更可能是在外乡，在走西口的路上，分别和距离，点燃起你的思念。

一把手扯住哥哥的马，拉住哥哥手，
说下个日子让你走。
手指定老天赌上咒，哥哥赌上咒，

谁要昧良心谁断后。

夜深人静,一天到了终点。你的牵挂也达到了极端,如同夜色一样浓稠。躺在黑黢黢的土炕上,想着这幕送别的场景,你的眼泪就流出来了。

这时,在遥远的某个地方,哥哥也在想着你。青春的热血在他强壮的躯体里汹涌冲撞,如同看不见的火苗,烧炙得他翻来覆去,床板吱吱作响。他是男儿,没有那么多的哀愁幽怨。他只想抱紧你,箍得你透不过气来,把一腔就要爆裂的激情,淋漓恣肆地倾注到你身上。他不管不顾地唱了,脸红心跳。

> 我走那天没亲你的嘴,
> 左盘右算真后悔。
> 想你想得我瘦啦,
> 裤带上的眼眼不够啦。
> 二不溜溜山水淘河塄,
> 难活不过人想人。
> 想亲亲想得呛不住,
> 泪蛋蛋刮倒一苗小柳树。

爱情无所不在。唱歌的妹妹不仅仅是一个,于是哥哥也有了无数的化身。此处的歌声刚刚停歇,那边的却又响起来了。

他也许是孤独的牧人,在鄂尔多斯草原的深处。肥美的牧草地像绿毛毡一样,一直伸展到地平线,天和地的轮廓浑圆,仿佛放大了的蒙古包。羊群安静地吃草,像一粒粒散落四处的白色卵石。高天远地,不动声色,把他的性情也濡染得沉默隐忍,尽管灵魂深处的思念翻江倒海,说出来却似乎水波不兴——

> 想起往日的相好,
> 喝上酸奶也不香;
> 想起心上的情人,
> 嚼着奶皮也不香。

他当然也可能是河州的少年,骁勇的回族人,正挥镰站在青稞田里。累了半日,该歇口气了,他直起腰,撩起汗褟擦汗,脚下被收割的青稞摊了一地,远处湍急的河水打着漩涡。他想起了牡丹花一样的尕妹,这贴肉的汗褟是她给缝的呢。他想起他们俩的恩爱,也想起可恶的财主在打她的主意,要搅散俩人的好姻缘。不服,愤懑,让少年的心中陡然生发一股冲动。他掷掉镰刀,扯开喉咙,要对着天地发誓——

> 千万年黄河的水不干,
> 万万年不塌的青天;

> 千刀万剐的我情愿,
>
> 舍我的尕妹是万难。

响亮的歌声冲上天际,仿佛被力大无比的臂膀抛出去的一条绳索,一波三折,盘旋飞舞,拽住几片过路的流云。

这些当然都是民歌。只有民歌才会这样唱,才会以这样的方式唱。热烈,决绝,直露,酣畅。歌声钻进你的耳朵,叩击你的灵魂,像一块块被炭火煨热的石头,烫你,砸你,让你的灵魂颤抖战栗。连那些最为平静内敛的,也有着暗藏着的热度,像一眼深山里的地热温泉。热情是它们的本质。热情早已经在歌唱者的灵魂里积蓄、涨满,急切地等待喷泻。当一个人清清嗓子,就要歌唱时,让人想到挽弓待发前的那一瞬间:弓弦绷紧如同满月,臂膀上肌肉隆起,微微颤抖,筋骨的脉络清晰可辨,要将全部力量灌注到箭矢上,让它挟一阵风,呼啸着,射向远处。

一支歌也是这样飞出喉咙的,驱动的力量来自心灵。

真实,是民歌的魂魄,是坚硬的核。号子、山曲、爬山调、长调牧歌……民歌的世界,如同歌唱者的生活一样辽阔繁复,无穷无尽。曲调或舒缓或急促,或高亢或低回,相互之间的巨大差异,如同他们分别置身其中的不同地域。但共同之处,是它们都牢牢守护着真实。是这点而不是别的什么,成为一切真正的民歌所具备的区别性特征。这种真实可感可触，仿佛肌肉下面的骨头，黑暗旷野中里的一堆篝火，湍急河流中的一块巨礁。挂念漂泊他乡的哥哥，那个彻夜不眠的妹妹的幽怨真实；咀嚼生命的艰辛，那个颠簸在马背上的牧人的苍凉真实；那个被爱情浸泡，也遭权势欺凌的少年，他的幸福、激愤和誓言，真实。

真实，也便成了必须。歌唱便不是可有可无，而是一定要做的事情，不唱就要憋坏自己，就要阻碍生命。歌唱，就如同春天到来时，屋檐上的冰溜一定要融化。尽管被瓦片砖头层层叠压着，野草仍然要顽强地发出芽来。漫山遍野的野花，笃定了要尽情开放。

一首宁夏花儿，说足了这种源自生命根部的歌唱的必然性：

> 花儿本是心上的话，
> 不唱时由不得自家；
> 刀刀拿来头割下，
> 不死了就这个唱法。

这样的歌声响起时，必定会有某一个背景同时展开、浮现，若近若远。仿佛墨汁滴落在宣纸上，洇出一片水晕。

民歌是土地里长出的花朵，因此歌词、曲调以及围绕它们的一切，都和土地有关，散发出鲜腥的泥土气息。歌声飘荡在磨坊里，在打谷场上，在吊脚楼里，在摆渡的船上，在脚夫的队列中。歌声幻化出一幅幅画面，在你的眼前。由近及远，你看到了贴着窗花的窑洞，屋檐下悬挂的大穗玉米和辣椒串，然后是村头孤零零的几棵老树，被风雨切割成千沟万壑的塬上，再远是天下黄河九十九道弯，是黄河后面的平川，平川尽头云雾笼罩的高山。

那个哥哥或者妹妹，那个伢子或者女娃，那个老汉或婆姨，他们是在劳作时唱的，是在劳作后的休息时唱的，脚踏在大地上，脸对着山峦或江河。声调的长短、高低、急促或舒缓，要同他们身边的土地田野的面貌相和谐，要随着它们的走向、起伏而变化，要应和它们的内在韵律，那样它们才能够成全他们的歌声，才能够起到最好的聚拢、烘托、放大的效果。这是一个神秘的过程，是无数的歌者经由漫长的岁月才与大自然达成的默契，不是语言能够轻易说清的。但只要你深深沉浸在民歌中，你总会在某个时辰，感知到这一点。

他们的歌唱有着明确的指向，听者是远方的亲人，是冥冥中的神灵。他们首先要打动风和云彩，月光和星光，路旁静默的老树，村边流淌的河水，只有那样，歌声才可能被传送到远处。他们知道怎样做到这一点。

这样的歌声响起时，周围便会氤氲起原野的奔放、生动、蓬勃的气息。曲调的摇曳里，隐约有树木植物的姿态，有时是静止的，有时则仿佛风中的偃伏。而不同唱词之间，似乎是用风声，用水流声，用鸟雀虫子的唧鸣啼啭，来连接、过渡和填补。侧耳细听，你能够听到树枝上鸟儿扑腾翅膀的声音，毛驴喷了个响鼻，小河里泼剌剌跳起了一尾鱼。从曲调的悠长曲折或者急促跳荡，你能够感受到歌声回荡其中的那一片土地的形状，是山地还是平原，是丰腴湿润还是贫瘠干涸。天和地，岁月和山河，风和水，动物和植物，都参与进来，化身为其中的一串音符，一阙旋律，一段丰富的和声。这样的歌声是天籁之声，是大自然的另一种形式的表达。

屏住呼吸，仔细地听听。你的听觉深入了歌声的深处和细部，你的灵魂被歌声中飘荡的大自然的魂魄覆盖、裹挟。你看见不同地域的大自然，是怎样在曲调中获得不同的表现，展开各自鲜明的面貌。在辽阔的大草原上，孤独的牧人踽踽独行，伴随他的只有胯下的马，和无边无际的草原单调的绿色。成吉思汗的后裔，咀嚼着一缕忧伤的心绪。歌声舒缓悠长，沉郁浑厚，沿着每一片草叶渗入大地深处。在另外的时刻，你会陶醉于另一种声音，高亢、灿烂、嘹亮，像裂帛的声音，你看到雪线之上的阳光，把薄薄的云层镀亮，空气透明得散发寒意。你知道，那是高原上的西藏人在歌唱。

我应该及时地收缩自己的视野，否则面对民歌的汪洋，我会被淹没。此时是一个月圆之夜，在大都市以亿兆计数的光源的映衬干扰之下,天空的月亮黯淡无光,几乎不被留意,弃儿一样孤独。

然而在民歌中,明月当空照耀,月光水波一样汪洋荡漾。那些听了后会将心融化的调子,许多都是被月光浸泡出来的。月亮圆时,桂花树的形状清晰可辨,嫦娥娟秀孤独的身影楚楚动人,唤醒最柔软的情绪。

> 哎!月亮出来亮汪汪,亮汪汪,
> 想起我的阿哥在深山,
> 哥像月亮天上走,天上走,
> 哥啊!哥啊!哥啊!
> 山下小河淌水清悠悠。

月亮照着南方的丘陵,为清浅澄澈的河水镀上一层银光。河的两边,丛生的灌木葳蕤繁茂,金黄的油菜花连绵一片。妹妹的心要融化了。清亮的声音,像是一道把月光淬火后做成的鞭子,有着银子一样的质地,轻柔地抽打在身上。歌声属于南方,属于梦境,属于一种原始、蛮荒、淳朴的生存。

月亮也照着北方,寸草不生的沟沟壑壑上,被敷了淡淡的白霜。河水浑浊滞重,黑色的波浪仿佛沉重的喘息。一望无际的荒凉静寂中,蓦地唱响了一首河湟花儿——

>   地奶奶铺给的金沙滩,
>   软绵绵,
>   月娘娘照给的灯盏;
>   好大的天地没人管,
>   由我俩玩,
>   活神仙巧摘了牡丹。

两情相悦,荒原也便是天堂。没有人才好呢,爱的嬉戏更可以放肆恣意。青春生命的欢愉,性爱的快乐是各地民歌中最为普遍的主题。也许因为情爱是对生命最强有力的肯定,是最根本的生命体验,蕴含了许多人生的命题和要义。按照那些质朴的民歌手的说法,是"山曲不酸没听头"。

但并不是说民歌都是单纯的、易于概括的,它的领地远为广袤。同样吟唱月光,那首著名的塔塔尔族民歌《在银色的月光下》,就抵达了辽阔和幽深。

>   在那金色沙滩上,
>   洒着银色的月光,
>   寻找往事踪影,
>   往事踪影迷茫。
>   ············
>   往事踪影迷茫,

> 犹如幻梦一样。
> 你在何处躲藏,
> 背弃我的姑娘?
> …………
>
> 我骑在马儿上,
> 箭一样地飞翔,
> 飞呀飞呀我的马,
> 朝着她去的方向。

许多年中,它一直令我迷醉,为之悬想不尽,低回不已。岁月流逝,它的内涵却日益丰厚。失落的爱情并不足以囊括它的全部。消逝了的青春,破灭了的憧憬,梦境与现实的对抗,人性中对永恒的企求和世事的纷纭多变之间的对比……都栖身于那一种意象之中,温馨而忧伤,月光一样迷离浑茫。

这样,我们就接近了这样一种真理:民歌吟唱的是生活的全部,它的半径也正是脚步所能抵达的距离。就像月光把一切事物都笼罩于自身中一样,有关生命和生活的一切,也都在那些真挚朴实的歌词和曲调中,被一遍遍地吟唱了——爱和死亡,岁月和山河,劳动的艰辛和收获的欢愉,短暂的幸福与无边的磨难。

> 山曲儿本是顺口流,

多会儿想唱多会儿有。

山曲儿本是出口才,

看见甚也能唱出来。

这些,对我们来讲已经十分陌生和遥远,仿佛一座巨大的山体横亘其间。

无法想象我们会在天空下、田野里歌唱。我们参与歌唱的唯一的场合,是大街小巷上的歌厅,我们关于歌唱的知识、见解和道德感也来自歌厅,它们或者豪华排场,或者幽暗暧昧,散发可疑的气息。处所的不同,当然会影响到歌唱的品质,就像作物和水土的关系一样。贫瘠的盐碱地上怎么可能生长出高大茁壮的乔木?那些充斥着千篇一律的道具的场所,径直将人引入一种表演的情境中。

在这里,歌唱变成了可以预约和安排的事情,仿佛是工业流水线上的程序。人们翻动印制精美的厚厚的点歌本,挑选要唱的歌,而这种选择,基本上是依据当前的媒体排行榜。于是,你沿着那条笔直的长廊走下去,往往许多房间里唱的都是同样的那几首歌,区别只是在于有的模仿得颇像,有的则是荒腔野调。悲伤的唱过了,再换上一支轻快的,然后是一支滑稽的……感情可以勾兑,心境不妨排练,仿佛调制一杯鸡尾酒。

既然不关涉内心的冲动,有关灵魂的因素都被省略删除掉了,此处的歌唱,便只是一件纯粹属于生理学范畴的事情,打嗝排泄一样。技术具有无比的重要性。模仿得让人感到像某个歌星便是成功，拿话筒的姿态、站立走动的样子都很重要，因为每个人都清楚这里就是表演。周围坐满了人，给你打分，叫好或者起哄。尽管唱的人做出深情款款甚至痛不欲生的样子，但谁都明白，那不过是一种日常的情感操练而已，当不得真的。

当然，那一两个时辰中，有时的确会涌现一些怅惘、感伤，一些微酸微甜的体验，一些在平时的匆忙中无暇顾及和深入琢磨的情感，诸如时光的磨蚀、生命的脆弱、擦身而过的爱情、不堪回首的往事。此刻，封闭的场所，幽暗的光线，暂时隔开了现实生活的坚硬和明晰，让内心深处某种沉睡已久的东西蠢蠢欲动，获得一些滋生的空间。这该是 KTV、卡拉 OK 等娱乐方式星火燎原般迅速蔓延且持久不衰的理由。但它们顶多也只是一种情感的奢侈品，是餐后的甜点，不必寻死觅活也要得到，本质上是飘忽浮泛的，仿佛闪烁跳跃的光影中，那一张张看不分明的面孔。不能想象，歌厅中沉醉于某种虚拟的情爱体验中的人们，谁会真的这样发誓——

> 若要我把妹丢脱，
> 牛长上牙马长角；
> 若要我把妹丢下，
> 青蛙长上龙尾巴。

> 黑头发缠成白头发,
> 缠着满口牙掉下；
> 拄上拐棍还不罢,
> 死了还要埋一搭!

于是,我们终于理解了,什么是造成这种巨大差异的根本原因——神性的有无。

每一首真正的民歌里,每一个真挚的歌唱者的心中,都有自己的神。神无形无迹,那是他的信仰,他的念想,他用生命呵护和看守的东西,海枯石烂,生死以之。从歌词到曲调,民歌是原生质的、单纯的,甚至粗糙,但这并不妨碍神灵藏身其中,就如马厩中盛放饲料的木槽接纳了初生的基督。那些简单朴实的歌子,尽管摇曳多姿,风格迥异,但都有一个坚硬明确的内核,都簇拥着一种值得珍视的价值：同情、悲悯、忠贞、热烈、献身……传递的都是神性谱系中的某一道光束。民歌中没有玩世不恭,没有与世推移,没有虚无的藏身之地。

那么,听得懂听不懂歌词,也都不重要了。因为,神是超越语言的。在蒙古草原,在雪域藏地,歌者用他们自己民族的语言在唱。你一句也不懂,但你分明被打动了,你忧伤,你感动,你潸然泪下,你心中翻江倒海。语言的鸿沟,已经被歌者饱含激情的歌唱填平,歌声中的苦难和幸福,获得了真实生动的转译和表达。就像母爱，普天之下，共同的语言是亲吻和爱抚。

将近200年前，德国诗人海涅和德国作曲家门德尔松，谱写了一首名为《乘着歌声的翅膀》的歌曲，试图用旋律描绘出遥远东方的神奇美丽。在其后漫长的岁月里，多少人曾沉浸在它美妙的乐声中，如醉如痴，仿佛置身于幻想中的东方世界。今天，地理、空间上的一切阻隔已经打破，借助超音速飞机，借助电脑网络，昔日梦想的疆域可以毫不费力地抵达，可以从容地端详它的每一个细部。这是一个彻底敞开的世界。

但有些东西却反而被遮蔽了，被遗忘了。因为它们不合乎商业利益，因为无法成为经济运作的浩瀚复杂的系统和构件上的一个环节。民歌就是这样的事物之一。当然，这里指的是真正意义上的民歌，而非假借民歌的名义，兜售种种滋味寡淡的廉价情感饮料。它们躲藏在某一个深山旮旯里，某一处偏远的湖边泽畔，只在某个感情激荡的特别时刻，电光石火一般地闪耀，然后又复归于长久的缄默，仿佛难以克服自己的害羞。但这其实正是一种自尊。这种处境，不管是主动还是被动获得的，也许更多是无奈，但经由这种方式，却能够保持自身的纯粹和彻底的精神性。

当某个或清澈或嘶哑的喉咙歌唱时，那一道道起伏颤动的声波，仿佛是一双翅膀，承载了我们的灵魂，向着残存的神性殿堂飞翔，升腾。我们风雨飘摇的内心，从而有望和天长地久的事物、亘古不变的品性产生联系。

如今,这样的渠道已经不多。

因此,就让我们仔细谛听吧。

一个人怎样变得衰弱

"人皆向往自由,却无往而不在樊笼中。"这是一句名言。

受这个句式启发,我杜撰了这样一个说法:人总是讴歌强壮,却不幸每每与衰弱相邻。

请注意,这里我并非指身体的衰老和虚弱。衰老是一切生命体的共同原则,对此只有领受而已。就像大山矗立,大河流淌,是一桩铁一样的事实,哪里需要我们思辨诘问?明代理学家王阳明盯着一棵竹子看,"格物"以求"致知",那毕竟是哲学家的怪癖,说好听些是职业习惯。我们平常人,依据常识行事也就够了。

但我要说的却并非纯粹的生物过程。我说的是一种精神的委顿,情感的倦怠,生命意志的自我否定,欲望热情的主动弃绝。这种情形,并不像生物体的衰老那样,无人可以逃避,而是因人而异,大相径庭。"身未老,心先死"者有之,"老夫聊发少年狂"者亦有之。既然如此,也就有探究的必要。

生命适合以四季来比拟。先是春天,明媚娇艳,破土而出的禾苗,绽放新绿的树木,皆是生命在欢喜呐喊。继之以葱茏的夏,活力和热情像喷发的暑气,笼天罩地,酣畅淋漓,无从躲避。再之以沉郁的秋,深邃明净,丈量不出的广阔与深厚。最后是冬天,木叶凋零,寒凝大地,在静默中奏响一阕寂灭和轮回的乐曲,安详而神秘。但为什么有那么多那么严重的错位?尚在中年,就预支了晚秋萧瑟的悲凉。黄昏甫至,本来尚留"余霞散成绮"的绚烂,但过早地呈现为霞彩燃尽后的黯淡暮霭,沉重如铅色。

"他提前进入了自己的冬季。"这句话出自某位著名的外国诗人的一首诗作。请原谅我糟糕的记性。

目光浑浊了,声音冷漠了,脚步迟缓了,但并非仅仅起因于自然年龄的增加。激情沉睡了,意志喑哑了,幻想不再飞扬,却完全来自精神的疲惫。

提前进入冬季的人,远比我们想象的要多。

他可能是我们的父兄,在年富力强时,就早早卸下了行囊,过早地为晚年的岁月筹划。可能是单位的一个同事,每天第一个来,最后一个走,但从他对待每一张报纸、每一条小道消息的热心,你知道他心里是凌乱涣散的。可能是一个朋友,数年不通音信,一朝相见,发现和当年毫无二致。然而你想到的不是青春永驻,而是一种难以忍受的停滞:为什么岁月能够使五谷丰登,却不曾让他在夸夸其谈外增添些许真正令人感到鼓舞的东西?

火焰黯淡了,在本来应该炽烈燃烧的时候。

那么，一个人怎样变得衰弱？

有些悲剧显现很强的因果关联。为什么一些巨大的灾难，会特别眷顾某些人？当一个如花怒放的年轻生命，被一次飞来的车祸、一场绵延的疾病毁灭，我们不能苛求他或她的亲人能够承受这一切，微笑依旧从容，如果这个生命不过是如你我一样的庸常资质。因为，魔鬼的指爪同时也挖破了他的心，伤痕累累，血迹斑斑。还有，在一段漫长的岁月里，非人的政治灾难曾是笼罩这块古老土地的无边梦魇，它繁衍了丰饶的苦难，压碎了多少灵魂。毁损于暗无天日的黑牢中的视力，阳光也无法使之痊愈复原。

但这里，我们只想谈谈一个容易被忽略的方面。它不涉及非人力所能承受的横逆之灾，也撇开戏剧性的起伏跌宕、鬼斧神工，而是一些日常的、熟视无睹的负面习性。它们让人想到一个成语"积羽沉舟"——轻得几乎没有重量的羽毛，慢慢堆积，却能够将一条船压沉。

仿佛一片暮色中刚刚收割过的原野，未刨尽的根茬，坑洼不平的地面，有那么多让人绊倒、陷落的可能性一样，精神或者情感的缺陷，也随时在生命的路途中设下了陷阱。一个个陷阱就是一张张嘴巴，咬噬我们的生命之躯。

都是些什么样的角色，吸血鬼一样吮吸着我们的精血，使得我们面色苍白，疲惫不堪？我们认识它们吗？

它有许多的名字，仿佛一场戏要求许多演员。但总有几个是主角,操纵故事发展,决定剧情走向。根据登场的次数频度,发挥的作用影响,其中最活跃的一个主角,名字叫作"习惯"。它最突出的特征,是自身的不停息地增殖和膨胀,仿佛滚雪球,最初只有一小团,越来越大,直到成为庞然大物。而时间,便是那一片使雪球得以不断吸附积雪从而扩张自身的雪地。比喻以算术,它的形成过程好比加法,由一到二,由二到三,但它所呈现的结果却分明是乘法的,是令人吃惊的大数。到最后,又更接近除法——拿实际的获取和期望值相比较,生命的账目上只有些可怜的零数。习惯,就这样把人拖入无望的黑暗之域。

"冤枉我了!"一个声音在叫屈,为自己辩解。原来它也叫同样的名字,却属于方向相反的另外一支队伍,队首的大纛上,写着的是勤奋、勇敢、进取等等字眼。在它的前方,隐约可见一片光明的田野,歌声在飘荡。习惯,可使人死,亦可使人生,全看它是什么标签。看来我们需要加上修饰词,以区别有着天渊之别的二者。需要提防的,实在只是那些戕害生命的恶习,诸如拖延、懈怠、畏惧,都是其麾下羸弱的士兵。

第二主角的名字也许应该叫作"空想"。他怎么看都像是一个思想者,思索贯穿于其生存的每一方面,每一瞬间,如影随形。和前者相比,他的形象似乎更具备某种亲和力。不停顿地思索难道有什么不妥?周密地考虑,反复地斟酌,不正是为了目标明朗、道路正确吗?问题是除了思考,他从不做别的,思考因而成了一颗不发芽的种粒。"生存还是毁灭？这是一个问题。"——他可能会让某些人联想起哈姆雷特王子，面对弑父夺母的僭越者，却迟迟不能挥动手中的长剑。但这只是错觉。二者只是在缺乏行动这一点上相似。哈姆雷特陷溺于怀疑的迷雾中，找不到行动的理由，但我们这位主角的迟疑却没有相应的价值支撑。他清楚自己的目标，却匮乏行动的意志。毕竟，构想比实行容易得多。结果，他每天一遍遍修订自己的梦想，使之无比丰富生动，却从不诉诸实施。在他的梦想和行动之间隔着一道巨大的鸿沟，巨人和婴孩的区别，勉强可以比拟这种不成比例的对照。梦想因此降格，蜕变为空想。

他为什么不跨出这一步？难道他不知道，唯有行动才产生价值，行动才是一切？这有些不可思议，然而却在每天的现实生活中反复搬演。他磨剑的工夫太长了，等到终于决定挺剑一击时——有这样的一天吗——目标早已不知所终了。这样，一出戏剧就变味了，成了极富讽喻意味的滑稽剧。这样的人实在太多了！哪怕只有百分之一的人成为行动者，世界也会是另外一种样子。

当然还有第三、第四个名字……

绘出衰弱因子的详细家族谱系不是我的任务。我只是举例提醒人们，一定要注意这种静悄悄的杀戮。每一种衰弱的症候都仿佛防波堤上的蚁穴，初看微不足道，但若不及时排除，任其发育扩大，总有一天将溃决生命的堤坝。

与此相关，还需要搞清楚这样一点：当某一张欲吞噬我们的嘴巴凑近脸颊时，为什么我们不但不觉得恐惧，反而感到亲吻般的惬意？

这些精神衰弱的因子，有时会以假面孔显现，甚至是一种接近美德的形式。对此尤其需要警醒。我认识一个有志于成为著名作家的写作者，他的发轫之作确实闪耀着罕见的才华之光，使人不由得对他有所期许。为了创作出伟大的作品，他一再推迟拿起手中的笔。十几年过去，当年远不及他的人都有了丰硕的收获，他却只发表了几篇短小的故事。实际情形是，他不愿承认自己的懒惰，不肯聚集起全部力量同字词搏斗，不敢坦然面对写作中随时会遭遇的过程的艰难和结果的平庸——这其实是再正常不过的事。为了回答人们的疑问，摆脱某种尴尬的局面，他总是声称他在夯实基础，潜心打磨，一定要耐住寂寞，穷毕生之力成就一部杰作。这样的话重复千万次之后，他自己居然都相信了，从而得以纵容自己的堕落而心安理得。等到他终于认识到或者说承认了这不过是谎言时，惰性已经深深地侵入了他的血液和神经，时间已经不允许他走出新路。他唯有出局。

总之，一个人就这样变得衰弱了。

那么，进一步想，这是否意味着，如果我们能够及时地、充分地意识到这些，认识清楚形形色色的惰性行为背后，令生命窒息的本质所在，我们就能够挣脱它们的羁绊？

不存在长久的遮蔽。每个人迟早都会憬悟，哪怕天性愚顽，闭目塞听。仿佛街巷间最幽深曲折的旮旯，也会在一天中的某个时辰，渗透进一缕阳光。因为这种事情会无数次重复，而时间又是那样悠长，足以完成一次精神的感光，彰显其暗昧的本质。

但重要的不是认识到，而是真实的行动，是与之角力并战而胜之。意志力——这才是关键。

然而此刻，生存显露了其惨淡景象，让我们不由得倒吸一口凉气——失败者满山遍野。

对许多人来说，倘若始终不曾觉悟，也许倒是好事。在不知天空到底有多大之前，井底之蛙是愉快的。他有幸或者不幸醒转过来，知今是而昨非，却难以摆脱积习的缧绁。对这样的情形我们到底应该鼓掌还是叹息？血液中布满了毒素，意志的火苗太微弱了，不足以烤化厚重坚固的惯性的冰块。他们一边诅咒心中的魔鬼，一边依然故我地受其牵领。衰弱，就是这样难以改写。这些人中，有的更坦白些，会承认自己的失败的症结，这样尽管已经于事无补，至少还能提示更年轻的人们，在尚来得及时调整好自己的方向。但也有怯懦而虚荣者，宁可把一切归结为天命——这样也许可能获得片时的廉价安慰，却为更严重的衰弱之旅准备了粮草。衰弱，终于不可收拾。在生命的航船灭顶之时，他还会想什么？

这就是一个人走向衰弱的历史。

不幸的是,这样的人到处能够找到自己的同伴,类似的故事从来就生长得葳蕤茂盛。默默的然而又是深刻的悲剧,广阔的弥漫与覆盖,随时消失又随时发生,彼此不相关联但又相互映照——寂寞独处时空无所依的叹息,夜半醒来后生命浪费的尖锐刺痛,面对美好事物无力获取的难堪……尽管呈现万千纷纭的表象,层层剥离后,却是相似的情感图式,相同的灵魂抽搐。这样的故事表面看来远离戏剧性,没有悬念和冲突,不会成为新闻记者笔下的一则短讯,更无缘于历史学家的如椽巨笔,但却是诗人和心理学家关注和勘测的富矿。他熟悉这一切:风平浪静的情感水面下的潜流暗洄,外表的恬然自若后不足与旁人道及的惶惑和哀伤,疲惫如何一点点累积,以及自尊如何一寸寸丧失。

每一桩这样的悲剧都是一个封闭的循环或递进。它只属于个人,演员就是观众,对他人、社会不产生任何重要的影响,刀刃对着他自己。然而每个人只有一次生命——这个念头使人内心寒战。

可能由于此,寥寥可数的胜利者的荣耀才被映衬得那样光彩夺目。

对这种结果该说些什么?

我们只能以黯淡的心情,来凭吊这些人生疆场上的失意者,同时祈祷,远离这一切负性的因素,并在灵魂中注入足以与之抗衡的神秘的力量。

破碎

随着年龄一同增加的,除了皱纹、白发和日渐赘生的肚皮,就主观体验来说,颇为强烈的,便是一种破碎之感了。

这种感觉首先属于时间,作为时间的依存物而存在。晚上熄灯前,试图在脑海里回放一遍这一天的流程,是件自寻无趣的事,每每令自己感到挫败。多数日子,都芜杂散漫,缺头少尾,东一笔西一画,整饬是谈不上的:一次会议,一个饭局,接待了两拨来客,编了数篇稿件,翻了几份报纸,上下班在路上约莫两个钟点;进门,晚餐,电视机前不过是稍坐,检查孩子作业也是应尽的义务,但窗外刚才还是万家通明,怎么转眼间已经灯火阑珊?不知不觉,一天过去了。倘若置换成视觉形象的话,大概仿佛是一块破布,由许多碎布头拼接缝缀而成,小时候从老奶奶百宝箱子里看到的那样,总脱不开寒碜粗陋。完整浑然的意识越来越远,似乎只属于从前,或者,属于某些臆想中的幻影。

不用说,碎布头是拼不出织锦来的,这就让人沮丧。因为潜意识里,对生命是有所期许的。然而事实却常常印证了那句话:"生命是一袭华美的袍子,上面爬满了虱子。"这是张爱玲的名句,突兀的对比,美丽而惊骇。因为什么缘故,它变得如此不堪?

为生命下定义,是有些麻烦的事情。但简单方便的途径也有,其中一种便是从其物理构成上入手。填充生命使之成形的是时间,时间又分解成一个个单元,大的是年,中间的是月,最基本的便是日子。虽然我们被名人不虚掷每一分钟的格言打动,但那更像是一个比喻。从可以捕捉的便利性上考虑,计量的最小单位应该是日子。钟点不过是分秒的延伸,一个小时的流逝只是瞬间的事情,但日子却轮廓鲜明丰满;同时,比较起月和年来,日子也更具体,更微观,更便于测量描画,是时间的若干副缥缈面孔中最具象、最质感的一种。24个小时的递传,日升与日落的一次循环,所有的意识、感情、行为、事件,都被纳入其中,都栖身于这个亘古如一的空间中,如果借助我们的想象,时间能够获得空间的可视性的话。排除疾病、自戕、遭逢不测等导致的早夭,在正常情形下,生命无非是几万个日子。这是谁都会说的,小学生们已经在作文里反复写过了。

写到这里,我都能够想象出某双眼睛读到这些句子时嘲讽的笑意。但我不管。一种说法,没有凭借新名词概念的包装,而能够一再使用,从来不曾被唾弃废止,自有其道理。一定是把握了至少是贴近了最真实最本质的东西,才得以口口相传。

从一根细小的头发中,足以检测出血型、遗传基因等生命的密码,这也证明英国诗人布莱克"在一粒沙上看见世界"的说法,并非只在譬喻的意义上成立。如果说,一个人在世间的数十年岁月也仿佛是一具躯体,那么一天该是其中的细胞,理应体现出这个生命的全部品质。从某种意义上讲,通过端详一天中的行止,大致就能描绘出这个生命的整幅地形图:它的高低缓急,它的宽阔和纵深,它的近观和远景。把握了一天,也就意味着把握了一生。

那么不妨来自我检测一番。

遗憾的是,结果往往使我们深感郁闷:生存以琐碎、渺小和萎靡的真实面貌,打破了长久以来盘踞在心头的自以为是的错觉。虽然这种错觉是没有来由的,但倒也能带来安慰。直到此时,才终于无可逃遁,获得了呈现,甚至于尖锐而突兀了。

定义这种破碎感是困难的,但如若将其还原为现象,却并不费力,简直是举不胜举:眼睛已经睁开,仍要在床上赖上半个钟点才肯起床;终于有充足时间做一件早就计划做的事情了,却东摸摸西触触,做一些全无意义的动作,有意地延宕;一次乏味透顶的会议,台上言不由衷,台下昏昏欲睡,此刻,为什么不驱使自己心驰意骋,去某一个艺术想象或理念思辨的国度,做一次愉快的精神畅游?明知肥皂剧乏味无聊,劫掠宝贵的时光,仍然要看到屏幕上雪花飘起……你看到的,不仅仅是破碎状态的诸多表现,还有背后的东西。因果链条清晰可辨。虽然有些处境身不由己，但在许多可以自己正确决断的地方，他放弃了，或者选择了错误。单独抽取一种看似乎说明不了什么，但如果类似的情形每天反复出现在同一个人的生活中，就有理由为他忧虑了。

破碎，作为一种感觉而言，缺乏像刀具或带棱角的东西的坚硬锐利，而是浮泛，模糊，不确定，若有若无，仿佛捏起一团丝绵，踩过一堆落叶。它好像是许多种东西，但实际什么都不是。就其本质来说，是精力的游移不定，是偏离正常轨道的行走，是资源的随意耗散，是缺乏中心造成的无序漫溢，是一种"不可承受之轻"。后果是使目标模糊，最后竟至于失去目标，于是生命的暧昧也就不可避免了。此时，它的含义的明朗确切倒是同喻体本身严丝合缝：当许多棉絮、落叶样的碎片在眼前飞舞时，你还能看清楚什么吗？碎片遮掩了真正的目标，以至于它所承载的那个人的生活，也不再有什么意义。

可虑之处正是，对于相当多的，甚至是绝大多数的人来说，这已经成为常态，一种被认可并且受到接纳的生活的样式。虽然人们偶尔也会抱怨，但从许多人谈到时的神情看，和抱怨牙疼感冒一样，并不当真。似乎只能如此，不能是别的样子。对其中一些人，它更是具有真理的品德，对其质疑反而奇怪，他们会反过来说你是凌空蹈虚，不切实际。

这种感觉和意识，随着日子的流淌而逐渐积累，有如河床里的淤泥层层加厚。过程漫长，细微，水滴石穿般地侵蚀生命。

既然不觉得有什么不合理，对其毒害不甚明了，自然想不到采取什么应对。结果便是两情相悦长相厮守，在一种温吞混沌中度过了一生。缺乏热力，没有光亮，如同即将熄灭的一堆炭火，只散布出一些微弱的余温。

曾经看过一部美国影片，被囚禁大半生的犯人，终于出狱后，反而不知道该拿自由怎么办了，于是有人自杀，有人设法再次犯罪，以便重返监狱。他们已经习惯了那种被指派、被安排、不存在个人选择的生活，他们逃避自由。同样，当一个人的生命河流中漂浮了太多的碎片，他也不复期盼完整，甚至想象不出这样的生活。

于是生命比曾经期望的样子，比本来有可能成为的样子，廉价了许多，像论堆售卖的处理蔬菜。在意气风发的当年，谁会想到是这样？

可以轻而易举地找出导致碎片化的外在因素。

城市飞快膨胀，原野被步步紧逼，退缩到天边。每天上下班耗费的时间成倍增加。同样增加的是诱惑，层出不穷的电视频道，动辄几十页厚的报纸，网上天地无远弗届；水涨船高的物质欲望，以及随之而来的不懈追逐。所有这些，都要消耗一部分时间，而每天只有固定的24个小时。生活内容的繁化，通常意味着有限时间被切割得更细密，碎片化更严重。外在环境势必影响到内在心性。

相应地，要想凝聚起时间和精力，矢志做一件事情，聚焦于一个目标，变得困难了。它们意味着要省略许多东西，对许多视而不见。菩提树下坐忘的佛祖，石窟中面壁的达摩，内心是完整的，所以才能有那样大的事功。但他们都属于过去了。在今天，目眩五色，丝竹乱耳，还有多少人钦慕他们的定力，甘愿效仿他们的行止？以人海之阔大，总能够找出个别人等，但通常会被当成例外，要冒被取笑的代价。因为专注于思考而撞上电线杆的数学家，内心是完整的，然而在许多人眼中，大可怜悯。在一个炫耀机灵乖巧的氛围中，谁愿意被视为另类呢？与世推移，"铺其糟而啜其醨"，屈子笔下的渔父，似乎提供了一种不错的生活智慧。

于是，我们面临了一个悖论：当旨在服务生活的手段和方式迅速增长时，真正意义上的生活却在急剧萎缩。手段遮蔽了目的，并常常将自身化为目的。僭越随时发生。

然而，行使最终选择权的毕竟还是内心。

想起了那句小时候就耳熟能详的话：外因通过内因而起作用。是否因为，在价值序列里，在审美取舍上，我们已经把票投给了这些碎片所代表的生活形态，所以才会有愉快的接纳？

碎片许多时候能够带来愉悦，像鸦片。它会让人想到丰富多彩而欣然怡然，会因为变化多端而貌似理想形态。对此一系列常见的说法叫作"享受生活""活在当下"等等。命名让人心安理得。语言遮蔽了实在，制造了一次谬误，让人在细碎的、醺然的快意中走入危险，忘记了还有完整、沉重、庄严、宏大的东西。只有清醒的头脑才能认清其本质，小心躲避埋设在廉价快乐下面的陷阱。然而这样的头脑，什么时候都是少数。

另外，我们非但并不真的反对，甚至有时潜意识中还盼望一些碎片，虽然我们不会承认这一点。因为只有它们存在，我们才有理由得过且过，才能够推脱责任，才为我们的疏懒和无所作为，提供一个名正言顺的借口。这是此地无银三百两式的自欺，但我们无师自通，玩得无比熟悉。

这样，事情变得很清楚了：我们之所以把日子过成碎片，是因为心中本来就布满了碎片。

因此，对那些始终能够保持一颗完整的内心，从而使自己摆脱了琐碎的人，应该献上由衷的敬意。

只要意愿，内心的力量就不会失效。艰难的时候，正是它最能够显示自己的时刻，恰似深秋开放的菊花，用季节的凛冽来证明自己的傲霜耐寒。对于意志自由的呼唤，贯穿了多少个世纪，今天就更迫切，他们便是这一品格的人格化存在。一颗强大的心灵总是属于汇聚了最多的意志力的人，属于能够阻挡和拒绝的人。他会努力避免一切使存在变得细碎猥琐的因素：对中心目标的打扰，使生活庸俗化的诱惑，时髦却陈腐的说辞……时时刻刻，他的灵魂中仿佛安装了一具调校仪器，随时检测思想和行动。倘若出现了偏离，迅即拽回。他并非没有软弱的时候，但总是会将它制服，而不是屈服于它。

即使如此，碎片也会不时地出现。这时，他会运用心灵中的力量，改造它们，会用意念把它们黏合在一起，像强力胶，使之服务于一个目标。这个过程中，像发生了一次化学反应，碎片产生了质变，成为一种另外的东西。这并不是说本身的负性成分消失了，而是说，错误甚或是毒素，也作为一个必不可少的环节而存在，参与了目标大厦的建造，成为构成其巨大形体的一个部分。那是一种充满辩证法色彩的运动：正题与反题相互矛盾、对立、纠结、冲突，最后形成了合题。

真羡慕这样的一些生命，驾驭、统摄一切的力量来自一颗完整强大的心灵。

他们获救了，他们是自己的拯救者。但是其他人呢？

那些在碎片里俯仰自得的，不必去管他了。谁都有选择的自由，哪怕选择平庸和卑下，说到底那也是他个人的事。然而，尽管这是一个价值相对论大行其道的时代，也并不意味着所有选择都可以等量齐观。

相信相当多的人，是如同你我一样，感觉到不对头，不满意。这或者是不清楚原因，或者，更多的情况下，是感觉无力自拔。但这不能成为屈服、耽溺的理由。即使可以为之寻找到一千种貌似合理的辩解，但只要认真想一想事实，就会觉出它的虚假，相应地，它也就不再拥有牢固不破的根据。

这件事再简单不过：生命只有一次。

"我是这耀眼的瞬间，是划过天边的刹那火焰。"有一首歌这样唱道。音乐叩击着耳膜，歌词却直抵心底，那样尖利痛切，仿佛刀子用力划过玻璃。当然，在歌曲的语境中，这个比喻只是描摹生命在时间长河中的存在状态，并不能理解为价值意义上的优良质地。事实上，在虚无的广漠背景下，没有几个生命能够闪现这样的光亮。想想潮水一样涌来的岁月吧，想想潮水一样流逝的人群吧。然而，期盼这样的光亮，不是一种天然而正当的希望吗？

只要这样想了，我们终究朝自由迈进了一步。

物证

即便是都市深处,春天毕竟也迟疑着来了。从近20层高的楼上俯瞰,不远处一条小街两旁的柳树,也绽开了一抹浅浅的鹅黄,虽然因落满灰尘而显得萎靡不振,全无它原野中的同伴们鲜艳娇嫩元气充沛的神态,但好坏也传递了一丝季节的讯息。

上小学的女儿让我帮她查找几首古诗,描写春天生机勃勃的树木的,最好是杨柳,说这是老师留的课外作业。恰好架子上有一本古人吟咏植物花草的诗文汇编,让我不由得第一次对此种形式的选集萌发了一丝感念,可见人心的难以依恃,一个小小的功利目的便足以动摇一向秉持的是非好恶。随手翻开一页,目光停泊处,是东晋桓温的一段咏柳文字:"昔年种柳,依依汉南。今看摇落,凄怆江潭。树犹如此,人何以堪!"

文章写的是春天,也是柳树,但与所谓生机蓬勃却是相去甚远。如果我没有立即去另找一篇贴题的,而是相反,听任思绪踟蹰不去绕梁三匝,那仅仅是因为,它此刻已经变为我的作业了,我要慢慢寻找出一个可能的解答。"树犹如此,人何以堪!"中外古今,人同此慨。多少次了,读到这样的叹息,心头都仿佛袭来一阵凛冽凉风。

这里,时间是没有登台的主角。

在有关时光的种种感慨中,这远非滥觞之作,但应该称得上是经典感叹。当年的纷披婆娑,几时起变成眼前的凋零萧条呢?秉承了天地之充沛元气的树木,尚且难以抵挡时间的咬啮,血肉之躯的人又如何能够脱逃?它从独特的角度,揭示了或者不如说是强化凸现了一桩事实,使之获得一种真实可触的质感:个体生命无比的脆弱。

柔软无比的时间却有着最为致命的杀伤力。在那一把无远弗届的镰刀的刈割下,还有什么能够留存?爱情,荣誉,乃至生命,无不是随着寒光一闪而纷纷委地,终至片甲不留。然而这个过程却极其缓慢,几乎不被察觉,如同流沙逐渐吞噬一片田亩。只有在一些极端的情形之下,才将结果突兀地显现出来,让人感觉到惶然悚然。不久前的一次大学同学聚会,我目睹几个人叫不出对方的名字,一时间彼此都有些尴尬。很难相信他们是在同一个班里度过了4年。十几年间,时间用一砖一瓦,逐渐在他们中间砌起了一堵遗忘之墙。

我们的一生,就是一次向着虚无之域的长途行军。皱纹是青春的终点站,白发是中年的抵达地。今天,科学已经将每个人锻造成了彻底的唯物论者,知道在路的尽头,白茫茫一片,空空如也,别说天堂,鬼也寻不见一个。这是幸运抑或相反呢？一言难尽。但彼岸世界的缺失，却教会我们把目光返回现世，用心打量每个人所拥有的长短不一的几十年生命。生命降临到每人身上并不一样，但最寒微最不起眼的一份，也都有一些滋味吧。

西方古代神话中人面狮身的斯芬克斯之神，一面眺望将来，一面回顾过去。如果我们希望不虚此番人生之旅的话，也应该为自己确定这样的姿态。前者是给生命树立目标，让人知道该朝着哪里走，后者则是数点这一路的收获，让人明白干了些什么。一个人不思进取，别人顶多说他浑浑噩噩，没出息，但要是一点记不得自己的过去，该说他有病，得了记忆丧失症，要催他看医生了。

这样回头看时，会发现，我们生命的全部风景，仿佛展开在一个坐标系中。光阴是一条坐标轴，而风景、物品等诉诸我们感知的存在之物，则构成了另外一条。活着的每一种体验，迷醉或哀痛，昂扬或沮丧，都是其上的一个个相交点，细微或者显著，放大了来看，都能够查询到相对应的时间，相关联的事物。对于时间，人们说得足够多了，却一再忽略后者，这不应该。它们具有不易被时光之水湮没的具体形态，更适宜成为生命的物证。

这样说可能会招来质疑。我们的躯体肉身，不是已经足以证实自身的存在吗？明眸青丝，肯定是青春最可信的名片，一旦发苍苍，视茫茫，则再清楚不过地表明了老境的降临。这两者之间,划出了一道轨迹,这道轨迹当然也能证明生命的流程,就仿佛地平线上的弧线能证明山峦的存在一样。但这种方式是被动的,好像听人说出侦探小说的结局,总不如由自己剥茧抽丝思考得来那样有味道。古人形容女子面容姣好,并不直言其如何美丽,而是采用"沉鱼落雁"这样的比喻,在与其他事物的关系中揭橥出来。同样,为了观察和体验生命,充分发掘其况味,也有必要设置一种参照系。

一旦这样去做,就不难发现,我们的视野里充满了物品,点缀在生命的地图上。或者不如说,物品自己站了出来,要为生命做证人。

时时处处,物品缠绕、覆盖、充满了我们,如同襁褓包裹着婴儿。我们在物品中找到自己,就如同鱼儿在水中获得了生命。曾被忽略轻视的它们,原来十分生动,在沉默中拥有执拗的力量。正是由于它们的存在,生命便以某种方式被记录、挽留,它的即时性的、飘忽的一面得到某种程度的抵抗和消减。它们同生命的关系,仿佛味道之于果实,声音之于乐器,炊烟之于灶火。它是一种提示,一种唤醒,一种仿佛无意间的叩击,却分明能感觉到来自何处。生命如果是风筝,旧物就是放飞它的牵线,哪怕已经不见踪影,也依然在掌控之中。如果是随风而逝的乐声,旧物就是存储它的磁带,只要我们想,就能够让它再度缭绕不息。

静虑凝眸时,每一件物品都变为一叶小舟,将我们渡出遗忘之海，驶向往事的港湾。如果我们是有心人，会发现这样的东西俯拾皆是。一顶褪色的"的确良"旧军帽，引领记忆走回少年时代，那时小伙伴间最可夸耀的事莫过于拥有它了，那种激动，丝毫不会逊色于现在的年轻人拿到喜爱的明星的签名照片。几页充满夸张的词句和惊叹号的情书，读来荒唐可笑，却分明提醒了当年初恋的狂热痴醉。十几年未曾翻动的书页间的贺年卡，多年前的旧照片，让我们想起曾经交往过而今已久无音问的朋友。"火炉旁打瞌睡的老婆子，当年曾经是如花的少女。"这是莎士比亚的名句。对这点，任何一个老婆子当然是清楚的，但如果她面对当年青春靓丽的倩影，或者是求爱信中让人脸红心热的话语，她心跳的频率，肯定会更快一些。

　　旧物是往事碎片的黏合剂，是已告衰弱的情感之火的助燃剂，是寻溯生命的最可靠的向导。旧物填补了记忆的空白，让已然漫漶的重新显影，生命就这样得到确证。生命原本在于细节的连缀，旧物单个地看是零碎的，但吉光片羽，弥足珍贵，许多这样的碎片的排列，不经意间就勾勒出了生命的大致轮廓。在年龄、外貌这些生理维度之外，它们以另一种方式框定了生命。

　　因此，如果一个人能够找出和生命的某个时段发生关联的事物，不啻是一种安慰。在那个相对无言的时间，生命被拉长、叠加，不但拥有此刻还拥有过去。而如果能够看着物品和自己一起老去，简直更是一种温暖的体验了。就像风雨同舟的终身伴侣，相互依偎着慢慢衰老，自有一种彻骨的浪漫和甘美。

因此，我们要说，最坏的情形，并不是物是人非，而是物的缺席，找不到任何见证物，那样，那段生命的有无也变得可疑了。再不堪的回忆也胜过没有回忆，因为正是回忆验证了存在的真实性。人生一世，最后会发现名声、地位、财富都是空，人能够真正拥有的只有生命本身。但生命的流逝本质，使得它难以实现超越时段的自我确证，老年无法证明少年，白发无法证明青丝，这时，唯有旧物能够担当此任，宣告生命曾经在场。经由它们，我们得以端详生命的纹理，恰如通过肌肤之亲，我们验证了肉体的爱情的真实。

在北京上大学的4年间，我走得最多的是白颐路。去首都体育馆看比赛，到王府井书店买书，进城办事，放假回家，它都是必经之路。因此，每当思绪飘向那一段时光时，这条路总是不期而然地映现在记忆的屏幕上。每次总是那同一个画面：夏天，路旁两行粗壮的白杨高耸入云，枝叶纠结，浓荫密布，几乎完全遮蔽了道路。阳光从树叶缝隙间洒下，落在地面上，自行车的镀铬车把上，骑车人的白衬衫上，抖动如碎银。这种感受，源自无数次乘车或骑自行车行走其下的经历。毕业以后回去得少了，但每次走过那条路，见到熟悉的景物，总会勾起一些当年的回忆，会想到某些人和事，尘封已久的某种旧日情绪也会摇曳着闪现，尽管只是片段，但那种生命如环相连的感觉却是真实生动的。一条当年的街道也是一个旧物，并不因其体积的巨大而改变其所具有的功能。它穿越了我的青年岁月，它因此也成为我生命的一条脉络。尽管十几年间两旁的变化巨大，当年的大片空地如今已挤满楼房，高科技公司的招牌和广告铺天盖地，但只要林荫路依旧，我依然有一种归家的心情。直到有一天，白颐路扩建，树木全部被砍伐，走在上面，完全是一种置身异乡的感觉，它对我全然成了一条陌路。对于我来讲，一条缺少林荫道的白颐路没有意义，尽管它更热闹，更繁华，但它是外在于我的生命的。它无法帮助我建立起和自己过去的连接，仿佛一根再也擦不出火花的火柴。

这里我还想说一件事情。

人们有种种收藏癖好，邮票、钱币、古董、旧家具等等，或者因为喜爱，或者出于赢利的考虑。但我听说过的一例完全异于这些。我是从邻居那里听到的，讲的是他单位的一个同事。那是一个悲伤的父亲，他的读初中三年级的女儿在暑假外出旅游时死于一场车祸。四五年了，每天晚上临睡前，他都要拿出女儿的旧物，端详摩挲一番，这样才能安宁。甚至出差时，也要带上一件东西。这些东西很杂，课本、成绩单、文具盒、书包、口琴、画板、红领巾，从小到大的照片，那个短暂生命不同时期的见证物。他专门清出一个大抽屉，来存放这些物品。妻子曾经想清理掉女儿生前的衣服鞋子，他坚决不同意。甚至，他还到亲戚家，到学校向女儿要好的同学，寻找曾属于女儿的物品。它们使他伤感，但久之却变成了深长的慰藉。显然，对他来说，这些东西上面都浸润着女儿的气息，正是通过它们，他得以每时每刻和女儿生活在一起。

我记得初次听到这个故事时内心的震颤。它让我看到了人性的伟大，父爱的力量，也最有力地证实了物品亲和心灵的特性。

错位

　　果然是"天下名山僧占多",去湖山形胜处,每每会有寺庙映入眼帘。虽然与佛门向来无缘,但也尚未到避之若仇的份上,何况许多地方除山门之外也没有第二条路。因此多年下来,梵呗声声,香烟袅袅,也都多所见闻,入目入耳。突出的感觉是,大雄宝殿里,香火日益旺盛了。每每怀着一种超脱的心情,看虔诚的香客跪拜求愿,喃喃有词。这都无甚新奇可述,但有一次是例外。记得是在峨眉山上,遇到几个广东商人,身材的枯瘦萎靡与暴发户的骄奢自得很古怪地混合在一起。一阵喧噪后,他们也在蒲团上跪了下来。

　　一人双手合十:"阿弥陀佛,保佑我生意成功,发财发财。如愿以后,一定捐给你许多钱。"

　　佛家教人"放得下",破我执,视贪爱为苦恼之源,求他赠以金银,岂非南辕北辙?但在这位眼里,肯定佛国净土也充满商业精神,佛也是生意中人。这不,连提成的事都预先说到了。

　　但比起另一位同伴的歹毒,他还只是痴愚罢了。那人满脸杀气地念着一个人的名字，想来该是他的竞争对手："让×××破产，老佛爷。"他大概将眼前的佛和慈禧混淆了。现实生活中充满出神入化的戏剧性，最好的编剧也只能自叹弗及。

佛以慈悲为怀，志在超度一切众生进入天界，为此不惜舍身饲虎，没想到这位却要求他做阎王的工作。佛家讲业因果报，六道轮回，此人抱这般恶念，来世应该转生到哪一道？即使侥幸免于地狱，至少也该堕入畜生道。

愚昧是怎样测量都探不到底的，可恨的是它们偏偏要同智慧纠缠在一起。

但也有看上去十分合辙合式的。

手头是一张旧照片，一叶小舟上，坐着一位半老不老的垂钓者，头戴斗笠，身披蓑衣，意态悠然。那种无求无待，颇合天籁，让人想到庄子和惠施有关鱼乐的争论，想到泛舟五湖的范蠡，想到淡薄功名啸傲林泉的隐士高人。如果不看文字，你是很难把这个形象同一个名字联系在一起的。

他是袁世凯。这张照片摄于河南安阳的洹水河上。

时值光绪、慈禧"晏驾"之后，在权力争斗中，袁世凯暂居下风，被朝廷"开缺回籍养疴"。袁世凯何等野心勃勃之人，谁能够相信他会嗒然心灭？处风云变幻之时，韬光养晦，无非是以图东山再起。这张照片，是用来蒙蔽朝廷的，正是要表现得仿佛万事不再萦系于心，使对方放松警觉。事实上，他无时不在观察时局动向，朝廷的一举一动，千里之外的袁世凯了如指掌。

老庄智慧教人彻底放弃，无求无待，以恢复心性的自由无羁。到袁世凯这里，却被用作给人看的面具。他要以此作为手段，达到江山社稷尽入我囊中的目的。表里之间，相去何止霄壤。

人人赞美智慧，将它视为无价之宝，将获取它当作至上的幸福。智慧之于人生，无异于眼睛之于道路。那些形形色色的智障者，不啻人生道路上的盲人，命途充满艰难险恶。

然而要考察实际情形的话，我们却不免要疑惑了。那些被智慧漠视乃至蔑视的东西，却每每正是人人趋之若鹜的，哪怕芥末微名，蝇头小利。《红楼梦》中一曲《好了歌》唱得可谓一语中的："世人都晓神仙好，唯有功名忘不了。"如此，我们日常大量接触到的是心口相违，言行不一，让人想起叶公好龙的典故。或者宽容些，退一步讲，他们未尝不向往和智慧合而为一，但内力太弱，不足以抗御外在的诱惑，轻易就被打败了。智慧始终未能真正进入内心，导引他们的人生。

相比之下，另外一种情形更不可原谅。那便是将智慧剥离、肢解，进而庸俗化，降为应答进退之术，玩弄于股掌之间，以达到个人的目的。标榜无所求是为了所得更多，谦逊以期获得加倍的赞誉，仿佛古代的隐士，身处幽谷而心存宗庙，逃名为了得名。没有伶俐的机心，如何能想到做到？智慧之所不齿的东西，变成了其所孜孜以求的目标。还美其名曰只要目的正确，手段不必在意。所有这些都如同袁世凯手中的钓竿，朝着各自的目标。

然而到了这一步，它还能够称为智慧吗？

它已经变成了另外一种东西，尽管外形近似，但其实质则完全不同。须知智慧总是和德性相邻相睦，互为表里。失德之举，也走向智慧的反面，而沦为机巧、谋略之类。至于其中等而下之登峰造极的，则要以阴谋称之了，害人又复害己。这无疑是错位中最严重的一种。

这样的人终究不能了解真正的智慧，其受遮蔽的程度甚至过于前者。

"借我借我一双慧眼吧，让我把这纷扰看得清清楚楚明明白白……"一首红遍全国的流行歌曲是这样唱的。得失、名利、成败、荣辱……受其困扰的人不在少数。欲摆脱羁绊，只有依仗智慧，所以才有"慧眼"之说。

可是，看清之后又将怎样？路该如何走？

"道不行，乘桴浮于海。"面对红尘滚滚，古代的哲人智者开的方子往往都是逃避。范蠡功成身退泛舟五湖，嵇康披发佯狂以避人祸，都是因为他们参透了个中禅机。在今天，这样的可能性首先已不复存在，欲唱归去来，桃花源已不在，有心赋采薇，首阳山亦难寻。且智慧之为智慧，也是在愚昧、无明、盲障的背景下才显示的。如果必避至人迹罕至处才得圆满彰显，这样的智慧未免让人怀疑。因此，智慧的体现处，也应当在蒙昧甚嚣尘上的地方。正仿佛最好的隐匿之地其实正是人群，不是说"万人如海一身藏"吗？

这并非鼓励人去学游刃有余的处世之术，虽然事实上许多人都走上了这条路。举世皆醉，一人独醒，他若不满于这种状态并有所表示的话，非但于事无补，反而很可能会引火烧身。在智慧与愚昧的较量中，败下阵来的往往是前者。屈原自沉江潭，便是一个惨痛的例证，也兆示了后世许多高洁的智者的悲剧命运。"世人皆浊，何不淈其泥而扬其波？"在现实的利益面前，那些定力不足的人，最终恐怕不免要认同屈原笔下渔父的逻辑，会从曾经信奉不二的准则下退却。

但是否想到，这样与世推移，你就是参与扩大愚昧，如果世道人心最终是离所向往的越来越远，这里面是有你一份责任的。好比久处鲍鱼之肆，尽管自以为是虚与委蛇，但在别人闻来其味则很可能也正如此。这样趋同流俗的结果，尽管会得些甜头，但扪心自问，最终会觉得是失大于得，如果他心中还将智慧德性作为尺度的话。自然，那些将之视为油彩、需要时拿来涂抹在脸上的人不在此列。

那么，对并非英雄却也不愿做宵小之辈的大多数人，现实可行的看来是中道。是在执着与淡泊、抗争与忍让等等对立的情操之间，寻求一种不失尊严的生存。因此，人们在处世上的姿态颇具代表性。"尽量说真话，坚决不说假话。"这是一位历经运动劫难的老作家，在回首往事时，为自己制定的准则。最初读到时，尚不能够理解，以为老人怯懦，甚至滑头，但随着世事风波浮沉，越来越认同这点。这是乡愿先生吗？这暗含沆瀣一气的种子吗？不能这样看。当时势之力过大，抗争不啻以卵击石时，缄默便是一种现实的选择，不应轻率地加以指责。须知，对当事人，他实际上预先为自己的行为标出了一条界线，一道用道德、原则扎就的栅栏，有此凭依，不会滑入泥淖。这同无操守的随波逐流相比，仍然是泾渭分明。如果说那种以孤躯而敢抗天下之恶的高风亮节合乎神的标准，这不妨看作是人的标准。在鬼魅到处可见的世界，能这样做，也算大道不违了。一旦它们成为大多数人的操守，愚昧——恶常常是其极端形式——最终难以长久肆虐。

这仍然是一种错位，然而已经是最为贴近的了。

劳动和幸福在一起

70年前,一位女作家写了一部长篇小说:《工作着是美丽的》。

仅仅由于这个书名,十几年前,我知道并且记住了这样一部书。这样的书名是一句诗,是灵魂的耳朵最喜欢聆听的音乐。但是奇怪,随着默诵这句话的次数增加,找来小说一读的愿望反而变得越来越淡了。也许是这句话本身已经直接地、不会带来任何歧义地表达了小说的题旨,再读已经不重要了,但更可能,是由于担心具体明朗的叙事会干扰这句诗中如月光一样沉静弥漫的氛围。

但同时,我也带一点儿遗憾地想,要是稍微改动两个字,"工作"变成"劳动",就更好了。虽然词典的释义中,这两个字的区别是细微的,但对于我,后者更容易给视觉带来一种质朴、形象的感受。读到它,面前仿佛出现了农人挥镰收割的场面,那是劳动的最初始、最基本的形态。这很可能只是一种个人的、修辞学意义上的癖好,但却正是这种主观性叩响我的诗情之门,在心底荡开一圈圈感动的涟漪。

劳动着是美丽的——说得多么好！

一句朴素而深邃的赞美诗。它的声韵向远处扩散，会在所有的地方、所有的事物上撞击出回声。很少有句子能够像它一样，具有一种几乎是无边无际同时又是无始无终的概括力，就像风吹彻一片大陆，阳光照遍一个国度一样。在余韵袅袅欲散时，会接续上灶火噼啪燃烧的声音，羊羔柔弱的咩咩声，机车的轰鸣，键盘的敲击声。一曲恢宏阔大的音乐，由万千种旋律与和声编织而成，回响在时间的所有维度，在空间的一切中心和边缘——这就是劳动和生活的关系。

劳动用辛勤和汗水，铺设了一条道路，通向丰盈与收获。谁能说得清，大地上有多少种形态各异的劳动？可以肯定的是，每一种劳动，只要是诚实的，都将通向一种美丽。打谷场上稻谷的山丘，船舱里碎银似的鱼儿，芳香四溢的水果，欲与天公试比高的楼厦，都是丰收之神在不同场所的显形。它还藏匿于一幅画，一首曲子，一本书，一张碟片，一堂课。劳动，用体力和心智，描画出了大地上的灿烂。

但我似乎不应该在这一点上过久滞留。女作家的那部作品，使用的是进行时态。它直指劳动本身。

这才是更重要的。我们迟早会发现，仅仅是劳动本身，便是一种自足的美，而无须假借什么。劳动，额头上闪亮的汗珠，臂膀上绷紧的肌肉。肢体形骸的动作中有画，吭唷嗬哟的号子声萌芽了最初的音乐。从春秋时代的《诗经》，到古希腊的叙事长诗《工作与时日》,从内蒙古阴山崖画的狩猎图,到南太平洋群岛上土著的舞蹈,最原始的文学和艺术都是以劳动作为表现对象,展现它的丰富多彩的表情和细节。同时,最优秀的艺术家也喜欢通过它来表达对于生活的理解,看一看凡·高《麦田与收割者》或米勒的《拾穗者》吧,坚定、豪迈、虔敬、静默,属于人性的和神性的一切,都是自劳动中孕育生长,如同晨曦从东方地平线升起,如同泉水从大地深处汩汩涌现。有时,我们会看到劳动的另外一种相对阴柔的面貌,它属于作家、艺术家、工程师、学者和教师,属于用知识和智慧同世界建立联系的人们。它的外在形态似乎枯燥了些。然而,那是平静水流下的漩涡,蕴藏着内在的紧张和冲撞。从声音的洪流中捕捉一个飘忽的音符,为找到一个恰当的词汇而精疲力竭,调色板上千百次的涂抹,长夜中与一盏孤灯的默默相守……这其中有着另一种坚韧决绝。

外婆九十几岁时,仍然摸索着做些活计。按她自己的说法,"一天不做活,难受得要死"。在生命的最后两年里,她唠叨最多的话是:我做不了活了,我快要死了。活力是生命的另一个名字,它只能是来自劳动,就像歌声来自歌唱。我们时常会看到一些人,平时丝毫不引人注目,甚至常常显得迟缓愚钝,但是只要进入工作,马上变得神采飞扬,身手矫健,让人想到一头正在追捕猎物的狮子。劳动将一股生气灌注进他的躯体。如果长久地坚持,它就会变成一股火焰,炙烤着他的身体和精神，使之不会冷却。户枢不蠹，一个颠扑不破的真理。我们也经常能够遇到一些老人，体格硬朗，精神矍铄，或者是退休发挥余热的工人，或者是不废著述的学者，职业不同，但这种老树挂花的生命奇迹，却出于同一个简单的原因——他们无一例外地是勤恳的劳动者。一般来讲，一个与劳动缔结了密约的人，不容易消沉、绝望、自轻自贱，因为劳动已经在其精神中注入了免疫剂。从肉体到灵魂，劳动是生命最可信赖的卫士。

不但如此，劳动带来的创造感、征服感，还是劳动者情感满足的最主要源头。搬迁新居前，请人来装修，我记得油漆工因为一面墙壁刷得光亮可鉴，木匠因为一扇门板刨得光滑平整，而流露出的那种得意的神态。甚至在这种雇佣色彩明显的活计中，劳动都带有一种在谋生之上的意义。那些从生命的深处生发出的、依从内在声音召唤的行动，就更具备深远的蕴涵。自由的劳动不会让人厌倦，倒是远离劳动常常导致精神的失衡。这该是为什么衣食无忧的食利者阶层，反而最容易罹患心理疾病的原因。相对于丰裕乃至奢侈的肉体生活，他们的灵魂如瘠薄的土地，或者一片荒凉，或者长满芜杂的野草——因为缺少劳动的侍弄而抛荒。因此，当感官的狂欢登峰造极，再也难以形成新的刺激时，悲剧的幕布也揭开了。这也是一种"生命不能承受之轻"。

劳动还是道德之源。既然它是一件最自然的事情，那么一个诚实的人，一个融化在劳动中的人，便会获得一种正当质朴的人性。一个农人是最远离虚妄的念头的，他知道汗水与收获的关系，知道土地的原则。一个沉浸在工作中的艺术家是谦逊的，尽管在别人看来，他的成就已经相当骄人。他懂得艺术没有止境，高峰总是相对的，不断进取才是他唯一应该选择的姿态。风浪凶顽，暗礁险恶，因此勇敢就成为渔民的最基本的素质。这些品德的产生，其实是很自然的。它就寄寓于每一种劳动中，就像绿色和树木的关系。宽厚，仁慈，善良，忠诚，都是自劳动中获得，或者被劳动激发、扩大，就像火焰被风鼓荡一样。人是不定形的，不变的只是其肉体存在的某种形式，而作为人的本质的精神性，是处于开放和变动之中。它决定了个体的高贵或卑贱，超卓或平庸。它的成因复杂玄奥，然而一个人只要选择了劳动，就是守护住了人性中最基本的也是最重要的东西，替自己的精神世界涂抹了一道亮色。劳动是道德的打磨器，能够领悟这点并且加以践行的人是有福的。几乎可以说，他为自己的生命投注了一笔最大数额的保险。道德堕落的许多表现，如好逸恶劳、坑蒙拐骗等等，寻根溯源，都是由于缺乏对劳动的虔敬和信仰。损害从个人开始，最终却是指向人群和大地。赞美和卫护劳动吧，哪怕是最平凡的、卑微的、默默无闻的劳动。只要它们广泛存在，就足以抵抗灵性的坍陷。就好比装点大地的绿色，有时只需要一些不起眼的野草。

劳动给了我们面包和生存，也给了我们尊严和期望。我们一生受到它的佑护,在意识刚刚成形仿佛岛屿浮出海面的童年,田埂间祖父忙碌的身影,灶头雾气中祖母时隐时现的脸庞,给予了我们有关这个词汇的朦胧的感受。及至长大,向往则如同一支搭在弦上的箭矢,遥遥指向某个远方。一个海边渔民的儿子盼望成为远洋巨轮的船长,一个闭塞山沟里农民的后代梦想走遍地球的每个角落,你不能嘲笑这些念头是虚妄的。大地上的一个真理是:劳动使得一切成为可能。拼搏、奋斗、追求——"劳动"这个词汇的不同表达——已经为无数原本平凡卑微的生命,增添了辉煌和荣光,仿佛安徒生笔下的那只变成了白天鹅的丑小鸭。成功属于追求成功的人——它是如此的真切、普遍,它使一个人相信,不断超越是可能的,只要握紧了劳动。劳动就是古希腊神话传说中养育万物的土壤——是的,从本体的意义上就是如此,梦想的花朵开放在劳动的土地之上。一切真正的荣誉归根到底都是来自劳动,是对于劳动者的奖赏。

在《工作与时日》中,赫西俄德写道:

> 从劳动中,你将得到神和人的
> 爱的祝福;懒虫则遭鄙弃
> 可耻的不是劳苦,而是懒惰
> 勤劳吧,懒人将会羡妒你
> 将会以不同的心情看你财富的增长

荣誉和美德与富裕同行

我们还记得一首20世纪50年代的歌曲《在一起》，其中有一句就是"劳动和幸福在一起"。是的，就如同这首歌曲里开头那句"星星和月亮在一起"所表明的，在我们最大的愿望——幸福和最日常的行为——劳动之间，原来是一种如此简单、直接的对应，朴素得让人惊讶。然而我们没有理由怀疑这一点。

让我们听从它的导引吧。

活着，诚实地劳动着，憧憬着未来，多么好。收获劳动的收获，多么好。是的，一切都像诗人海子的那两句诗所吟咏的——

  双手劳动
   慰藉心灵

王子与玫瑰

从前,有一个孤独的小王子,他住的那颗星球只比他大一丁点儿,他很想找个朋友。于是,他离开自己的星球,降落到地球上。在长时间穿行沙漠、岩石和雪地之后,他遇到一只狐狸……

不用说,这是一个童话。

这是一个颇有名的童话,法国飞行员、作家圣埃克絮佩里的《小王子》。也并不是仅仅有狐狸,还有蛇,有绵羊,有猴面包树,有困在沙漠中的飞行员,有小王子依次拜访过的好几个小小的星球上稀奇古怪的人物——一个没有臣民的国王,一个自吹自擂的家伙,一个酒鬼,一个忙着计算星星的数目以据为己有的商人,等等。每个人都够说上半天的,都能让你笑出声来。比如,在好虚荣的人的星球上,他建议来访的小王子"拿你的这只手去拍那只手",然后,他很谦虚地脱帽行礼。你不由得会想:这说的是谁呢?怎么都那样熟悉,就好像身边时常会碰到的某些人。

可是,读着读着,你的笑容收敛了。分明有一种柔软的、温暖的、流质的东西来到你的胸中,久久不肯离去。你有点儿想哭。

这一切全都因为玫瑰。

在小王子居住的星球上,有一朵孤零零的小花,仅此一朵。不知她是从一颗来自何处的种子发芽长出的,但她确实绽放得光彩夺目。她用自己的娇憨、任性、狡黠,弄得小王子又快乐又苦恼。小王子在地球上的一个花园里,看到这种花儿之后,才知道她的名字:玫瑰。他目瞪口呆了:他的玫瑰曾经告诉他,在全世界,她是这种花儿的唯一的一株。可是在这么一个花园里,就有五千株和她一模一样的花儿!他不由得有些伤心。

正是在这时候,狐狸出现了。

狐狸像一位循循善诱的哲学家。它发表了一通需要和不需要、相似和唯一的见解。它认为,"对我说来,你和成百上千的小男孩完全一样。我不需要你。而且你也不需要我。对你而言,我和成百上千的狐狸毫无两样。但是,假如你使我驯顺了,我们二者彼此之间就互相依恋了。对我来说你在这世界上是唯一的。对你说来我在这世界上也是唯一的……"

这番话里,关键是"驯顺"这个概念。按狐狸的说法,叫作"创造联系"。

狐狸使小王子明白了,他的那朵花确实是独一无二的。因为他和她，也只和她有着联系。所以，"她比你们所有的花总合起来还要重要得多。因为我给她浇水。因为我把她罩在玻璃罩子里面。因为我用屏风把她保护起来。因为我是为了她才杀死那些毛毛虫的。因为是我在谛听她倾诉哀愁，或是自夸自赞，或是有时甚至一声不吭。因为她是我的玫瑰。"

街上行人如织，摩肩接踵，但又相向漠然，如汛期过后河滩上的石头。"天上的星星像地上的人群一样拥挤，地上的人群像天上的星星一样疏远。"比大多数流行歌曲高明，这句歌词难得地达到了一种洞察的深度。那些陌生而冷漠的面孔在眼前飘过去，和深秋时节飘旋的落叶有什么区别？顶多，某张年轻俊俏的面容让脖颈扭动一些角度，让瞳孔里的映像延长若干秒钟。也就是这些了。但每张脸都是一台信号仪，都发射也接收着属于自己的信息。他或者她都知道自己正在挂念着谁，也会被谁系念。对方之于自己，自己之于对方，都是唯一的、无可替代的。

"是你为你的玫瑰所花费的时间，使你的玫瑰变得这样重要。"

是的，这是毫无疑问的。只有我们真正魂魄所系的东西，对我们才是有意义的。所以小王子才会对五千株玫瑰说："你们很美丽，但是你们是空虚的，你们虚有其表。"因为在他和她们之间，并不曾建立起任何联系。

想起那个美丽的字眼：爱。它是情感中的情感，联系中的联系。它之所以美丽正由于它体现了联系的极致。可以说，只有借助于联系，它才是真实的，否则就是不可思议的，就好像说树不是从地上生长，雨不是自天空降下一样。

狐狸不吭声了，长久地注视着小王子：
"求求你……收下我，驯养我吧。"

读到这里你心里发颤，眼眶发痒，鼻孔热辣辣的。这只和小王子一样孤独的动物，期待着心的碰撞，发出的是爱的恳求，你怎么能够不理会，甚至轻慢都是一种罪过。小心翼翼地照顾它、呵护它——"驯养"它吧。它的幸福，就在于你的给予中——

"我的生活平淡无奇……我觉得有点儿腻味了。但是，如果你使我驯顺了，我的生活就会充满了阳光，欢快起来。我将会听出一种与众不同的脚步声。别人的脚步声使我钻到地底下。你的呢，把我从地洞里召唤出来，有如一种乐声一般。"

人生来是孤独脆弱的，需要寻找什么东西来支撑依靠，仿佛藤萝要附于树干。借此，生活变得可以忍受，人也获得了自我确认。爱无疑最能够赋予生命这样的意义感。

"还有,你看!你看见那边的麦田了吗?我是不吃面包的。对我说来,小麦毫无用处。麦田不会唤起我的任何记忆……但是你有着一头金发。于是乎,一旦你使我驯顺了,这将变得妙不可言!金色的小麦将使我回想起你来。于是我就会爱上穿行麦浪的风声……"

想起唐末牛希济的一句:"记得绿罗裙,处处怜芳草。"(《生查子·春山烟欲收》)爱到深处的人,一颗心盛不下饱胀的情感,它洋溢流布开来,便能够消弭事物间的界限,时时处处发现对方的存在。它不仅使相爱的双方心心相印,"欢喜着你的欢喜,忧愁着你的忧愁",更可贵的是同时推及万事万物,使个人同世界发生关联。就像街头热恋中的情侣总是更易产生同情心,对老弱、病残、乞丐给予怜惜施舍。爱是个人走向他人和世界之路。

也不仅仅是两性间的情爱,联系的含义远为开阔。我们赤裸裸而来,又赤裸裸而去。我们如何确证自己曾经存在过,曾经和这个世界发生过关联?当血肉之躯被时光之镰轻易割取,到哪里寻找它的呼吸歌哭的痕迹?相对易坏的肉身,古人提出立德、立功、立言"三不朽",不失为一种较为妥帖牢靠的尺度。规定了我们本质的,正是我们与之产生深刻关系的事物。当全部身心存在的意义仅仅因某个对象而呈现时,我们无疑也附着其上、融入其间了。对这种成为个体存在的依据的、最高程度上的联系，是完全可以用爱来加以定义的。

自然，那些守财奴、权力欲、色情狂乃至病态的嗜痂者，若用同一个字形容他的爱好，你也无可奈何。这是汉语的暧昧。但好在这不是一个需要费力才能分清的问题。

一旦真正爱了，再没有什么更能令爱者倾心。

后来，小王子遇到了因机械故障被困在大沙漠中的飞行员。小王子请求他画一张绵羊，来陪伴他——小小的星球上实在是太寂寞了！飞行员画了。但后来小王子得知，吃草的绵羊也可能吃花，他坐不住了，问这问那。飞行员正忙着修飞机，有些心不在焉。小王子生气了。

"难道绵羊和花儿之间的战争不是重要的事情吗？……若是有谁爱的那朵花，是在千百万千百万颗星星中存在着的唯一的样品，那当他看到花儿的时候，他自然感到无限幸福。他对自己讲：'我的花在那边的什么地方呢……'但是如果绵羊吃了花儿，对他来说，那就如同所有的星星顷刻都熄灭了！难道这还不严重吗？"

他什么也说不下去了。他一下子恸哭失声。

飞行员赶忙安慰他,答应给绵羊画上一个嘴笼,这样,它就吃不到花了。

飞行员被深深地感动了,"是因为他对一朵花儿的一片忠贞,是因为那朵玫瑰的形象……"我们可曾有过那样的时刻,为一个人寝食不安,恨不得全身心地去缠绕、呵护、抚爱,和他或她同呼吸,并冷暖,共歌哭?如果回答是忐忑的、闪烁的,则应当警觉:我们还不够纯正,生命和情感中还有太多的杂质尚待去除。

"上邪!我欲与君相知,长命无绝衰。山无陵,江水为竭,冬雷震震,夏雨雪。天地合,乃敢与君绝。"汉代一个女子的爱情誓言,为那种感情给出了形象的阐释,也给所有的爱者树立了标高。她担当了那份炽烈,也准备担当可能会有的千难万险。

这样,我们便一步步接近核心了——爱是一种联系,但更要紧的是要"创造联系"。

联系不是天然生成的,而是要靠后天培养的。它归根到底是一种主动的投入。也许,有罗曼蒂克的一见钟情,四目相对时产生触电般的感觉,很快泛滥成淹没一切的热情,当事人仿佛罹患热病,行事举措再也由不得自己。但这种每每被赞美称羡的神秘情愫,究其实是过分虚幻、肤浅和易于磨损的,生灭都在转瞬之间,如同夏日雷雨天满地的水泡。一旦从形象的或自造的幻影中撤身，一颗曾经热极的心会即刻堕入冰凉。即便有少数功德圆满的，也必定是另有依恃。因为一种坚实的感情不大可能是戏剧性的，它们充其量只是一个不坏的开端。要指望修得正果，就需用你的才情，尤其是耐心，一点点去培植它，去看着它在几乎不知不觉中成长。

狐狸对小王子解说驯顺之路：

> "必须很有耐心，"狐狸答道，"你先坐在草地上离我稍远一点的地方。我从眼角瞧你，你什么话也别说……可是，每天，你可以越来越坐得靠近我一些……"

可见的位移后，是不可见的心的靠近。当两极接通时，进出的火花就叫爱。它们大概离不开在某个亮灯的窗口外长久地踟蹰，离不开默默而长久的念想，它在多少年中和几天里一样。但也不一定非是距离的贴近，心有独特的衡量标尺。相距咫尺可以仿佛天涯，而遥隔万里亦能够如同比邻。关键是是否真正建立起了联系。

但有一点是确凿的，不可或缺的，寓于一切方式之中，这就是"交付"。只有以它为基石，联系的楼厦才能搭建起来。狐狸说，"比方说，你在下午四点来，从三点钟开始我就感到快乐了。会面时间愈临近，我越发感到欢快。四点的时候我已经开始激动不安了，我将要发现的是幸福的代价！"只有首先交付，应答才是可能的。

可惜，这个方面有着太多的迷误。我们渴望被爱，却不明白它是互动的。相对献出，我们更熟悉的恐怕是索取。我们像商人一样掂斤播两，唯恐吃亏。殊不知在这个方面精于算计的话，也就拆散了那条最柔软的维系之绳。爱在本质上是将自身纳入他人。你便是世界，便是神明，便是我生死以之的一切。我因你的每一痛苦、欢乐而战栗，我甘愿放弃自己。古希腊哲学家苏格拉底说过：真正值得赞颂的是追求者，而非被追求者，神是在追求者那里的。爱是最难诉诸言辞的、行动的哲学。许多大声叫喊的人，其实离爱最远。正像集市上，叫卖最起劲的人，货物往往最差。

小王子将狐狸"驯养"了。这时他也明白了，他和他的那株玫瑰之间，原来早已是互相驯顺了。他比平时更清楚地认识到，她的幸福依仗他。狐狸说得好："对于所有你使之驯顺了的东西，你是有责任的。你要对你的玫瑰尽责。"

小王子要回到原来的星球上去。

"你知道……我的花儿……我要对她尽责啊！她又是那样娇弱无力！还有她是那样单纯天真。她只有四根毫无用处的刺来保护她对付全世界……"

爱就是责任。

小王子的所思所想，所作所为，都是在宣告和实施这个命题。它并不新鲜，但体现在小王子对玫瑰的系念中，却是那样真实、生动，有一种震撼人心的东西。爱就是责任。担当这种责任，就是要时时刻刻付出关怀和牵挂。唯有这种关怀才能够验证这种感情。否则，爱岂不是太容易了？

爱的领地无边无际。弱水三千，每个人都只取其一瓢。对小王子，是挂系他的玫瑰，对我们呢？它难道不是儿女牵挂患病的母亲，不是母亲思念远行的游子，不是想分担所爱的人的一切"欢喜着你的欢喜、忧愁着你的忧愁"，不是看到你一向珍视的信念被人诋毁亵渎所感到的愤慨和拍案而起——不是所有这一切中我们的关切、焦灼、悲欣交集，心甘情愿的自我舍弃，和历经千辛万苦终于遂愿时所感到的喜悦和幸福吗？

只有爱着，人才像一个人，爱将人提升了。再平凡的行为，只要它是来自爱的策动，便都是和神的约定。尽管水仅一瓢，里面却有大江的律动。那些无所爱的人实在是最可怜的。他逃脱了责任，但这样一来，他也自逐于大野茫茫之中，仿佛无根孤蓬随风飘摇。生命之轻亦不堪承受。

凭着这一点，我们还能够很容易地辨别真爱者和扮爱者。对于后者，责任是个唯恐躲避不及的东西，仅仅是想到这一点就使他们蹙眉。它仿佛他们贪慕的肉体上的一根芒刺，在猎欢的过程中刺痛他们，败坏兴致。他们恨不得埋葬这个词，使其万劫不复，但显然无力做到，于是便玩弄起所谓消解的把戏，努力使人相信它其实当不得真，也使自己更加心安理得些。结果，他们将爱变成了一场骗局，一种心智和肉体的练兵场，使之散发出一种腐臭的气息。

当这样的人在另外的场合侈谈爱的意义时，你如何能相信他？

于是，在降落地球一周年之后，为了他的玫瑰，小王子义无反顾踏上回返的路。他煞费苦心，说服毒蛇咬自己，当躯体訇然倒地时，他就摆脱了重量的羁绊，飞走了。这是多么壮烈的牺牲！他将生命献给玫瑰，也把一个启示留给我们——爱的极端处，责任的巅峰状态，是与献身牺牲为邻的。

然而，能够真正理解这一点的屈指可数。

我们还要在误区中陷溺多久？爱是一支小夜曲，是在黄昏花园漫步时的心旷神怡，是感官的适意，是享受、甜蜜等的同义词——所有言情小说和三流影视都在如此这般喋喋不休，奇怪的是人们却相信。倒也无须特别指责他们。尽管是被夸大、被模式化了，但爱中确有它们的存在。对小王子，是玫瑰花开放时的光彩夺目，是她的芳香，是他看到、嗅到它们时的愉悦。对我们，则也许是恋人的一个眼神，孩子的一个笑靥。这样的瞬间是生活的花朵。

但这远远不是全部。它并不是实质，甚至不是中心。对于神，这样的时刻只是他的试炼的序幕。在提供一点小小的甜头之后，紧接着，他要领受他的赏赐的对象证实自己当得起这种赐予，或者相反。和自然界的规律相符合，用以试炼的材料是些相反的东西，正如用高压制造钻石，用高温烧炼精瓷。对合格者，他加倍赏赐，不合格的，则全部索回。在这样的汰选中，他一步步将人的目光引向高处。

爱的制高点——多少人眩然而骇然了。

那是一条发端自山脚平畴绿野的山路，开始时两边花木可人，流水潺潺，风和日丽。麇集的登山者摩拳擦掌，都想拔取头筹。随着攀爬，山径渐渐狭窄蜿蜒，跌滑不堪。越到高处，山路越发险峻，出现了断崖绝壁，毒虫当道。也不复是和风习习，时而淫雨霏霏，时而阴风骤至。不时有人颠踬，有人落伍，有人叹息，有人止步。最后，在漫长的跋涉后，只有很少的人攀上峰巅。

胜者的面目逐渐清晰了。最前面的是爱情的强者，一些平凡而伟大的女性，她们的整个生命为爱而燃烧，直到耗尽自己，訇然倒地。这里有千里寻夫的孟姜女，把十二个月的思念织进寒衣，刻在一路趔趄的脚印里。这里还有俄国十二月党人的妻子们，甘愿放弃莫斯科和彼得堡的贵族生活，跟随丈夫到遥远荒凉的西伯利亚服苦役。漫长泥泞的驿道，肆虐弥漫的暴风雪，疾病和死神无时不在觊觎。这也是《日瓦戈医生》中的女主人公拉拉对分别多年的、身为红军军官的丈夫安季波夫的感情——如果在世界的尽头再次闪现他们共同居住过的房子,哪怕从天边,她爬也要爬到那儿。这还是那个荒谬年代的无数妻子的牺牲——从"反右"到"文革",她们的爱弥合了多少伤口,支撑了多少即将断裂的生命。这种沉重的压力由女性柔弱的肩膀来担当,尤为决绝悲壮,令人动容。

在领受花冠者的行列中,我们更发现了声震遐迩的人物。他们出现在这个殉情的处所,开始未免让观者诧然,但紧接着就疑虑尽释了:爱之路上,并非只有情爱一条辙印。这是一些更为强悍博大、特异卓绝的生命,两性间的爱对之过于局促了,他们满溢的情感要投向更为广阔、久远的所在。屈原自沉江潭,谭嗣同慷慨赴死,女杰张志新将带血的头颅从容交出,在扩散的波纹中,在喷溅的热血里,他们和所爱——社稷、民族、真理——牢固地结合了,他们用生命为爱确立了标高,使人想到杰出俄国思想家别尔嘉耶夫的著作《俄罗斯思想》中的一段话:"俄国革命者中最优秀的人物都赞同尘世生活应以迫害、贫困、监狱、流放、苦役、死刑为基础,不能期待另外的、彼岸的生活。"正是一般人无法感知的、深厚丰沛的爱,给了他们大无畏的勇气。

聚集在峰巅的大爱者脚步踉跄,伤痕累累,嘘气成云,品尝着从心底涌流出的、不足与外人道的甘美。他们面貌各异,他们的所爱有着不同的名字。但在其最深处,都抱守着同样的内核。他们都是以生命殉一样东西。在神的尺度里,它们的区别只是相对的。

从山顶下瞰，遥遥的远处有许多茕茕孑立的身影。在这场需要虔敬远胜过角力的竞赛中，他们是败北者。他们尽管也羡慕得胜者，却或者脚力不逮，更多由于信心不足，走不动了或者中途放弃了。犹豫、怯懦、自私的算计如同沙包一样坠住他们的步子，把他们拖入孤独之域，只怕终其一生也不能突围。至于那些玩爱者，不在视野之内，他们从开始就未打算参加。

这篇童话的作者，圣埃克絮佩里，不但在其一系列作品中揄扬"人的真理在于使其成为一个人"，更是一名伟大的践行者。他短暂的一生充满传奇色彩，是在飞向未被开发的领域、开辟新航线、冒险和抢险中度过的，最终在纳粹占领区上空驾机执行侦察任务时英勇捐躯，将名字镌刻在天上。像他笔下的小王子，他以生命殉其所爱——正义、和平、人的大写。这是他的玫瑰。

血管里流出的是血。他的关怀和想望，规定了他的行动的思索，以及这种行动的方向，都浓缩和体现在他笔下的小主人公身上了。这使得这篇童话最终更接近一个寓言。

我们，不是也应该有自己的玫瑰吗？我们准备好为她献身了吗？准备好在必要时用我们的汗水甚至鲜血浇灌她吗？

路漫漫其修远兮。这是一门重要的、有待学习的课程，我们还差得太远。

回归大地
——怀念苇岸

一

我是在毫无心理准备的情况下得知苇岸的病情的。那天是4月12日，星期一，下午我去报社资料室查一篇文章，看到文艺部的宫苏艺，想起不久前他任责任编辑的《文荟》副刊上刊发了苇岸的一篇《春分》，联想到苇岸曾说过有意写一写二十四节气，便问他是不是很快会读到第二篇。宫苏艺显然很感意外："你不知道苇岸的情况吗？"如雷轰顶一般，我这才知道苇岸查出得了肝癌，且已属晚期，正在协和医院接受化疗。

震惊之后，我的第一个反应是自己太粗心了。去年年底我出新书，给苇岸寄了一本，春节前半个月左右，他打来电话，说书收到了。我问他最近在写什么，他回答说身体不舒服，感到疲倦，晚上睡觉盗汗，吃了十多服中药，也未见效果，想停掉。我当时只以为这不过是写文章的人容易患的神经衰弱一类症状，没很在意，只是劝他好好休息调养，并要他继续坚持吃药，说中药不是一时就能够见效的。他答应了。因为有别的事，这个电话打得不长。春节也未再同他联系，倒是动过等春暖花开时到他住的昌平小城郊外去踏青的念头。但万万想不到的是，几个月后，听到的却是这样的消息。

宫苏艺讲苇岸可能第二天出院，第二天我没时间，心想只好过后去昌平看他了。到星期四中午，从一位写散文的朋友那里得知，苇岸因为低烧不退，又多住了两天，那天下午将出院，还来得及见一面。那天是今年第一个炎热的日子，加上堵车，一路上衬衣都汗湿了，心里却是一片冰冷。

在协和医院的病房里，苇岸远比我想象的要镇定，保持了一个勇敢者的尊严。他讲到病情确诊后，他把自己关在屋子里整整四天，什么都想过了。他考虑过放弃治疗，也曾考虑仿效诗人海子的做法，并同诗人林莽谈起过，但最终打消了这些念头，"维特根斯坦说过：自杀是肮脏的"。他深知这种病的严重性，说已经给自己选好了"一块很干净的地方"。谈到这里时，他想笑一笑，但脸上流露出的是一种被意志强行抑制住的痛苦。我的心中一阵颤抖。

他的哥哥和弟弟来接他出院。收拾好简单的衣物后，他向住同一病房的两位病友告别。那两个人，一位刚做完阑尾切除的手术，一两天后就能出院，一个即将做手术。他祝前者尽快恢复，祝后者手术成功。一只脚已踏在死亡的边缘，他依然保持着一向的善良和对他人的关心。坐进车里,他讲,回家休息几天后,再请朋友们过去。

我知道,苇岸的每一句话都是认真的。5月3日,在他的安排下,我们十几个人先分头从城里赶到昌平,再由此乘车去延庆康西草原旅游区。苇岸不顾劝阻,坚持要陪大家一同前往。我猜想,对于他来说,这在很大程度上,是一次为了同朋友们告别而举办的聚会。这个念头让我心里十分难受,但表面上还不能流露。估计大家的心情也都是这样。到了目的地后,他的弟弟和妹妹安排、陪同我们活动,并预备了一顿丰盛的午餐,他则躺在宾馆里休息。那天他的精神不错,为众人做了相互介绍,还到宾馆的院子里走了一圈。而且,持续多日的盗汗几天前也消失了。虽然知道这种病极其险恶,但大家都生出一种幻想,盼望能够出现奇迹,使他彻底恢复健康,至少能够有充足的时间写完他的二十四节气,为大地献上一首完整的颂歌,实现他长久的心愿。这一心愿,他曾向好几个人说起过。

然而大地太急于召回这个他挚爱的儿子了。奇迹终于没有出现。半个月后,苇岸离开了我们。"春天,万物生长,诗人死亡。"他在《海子死了》一文的结尾写下的话,不幸成为一句谶语。23日,在向他的遗体最后告别后,几十位友人来到他出生地村庄外的一块麦田和一片树林里,有几位是从外地专程赶来的。麦子已经高可没膝,茂密茁壮。在手提录放机播放出的《安魂曲》中,他的亲人将骨灰撒进他生前反复歌唱过的麦田里,我们则跟在后面,撒上一捧捧的花瓣。那是一个优美的、诗人的葬礼。安息吧,我们的长兄!

那天夜里,下了一场丰沛的雨。这一定是大地的一个仪式,用雨水为他洗尘,迎接他的魂魄进入最安详、深厚、宁静的地方,在那里继续他的吟唱。

二

和苇岸的交往,其实只有寥寥的几次。

最早也是通过宫苏艺君。1994年下半年的一天,他告诉我,苇岸正在为一家出版社编一本青年散文作家的合集,有意将我列入。我按他给的号码拨通了苇岸家里的电话,问了他有关的要求、该书的体例等等。这本书,就是第二年由中国对外翻译出版公司出版的《蔚蓝色天空的黄金》。电话里,对于细节的认真,他显得有些迟缓木讷的字斟句酌,给我很鲜明的印象。那之前我只读过他有数的几篇散文,但十分喜爱,特意剪下保留,这在我是很少的举动。我好像明白了他写得少,然而却又篇篇精粹的原因。

那以后也并没有更多的联系,记得打电话问过他到哪儿可以买到利奥波德的《沙乡的沉思》,雅姆的诗国内有没有译本,以及德国自然派诗歌运动的背景材料。这些都是他在自己的散文集《大地上的事情》中,以赞赏喜爱的口气谈论过的。我还在自己任编辑的一份刊物上,选发了他的《幸福》一文,并在一封信中表达了对他的作品的喜爱。他回信表示感谢,并援引了某位诗人的一句话:"诗使人们成为兄弟。"但由于我对待信函的处置一贯漫不经心,这封信连同其他几封,都已找不见了。回想起来,这些信中,他分别谈到了自己的散文观,正在读的书,正在写或打算写的文章,并在其中一封里,附了海外的友人写给他的信的部分内容,是对某个话题的探讨。几年间,通过的电话更多一些,但就内容而言,也只是信函的延伸而已。

和苇岸的第一次见面,是 1996 年的初夏,应他邀请,在昌平他的家中。同行的有诗人黑大春、写散文的杜丽、写思想随笔的张卫民,还有另外两个人。苇岸的瘦削出乎我的意料。坐下不久,我提出看看他的书房,他带我进去,还拿出自己去新疆等地旅游时拍的照片给我看。我那一时期的兴趣是搜集 20 世纪 80 年代的外国文学译本,苇岸的大多数藏书正是这一类,让我如入宝山,目不暇接。后来便是餐桌旁的几个小时的漫无际涯的放谈,恍若回到当年的大学宿舍。素食的苇岸,自己吃得很简单,却专门买了一只烤鸭招待客人。记得谈到文学界的"二王"之争,谈到索尔仁尼琴,谈到布罗茨基(在几个月前他因猝发心脏病死在纽约的寓所),还有我不熟悉的一位外国电影导演。作为主人的苇岸,却更多是在一旁听着,偶尔插上几句话，也很简短。寡言，认真，谦和，温善，处处为人着想，是这次见面中他留给我的深刻印象。

不久后，在中国青年政治学院张卫民家里，我第二次见到他。头一天，卫民打来电话，说第二天苇岸要进城，说好了下午来这里，希望过去聊聊。那天黑大春也去了。苇岸因为还有事，走得较早。在不长的时间里，我们谈论的主要话题，是一个人的行为和他的主张是否应该区别看待。一位作者在《读书》杂志上发表文章，指责梭罗言行不一，一方面在《瓦尔登湖》中鼓吹简朴的生活，一方面经常地而且是十分主动地去不远处的爱默生家享受丰盛的晚餐。从作者披露的材料看，不好简单地说他是捕风捉影。我们几个人都是热爱梭罗的人，而以苇岸为甚。这当然不足以动摇我们的信仰，但确实给人带来一些触动，让人想到有关人性、人格的复杂与分裂等涉及心理学范畴的话题。轮到苇岸发表看法时，他口气里有些犹豫和不确定。看得出，这让他感到意外。他是一个严谨的人，一种见解、议论经他的口中说出，从来不会是随意的。事实上，正如我所预料的，这对他同样只是一个无关紧要的插曲。在1998年第五期《世界文学》上，刊发了他的《我与梭罗》，将近6000字的长文，全面阐述了梭罗对于他所具有的无比浩瀚和深远的意义。在他的作品中，除了《大地上的事情》，这样大的篇幅可谓是绝无仅有。还是在这篇作品动笔前，他曾对我说过，写完这篇，对梭罗的研读将告一段落了。

还有一次，西安的《美文》杂志在京举行座谈会，他作为作者，我作为新闻记者都参加了，没有来得及多谈。然后就是最后一次，在《蔚蓝色天空的黄金》丛书的发布会上。地点在出版社大楼旁的一家餐厅里。那次去的人很多，包括多家新闻媒体、丛书所属的3本书的部分作者，以及一些文学评论界的人士。作为散文卷的编者，苇岸简单介绍了成书的情况。活动结束后，作者们有个聚会，我因有事早走了。告别时，苇岸向我介绍了陪同他前来的妻子。

去年10月份，在北大西门外的一家酒吧，有一次散文朗诵会，由作者自己登台，朗诵自己作品的片段。苇岸是积极的策划人和组织者。我本来说好了要去的，不料因临时被派去参加中山公园的报刊发行宣传活动而取消。在所有这些交往中，有共同的一点，那就是除了书籍和写作，我们没有谈起过别的。

三

但即使我们没有更多的交往，也并不妨碍写下对他的纪念。作品就是作家的一切。

苇岸为数不多的散文，篇篇值得用心去读，它们的汇集则成为一处独具特色的景观。他曾经撰文评价诗人海子的作品：

"环顾四处,没有一个人能够走来,代替海子,把他的黄金、火焰和纯粹还给我们。"这话同样适合他自己。

他用一种和季节的递嬗更移一样的速度,艰难缓慢地写作。每一个字都要反复斟酌,每一个句子都要再三修改,而每一篇文章的完成,都不啻一次艰难的历险。他是我见到的写得最苦的人。我想,这固然与思维的某种特别方式有关,但更是出诸他对自己的特殊要求。唯其如此,他才能够感知土地的脉跃、植物成长的节奏、雪花飘落和鸟儿飞翔的姿态。或者说大自然的内在韵律影响到他的写作,使他发愿让每个字都生动、准确、朴素,和土地的原态一样。记得有一次,在电话中,我说到对他早期的作品《美丽的嘉荫》的喜爱,希望他继续写一些那样的情采并茂的文字,他却表示,他已经跨越了那个阶段,现在追求的是一种更加朴素的风格,它们集中体现在《大地上的事情》一文中。在1996年6月21日的信中——落款中他特意注明那天是夏至——就这个问题他进一步写道:"我敬重的一平,期待我的文字进一步具备容纳黑暗的深厚。我深思了这个问题,《美丽的嘉荫》那样的文字,也许适宜展示光明和美好,如果触及真实(这是我至今不愿走的一步),文字的方式必然有变。所以我说让其自然演变吧,如果'写作'真有鲜明的阶段性的话。"

就其努力来讲,应该说他达到了为自己确立的目标。《大地上的事情》,这不但被用作他的唯一的一部散文集的书名,不但是书中字数最长的一篇,更是贯穿他全部作品的一条主线,开启他笔下的世界的一把钥匙。数十则简短的文字,每一则都是对大地上初始的、最本色的、未曾受到玷污的事物深情的一瞥,令看惯了陈词滥调的目光一亮,仿佛由冬日晦暗的幽禁中,直接走进初春蔚蓝的天空下。

像他这样写雪:"下雪时,我总想到夏天,因成熟而褪色的榆荚被风从树梢吹散……雪也许是更大的一棵树上的果实,被一场世界之外的大风刮落。"他这样写冬天空旷的原野上啄木鸟啄击树干的声音:"它的速度很快,仿佛弓的颤响,我无法数清它的频率。冬天鸟少,鸟的叫声也被藏起。听到这声音,我感到很幸福。我忽然觉得,这声音不是来自啄木鸟,也不是来自光秃的树木,它来自一种尚未命名的鸟,这只鸟,是这声音创造的。"他还写下了日出日落的过程,阳光与阴影的道路,盘旋的鹞子,逆风而行的野火,蚂蚁筑巢的方式。他的文字,集中地体现了诗的特质:为存在命名。

经由那些简短的文字,他给人们看到事物原初的美,它们或者已经或者即将毁灭于人类永无餍足的贪欲,或者被高科技时代的声光电遮蔽,无法传递出丰厚的蕴含。他的目标,便是用笔替它们开出一条道路。他要恢复大地的完整,在现代文明的进程中保存"世界最初的朴实和原质"。这种原初的面貌,是人类幸福的保证。这样,他很自然地将主张返归自然的梭罗,主张"根据资源许可来生活"的罗马俱乐部,和宣扬"土地伦理"的美国生态学家利奥波德,引为自己的同道。他不止一次地表示,要将写作"大地上的事情"作为终身的目标。

不知他是否明白,他瘦弱的躯体,担当起了怎样的一种艰难?可以说,西西弗斯的努力也不过如此。在工业化进程一日千里的今天,他所选择的是一条过于幽僻的道路,他的努力很可能徒劳,毕竟人们关心利润远过于诗意。我想,他是太清楚这样的后果了,但更清楚如果没有人为之呐喊告警,大地的荒芜就将更快地降临。他的声音在物欲的喧嚣声中是微弱的,但却绝对是必要的。

作为一名大地的守夜人,他自愿选择当一个现代的堂吉诃德。他的意义将随着时间的推移而进一步显露。

四

在苇岸书房的墙上,挂着亨利·戴维·梭罗和列夫·托尔斯泰的肖像。作为一名土地的歌者,他选择他们作为自己的精神导师,也是一种必然的逻辑结果。

自然之外,道德完善是他关注的另一个维度。利他,责任,自我克制,抑制贪欲,凡此种种,都要通过主体有意识的追求才能达到。这一点,按托尔斯泰的说法,便是"自我完善"。梭罗则以其对于"人的完整性"的崇尚和倡导,将关注引向这个范畴。

所有这些美德，无不同土地的蕴含有关。自然的观念和人的观念在这里重合了。秋天，他到田野里散步，结满籽粒和果实的植物使他思绪连绵："看着生动的大地，我觉得它本身也是一个真理。它叫任何劳动都不落空，它让所有的劳动者都能看到成果，它用纯正的农民暗示我们：土地最适宜养育勤劳、厚道、朴实、所求有度的人。"他赞同并援引苏联作家阿勃拉莫夫的农村永存的观点："因为人性的主要贮存器之一，就是土地、动物和人同它们的交往。"这一类的感悟充满他的作品，就像绿色和鸟声充满树林。

也正是在道德完善的意义上，苇岸推崇素食主义，并且成了一名笃行者，因为素食主义的本质就是节制和自律，其中体现了对于一切生命的悲悯的爱。在1997年2月15日给我的信中，他写道："人皆有弱点，但人如果不是借此放任其弱点，而是节制、克制一些，那么人会理想得多。"在《四姑》中，他深情地歌颂自己的四姑，这个普通乡村妇女以其善良和勤劳、忍让和奉献，让人看到传统人性的温暖美好，是"乡村用它的历史和全部美的因素，塑造的最为合乎它心愿的人"。

除了这些身边的人和事，苇岸还把赞美给予了一切其生存同土地息息相关的人。是一种共同的对于道德底蕴的贴近（虽然后者自己未必清楚），将他与这些散布在大地四方、素昧平生的人们系连在一起。《放蜂人》中，他写道："他孤单的存在，同时是一种警示，告诫人类：在背离自然、追求繁荣的路上，要想想自己的来历和出世的故乡。"这是《本土诗人》中的描写:"他们知道大地的脉络,河流的走向;他们熟悉劳动的姿态,农事的细节;他们了解普通人的尊严,简朴的内涵:他们懂得家园的意义,人类全部生活的根基。"

苇岸孜孜不倦地探寻一条通往大写的"人"的道路。他的存在,是消费时代的一个卓异的例外,体现了一种圣徒的气质,一种一贯性、坚定性和自觉的删繁就简。

一个人常常就是他所爱的对象。苇岸热爱19世纪的法国诗人雅姆,这位终身生活在阿尔卑斯山脚下的小镇上的诗人,歌唱日常生活的谦卑和欢乐,赞美牲口和田野。尽管他只有很少的诗作译成中文,却深深地赢得了苇岸的心。苇岸称"雅姆的诗是温善的、乡村的、木质的、心灵的、宗教的、古往的",他从中听到了自己灵魂的回声,那便是罕见的谦和、向上和洁净。

天主啊,既然世界这么好地做着自己的事情,
既然集市上膝头沉沉的老马
和垂着脑袋的牛群温柔地走着:
祝福乡村和它的全体居民吧。
你知道在闪光的树林和奔泻的激流之间,
一直延伸到蓝色地平线的,
是麦子、玉米和弯弯的葡萄树。

>　这一切在那里就像一个善的大海洋
>
>　光明和宁静在里面降落……
>
>　…………

苇岸治疗期间,诗人树才特意为他赶译了一组雅姆的诗。在遗体告别仪式上和骨灰撒放前,他朗诵了其中的两首,让我热泪盈眶。

告别苇岸已经两个月了。这段时间里,那片接纳了他的骨殖的茂盛的麦地,已经由碧绿变为金黄,沉甸甸的麦穗垂向地面。然后,在一个平常的日子里被收割,大地呈现出一种朴素的空旷。季节轮回,一年后,同样的事情还会发生,就像过去千百年来曾经发生过的那样。

两个月里的许多个夜晚,差不多都是在临睡前的静寂中,我断断续续地阅读了能够搜集到的苇岸的全部作品。在沉静的心情下,聆听亡者灵魂的声音。这些绝大部分属于多次重读的作品,进一步确证和强化了我的认识——它们必将长存,如同大地上的麦子、花朵、胡蜂、麻雀、雪花和雨水,河流和山脉。如同大地本身,苇岸用文字记录和表达的是超越时间的存在,它们在他的笔下,获得了真实朴素的色调和质地。这些永恒的事物,必然也会将自身的特性,赋予与其日夕相向的、使其得到了另一种存在形态的创造者。

那么，在深深的、温暖的寂静里，苇岸应该感到慰藉了。就像在寂寞的一生里，从大自然和诗歌中得到的一样。

　　　　写成于 1999 年 7 月 22 日，苇岸两月祭前夜

高处

阳光和风

　　从塔楼搬入板楼，楼层还是18层，感觉却大为不同。

　　原先住的房间，在楼的东北方向，只有朝东那间卧室的窗子，每天能够见到两三个小时的太阳，十来点钟后，阳光便移走了，于是那沐浴在阳光中的短暂时刻，感觉中便仿佛蒙受到额外的赏赐，格外珍惜。周末在家的日子，从起床后到阳光撤离，什么事情都尽量安排在那间卧室里。因此，对于时光飞逝、好景不常在的感慨，也最为敏感和深切——"景"字的本义，原来不就是日光的影子吗？

　　如今全不同了。楼是南北朝向的板楼，楼层高，加上前面没有遮挡，距最近的楼也有七八十米，因此阳光奢侈、酣畅，纵欲一般的。阳台上整整一面落地玻璃窗，五六平方米大小，毫无遮挡，只要拉开窗帘，阳光便仿佛排队等急了似的，立刻涌进来，一瞬间泻落满地，眼花缭乱。当初装修时，特意在阳台上用木板搭建了个地台，高出地面半尺，上面放了一张圆几，两把椅子，很休闲的样子，想有空就来这儿坐坐，充分享受阳光。但实际上，真到了那种响晴的天气，反而坐不了多久就得起身离开，因为眼睛消受不了那种明亮的光线。过分的丰盛和严重的匮乏一样，都会让人感到不安。听说长期幽禁的囚犯，在被释放后的一段时间，常常会对自己的自由产生一种恍惚的、不真实的感觉，我在搬进新居后的大约半个月中，也屡次体验到了类似的心境。

跟以前相比，时间感变得迟钝了。晴朗的日子，大半天里，阳台上都铺满阳光，什么时间望去，不锈钢护栏上总是有一道反光，凝固了一样。其实光线的强弱、光影的比例，都是随着阳光的移动而变化的。这种不同，在常人眼里可能是难以辨识的，但对某些人，比如古典画家，却会有着丰富的意味。不同时辰，光线的细微变化，明暗的些许不同，以及相应地承受着这种变化了的光线的物体表面的状态、质感，都会是大有讲究的。宇宙说起来很大，但对于不同行业中的人们，却可以很小，小得让你乍听起来都不肯相信。比如对于生物遗传学家来说，世界就在显微镜下，就是那些游走移动的不成形的细胞流体。对于考古学家，一片碎瓷、一支箭镞，就包含着足以令他狂喜或沮丧的信息。

风的变化就更明显。因为结构的缘故，塔楼窝风，很难感觉到空气的流动，但板楼却能灵敏地显示出风力的疾徐强弱。刚搬进来时正值酷暑，原来的房子里空调要不停地开着，这边却是穿堂风飕飕掠过，一会儿就把皮肤上那种黏涩的汗湿感觉驱散了。凉的程度也许不及空调，但却是完全自然的清爽，寻回了童年在大树下乘凉的惬意感觉。科技的神奇尽管令人惊叹，但有一些东西却仍然是它无法提供的。

由于住的是高层，在地面上只是撼动树梢的微风，到这里就放大了很多倍。搬来的头几天，午休时，门数次被"砰"地撞上，声音大极，从睡梦中惊吓醒来，以为出了什么事，其实肇事者只是某一股骤然而至的疾风。这时倘探头向下看，院子里可能静谧安详，树梢只是在轻轻摇曳。一次和一位住在3楼的邻居说起来，他十分诧异，脸上浮现出怀疑的神情，仿佛我在说谎。

上下仅仅隔了几十米的距离，感受就可以大相径庭。不由得联想到，不同的人，或者是同一个人的生命的不同阶段，对同样一件事情的观感，每每会有差异，有时甚至强烈鲜明仿佛云泥之间，实在也是能够理解了。如果把生命比喻为一幢建筑物，不同的年龄便是不同的楼层，感受到的风的力度是各异的。

俯瞰

把头向窗外探出去，有点儿吃力。目光一直跌落下去，像泼下去一盆水。因为楼高，地面上的东西，看上去就变形得很厉害。

花园里的树木，在地面看长得高大挺拔，此刻看上去却像是一株株的盆栽，精致、秀气，又像是临时插在地上的，仿佛是谁投落的飞镖一样，有一种虚幻之感。由于角度的关系，地面上的人也失去了立体感，并非是成比例的缩小，而是呈现某种怪异的样子。远处的尚接近正常，变化最大的，是从窗口垂直看下去的人影，只是很短的一截生物体在移动。旁边还有几条狗，像是几片黑色或黄色的枯叶，贴着地面缓缓飘动。

法国新小说派作家热衷于精确地描绘物象，认为在物与物之间相互的方位、角度、光与影的关系中，蕴藏着存在的秘密。他们让自己的文字承担起了照相机的功能。读他们的作品，实际上是在观赏一幅幅变动着的、复杂的画面，需要特别的感知力和耐心，人物性格是没有的，故事情节也是一句话可以概括的。我一直觉得他们把才华用错了地方，但此时，却似乎窥知了一些他们微妙的用心。

不管什么时候，小区花园里的空地都展示了人生最为悠闲的一面。追逐嬉闹的孩子，从容漫步的老人，做美体健身操的少妇，把气氛渲染得惬意生动。但对于这种闲适的氛围，此刻从上面望去，与平时在地面上、在休闲的人们身旁时所体验到的，并不一样。此时所感受的，更多是这种观念本身，缺乏生动鲜活的体验，仿佛它们已经被距离过滤掉了，至少是被稀释了。

除去位置、角度的不同，似乎想不出别的理由，来解释这种差别。角度，常常是开启人生中若干意义密室的钥匙。许多纠缠不清的困惑，换个角度看，都解决了；不曾认识到的玄奥，一下子洞悉了。所以"换位思考"云云，成了今天常被援引的一个说法。此刻我在高处俯瞰，忽然联想起了高山登临。人生的渺小之感，在登高时最易体会。多少人在登临高山之巅的瞬间，意识到了自然的无限和个人的渺小，鸡虫之争的无谓，得失悲欢的相对，于是瞬间成为哲人。

自然，此刻自18层楼上的俯瞰，无法和那种置身千仞之上、远离尘世的登临相比。然而变化确实也在发生。在地面上，每个迎面走来的人都是具体的，唯一的，不可替代的，也因而值得关注、怜悯和爱慕。那个每天定时将一块软垫铺在小水塘旁做瑜伽功的少妇，有着怎样的容貌和性情？那一对总是结伴而行的老夫妇，脸上刻写着的又是怎样的沧桑？面对面时，这些念头常常显得真实而执着。但此时，从半空中望去，人与人之间高矮胖瘦、美丑的区别，这些生命个体所独有的、个性化的东西，都不复存在，视野里只剩下作为生物存在的类别的人。那些没有区别的身影，负载着的只是一个类的概念，而本身并不能够产生鲜活的意义，当然也引发不了任何好奇。

这种时候，不由得会产生某种怪异的感觉，仔细揣摩一下，那是一种个体生命的无足轻重之感。我忽然联想到宫殿里面，皇帝端坐在高高的龙椅上，隔着数十级台阶，接受臣民们的仰望和叩拜。因为距离,下面那些山呼万岁的人,彼此相似,面目模糊不清,仿佛一群难以分辨的虫豸。忽然之间我有一个想法:那些历史上反复再现的血腥场面、那些视生命如同草芥般的随意杀戮,与此有关。

"高处不胜寒",我对这句诗有了一种新的理解。

在高海拔的地带,缺氧会使呼吸器官感到强烈不适,严重者思维也会产生谵妄。造成这种后果的因素,如空气稀薄的程度,是可以量化的。但在精神世界中,却有着一套自己的规则,生活的现实感、清明的判断力的丧失,并不需要多么严格苛刻的条件。地位升降、财富消长,也是一种位移,都会让人看待事物的方式、得出的结论,发生大的改变。

高处是另外一种形式的遥远,是同生活的疏离。

因此要回到地面,回到人群中去。脚踏在砖砌的甬道上会感到坚硬,踩在草地上会有松软感。要和人们面对面,呼吸相互嘘拂,目光彼此交集。要看清小草的叶脉,蝴蝶身上繁复的图案。

对面

准确地讲,应该是斜对面。从书房朝北的窗户向外望去,左前方,是一排东北西南走向的楼房。楼距大概有 30 米,因此到了晚上,对面楼里灯光亮起时,能够大致看到房间中的一些动静。

搬来新居，已经大半年了。这几个月天气热，人们睡觉晚，在灯下活动时间长。每天坐在书桌前，抬眼就能够望到一间间亮灯的屋子，数十天下来，不知不觉中对其中一些房间里的生活有了粗略的了解，脑海里积攒了若干幅画面。

有两个房间，上下隔了3层，经常是最晚熄灯，房间里分别住着一男一女两个中学生，每天伏案苦读。睡觉前，男孩子总不忘摆弄一会儿哑铃。有一间屋子里，电脑屏幕总是在闪烁着，但从来不开灯，只是偶尔才打开一盏灯光极微弱的台灯，可能是要找什么东西，然后就又关掉了。因此只能从电脑屏幕昏暗的、绿幽幽的反光里，看到主人模糊的面孔，有30来岁，他或者是一位超级电脑迷，或者是从事与此相关的职业。这间屋子右上方，是另一家的客厅，一个老太太坐在轮椅里，被保姆模样的中年妇女推来推去，有时连人带轮椅被搬到阳台上坐着，一动不动，给身后客厅里的灯光映衬着，黑黢黢的如同雕塑。同一层上，相距大约两个门洞的一套单元里，一个多月来有几个姑娘进进出出，最多时出现过6个，在客厅里一起吃饭。我猜测她们是租房居住的，而且几个人上班时间不同。不需要起身，坐在书桌前目光平行望去，有一家人，热衷于打麻将，而且经常是通宵达旦，好几次我黎明前起夜，那家还亮着灯，一圈人围着桌子，手臂摆动。有时是每夜，有时是隔夜，印象中最多也没有隔开过3天。这件事情竟会有那么多的乐趣？他们上不上班？这家是中年夫妇带一个孩子，还有老两口。但麻将桌上经常还有外人，是邻居还是亲戚朋友，就不得而知了。

房间里是撤除各种束缚的地方，是最真实的私人空间。最闷热的日子，会看到男人只穿短裤，女人着三点式，走来走去。一个年轻女人，看来是上夜班，每晚都要花费不少时间在穿衣镜前，一套套试穿衣服，转着身子一圈圈打量，估计钟点到了，拎起小包匆匆出门。另一家，有一位年轻的母亲，把两三岁的儿子抱着、搂着、举着、两臂平托着，不停地走动，时常突兀地亲吻孩子的脸蛋、脚丫、屁股，母爱的激情袒露无遗。还有一家，住着一对中年男女，每天晚饭后，男的在灯下读写，女的斜靠在床上看电视，但忽然有一天再也看不见他们了，到如今已经接近半年，那个窗户再未亮过灯。白天望去，未拉上的窗帘后面，床铺、衣柜、沙发、电视，一切如旧。不像是搬家，若说是出差时间未免也太长了些。发生了什么事情？

张望对面楼房，我看到了现实的一个隐喻。

几百户人家，共用同一部电梯设施，同一套水电供应系统，停水或断电，环境整洁或脏乱，都会共同地来承担。但也仅此而已。这些被不同的房间分隔和囚禁的人，浑然不知别人的、别的房间里的生活，也不会想到去了解，近在咫尺，却如同远隔万里。

在楼房的某一层，一墙之隔，这边住着一对老夫妇，那边则是一对新人。老人屋子的窗帘、饭桌和看得到的衣橱的一角，都很陈旧寒碜，颜色黯淡，灯光也微弱昏黄。新人的房间则是彩灯耀眼，乳白色家居时尚鲜亮，玻璃上贴着一组鱼儿的图案，窗帘上是大幅的卡通人像。那边，老头每天定时在阳台上举臂、扭腰、擦脸，老太太则总是不停地进进出出，手里拾掇什么；这边，年轻夫妇看电视，吃东西，闲散地走来走去，时常停下来接吻拥抱。几米外的地方，一墙之隔的邻居家的未封闭的阳台上，一盏微弱的灯光下，老头正在捧气贯顶，仿佛老僧入定。

我想起了几部文学作品。

台湾作家、画家幾米有一部绘本，名叫《向左走·向右走》，说的是住在同一栋楼里，甚至只是一墙之隔的两个孤身的青年男女，欣赏的是同样的音乐，喜欢看的书也都一样，却因为外出时，一个习惯于出楼门后左转，另一个则总是右转，始终没有相识和交往的机缘，如同两条平行的直线，永远没有交汇的可能。他要表达的是红尘滚滚、人头攒动的表象背后的真实情形，一种本质上的人的孤独境况。对面，一栋普通的居民楼里的一幕幕庸常的生活场景，也在时时诠释这一点。

铁凝写过一部中篇小说，题目就叫《对面》。主人公是个闲散无事的少年，出于无聊，藏身于一座废弃了的工厂仓库中，用望远镜窥视对面楼房里的一个房间，在一段时间内，目睹了女主人与几个男人的情感纠葛，窥见了人性的繁杂和幽深。

法国现代派诗歌的鼻祖波德莱尔，在其散文诗集《巴黎的忧郁》中，写下这样的句子："没有任何东西比一扇被烛光照亮的窗子更深邃、更神秘、更丰富、更阴郁、更灿烂夺目。在阳光下所能见到的一切往往不及在窗玻璃后面发生的事情那样有趣。在这黑暗的或是光亮的洞穴里，生命在延长，生命在做梦，生命在受苦。"

波德莱尔这段话，在我看来是对艺术家工作最生动的概括：观看和想象。他观察，注视，从一些零碎的偶然的片段中，猜想种种可能性，在线索中断的地方，用想象加以添补。他会从一些微不足道的细节出发，构思出一种冲突，描绘出一种氛围，它们有着不同的色调，蕴含了丰富的意味。正是凭借这样一种本领，现实生活中困窘、无权的艺术家，却时常会有一种上帝般掌控一切、万物皆备于我的自我感觉，他沉浸在这种良好的感觉中，乐此不疲。

遥望故乡塔

一

使一个人对自己的故乡产生自豪之情的因素,可以有许多种,其中,名胜古迹尤其惹人瞩目,或者按今天的说法,是个很有效的"卖点"。我的家乡景县位于冀东南平原上,自然条件谈不上优越,一些地方土质瘠薄,望去一片白花花的盐碱地,萧索荒凉,不长庄稼,只生长一种被称作"盐蓬棵子"的低矮耐碱植物。人们常常会通过阅读优秀的文学作品,建立起对于一个地方的基本认识,如通过沈从文了解湘西,通过汪曾祺打量苏北水乡,通过萧红想象东北三江平原。那些或清丽或平淡的笔触,分别描绘出了各自土地的情调神韵。从距离上讲,家乡离冀中平原倒是不算太远,但由于缺少水量丰沛的河流湖泊,也就难以媲美孙犁笔下苇荡荷塘的秀丽风光。

但县城里有一座塔。有了这座塔,就什么都有了。仿佛一户清寒人家,却藏了一件国宝级的珍玩,你就再也不能称之为穷人了。

塔有名，其名为"舍利塔"，不过本地人都不这样叫，而直接称之为"塔"，有时也叫"景州塔"，因为此地在古代曾经作为州的建制。塔位于县城西北，老城墙的内侧，一片地势相对低洼的地方。塔用青砖砌成，外表是八面八角的棱锥体，高60多米，共有13层，层高自下而上递减。每层东西南北4个方向，各开有1门。塔的最高处，是3个上小下大摞在一起的椭圆形葫芦状的东西，青铜铸造，我们称其为"铜葫芦"。

塔实在是太显眼了，不像许多其他古迹，常常藏身于老街深巷里，或废墟榛莽中，你首先要有探访的愿望，并且预先了解其所在，才能够一睹真颜。在方圆几十公里内，你的视线无法躲开天穹下古塔的身影，不想看见它都不可能。赶路的人们常常根据视野中塔的大小，判断距县城还有多远，或是离开了多远。小时候，我经常住在十几里外的乡下姥姥家，有一次因闯祸挨舅舅说了几句，一时赌气，自己想跑回县城，不料出了村子不久就迷了路，乱走乱转，惊慌得不得了，后来望见远方地平线上塔的影子，立刻感到踏实了。由于相邻几个县的自然环境十分接近，古塔便成为故乡最突出的标志，区别性的特征。小时候，县里很少的几种产品，不论是农副产品还是农机产品，所使用的商标图案，多和古塔有关。后来，在我离开县城赴京求学以及毕业参加工作后，与人谈到自己的籍贯时，提起县名，对方可能没有印象，但一提到县城里有座塔，他可能就会露出"知道了""想起来了"的神态，只要他曾经去过或者经过那里。

为什么在一马平川的平原上，会突兀矗立起这样一座奇特的建筑？这样的发问应该是很自然的，但奇怪的是，我好像从来也不曾萌生过好奇心。也许因为从记事起就看着它，久而久之，它的存在就变成天经地义的事情了。虽然塔前立着一块水泥碑，上书"河北省重点文物保护单位"的字样，碑后面的介绍文字也交代得很清楚，自己对每个字也都认识，但却不理解，也从未试图去理解它说的是什么意思。塔初建于北魏时代，这个表示时间的年号，在我们心中唤起的，是一种遥远得近乎虚幻的感觉。就连这种感觉，也往往是一闪而过，不曾留下更长久一点的印迹。那时，对于我和同龄的伙伴们来讲，塔只是一个感性的存在，而并不关涉其他。按那个年龄的标准，判定一样东西、一件事物如何，最终总会落脚到是否好玩。而在这一点上，塔从来不曾让我们失望过。

10多岁后，长达四五年之久，塔成为我们一群孩子的游乐天堂。记忆荧幕上没有冬天的画面，那些在感觉中远比现在寒冷的冬日，蜷缩在屋子里都冻得够呛，更没有胆量爬到西北风不停地吹着口哨的塔上。但其他几个季节就不同了，尤其是漫长的夏天，许多玩耍嬉戏的场景，满满地覆盖了记忆，就像塔身长长的投影一样。

那些快乐无比的日子！古塔以巨石为基座，周长有50多米，躺在那些大块条石上，风从四面八方扯来荡去，暑热立马消失得无影无踪，待久了还会凉森森的。塔的第一层，四面原本都有门，后来东南西三面的门都被砌死，只留了北门，供人们进出攀爬。进门两三步远，左右相对的内墙壁上各有一门洞，传说走到最里面，是一口深不见底的井，一直可以通到城外的河里。好几个小伙伴互相壮着胆走进去，脚下，是像通往今天公寓大楼地下停车场那样的旋转下行的路，未走多远，就变得伸手不见五指，黑漆漆冷飕飕的，有一股浓重的潮湿霉变的气味。我们点燃了准备好的废胶棒照明，却几乎被黑烟和浓烈的胶皮味呛晕。走到尽头，却大失所望：眼前不过是一个仅仅一人来深的洞，填塞了一些碎砖头，杂乱不堪，洞壁上也看不出另外还有什么机关。这次的探险让我们沮丧透了，自那以后，再没有去过第二次。塔的正面也就是南面，水泥碑的两旁，有两棵老槐树，树干粗壮，树冠四面伸展，如虬如蟠。传说树干是中空的，可以一直通往塔中。不过有了那次钻洞的体验后，我们不怎么相信了。

　　最快乐、从不会失望的，还是爬塔。13层中，除了一二两层外，其他每层东西南北四面，各有一拱形洞门，里面则是一圈环形廊道，人可以沿着它走到各个洞门边。每层之间，是数十级青砖梯阶，最下面的几层，因为层高之故，台阶明显多于上面。全部共有几百级之多。梯阶很窄，勉强容下两个人错身而过，又颇陡峭，有时得手脚并用。关于古塔有一首童谣，小时候我们经常比赛背诵："景州塔，13层儿，一口气儿，数到底儿，1层儿2层儿3层儿4层儿……"就这样，一直数到13层。孩子的肺活量低，一口气憋不长，大多数时候还没有数完，就已经气喘吁吁了。接下来的攀登，就更是一项综合性的体力竞赛了。一声"开始"，少则三五个、多则十几个小伙伴，使出全身气力，手脚并用，看谁最先爬上13层。整个过程所耗费的体力，绝对要超过一场千米赛跑。抵达目标后，倚墙而坐，感觉实在惬意。即使地面一丝风也没有，这里也凉风习习，瞬间就将一身的汗吹干，爽快极了。

如果赶上有风的日子，在上面的感觉就更是放大了好多倍。站在13层的廊道上，从四面塔门里涌进来的风，在身边撕来扯去，吹得人直摇晃。在头顶上方不远但无法看到的地方，风扫在铜葫芦上，以及下面起着垫托保护作用的铁网上，发出或尖厉或沉闷、或浑厚或空洞的多种声音，时而很悦耳，时而又有点瘆人。数年后，在卷帙浩繁的北京大学图书馆，我查到一册本县县志，据其记载，这种风声曾被当地雅好诗文的士绅列为一景，名为"古塔风涛"。

景州塔曾和正定隆兴寺、沧州铁狮子、赵州石拱桥一起，被列为"河北四大古迹"，这一点足以证明其文化内涵的丰厚。

塔的全称是"开福寺释迦文舍利塔"，据史料记载，塔始建于北魏永平年间，正值佛教大举进入东土之时。北魏宣武帝好佛，奖励寺庙浮屠建筑。全国州郡士绅官吏承旨，一时间建寺修塔万余座。这样算来，它已经有1500年的历史了。塔顶悬有铁匾，铸有"齐、隋重修"字样。此后，金、元、明、清、民国，历朝都有所修葺。据古建筑学家鉴定，现在的样子为宋代风格。20世纪70年代初，地方文物管理部门曾经对塔进行过一次维修，从塔顶铜葫芦里发现了明朝木版佛经三套，释迦牟尼卧式涅槃铜佛一尊，都取了出来，把《毛泽东选集》一至四卷放进塔中。用今天的眼光看来，这实在是一桩具有典型后现代风格的荒诞举动，但当时谁都觉得是天经地义。

以年代而论，它比西安的大小两座雁塔，比北京北海公园的白塔，都要久远。倘若是位于通都大邑，肯定会作为著名景点而声名远播，引来游人如织，令骚人墨客们不废吟诵。仅仅因为地处偏僻，交通不便，便少为人知。看来建筑也如同人生，各有各的命运。在我小时候，生活远比今天封闭，县城的街道上很少看见外地人。偶尔来这里出差公干的客人，看到它无不称奇。作为这一片土地的子嗣，我和小伙伴们，每次都能从他们的反应中，收获着真实的自豪感。

二

回想起来，一些人生感悟最早就与这座塔有关。或者来源于它，或者被它激活。

和许多同在平原长大的孩子比，因为这座塔，我有了更早也更多的登高望远的体验。爬到13层上，半蹲或干脆趴在塔门洞里侧，手抠着墙壁的砖缝以保持心理上的安全感，然后才敢战战兢兢地探头向下望。尽管这样，看第一眼时还是会一阵晕眩。平时觉得十分杂乱的小城街巷，此刻从高处望去，却显得横平竖直，棋盘一样整齐有序。距离产生美感的道理，最早正是那时体悟到的。由近及远，周围数十里尽在视野之内。由东而西贯穿县境的公路穿城而过，泛着淡淡的白色，好像一条带子。东城墙外边那条小河，河两旁的树木和田野，都显出一种在地面上时觉察不到、至少是感受不足的美丽。更远处，零星地散落在绿色田野上的村庄，像是一张巨大的调色板上的一个个色块，因为颜料堆砌得更多，颜色显得更浓更深。视力所及的天边，则是如烟如雾，影影绰绰。这些都让人心旷神怡。后来我读到不少古人登高望远、驰目骋怀的诗歌，极感亲切，我想很大程度上得益于少年时的经验。

登临远眺时，理想也获得了具体可感的表达形式。高考前紧张复习的日子，有一天，想放松一下绷得过紧的神经，便约班里一位要好的同学登上塔顶层，望着下面，忽然问了一句傻话："你说什么时候最高兴？"同学回答得毫不迟疑："当然是拿到大学录取通知书的时候！"他几个月后走进了南开大学，足以证明他在说此话时，内心已有十足把握。我当时对未来还十分懵懂，远没有形成这样清晰的意念，但每次登临，遥望如同飘带一样向远方蜿蜒而去的公路，地平线尽头游丝一般飘荡的雾气烟岚，总感到莫名的激动。我想，这应该是冥冥之中生活的召唤吧。天地之阔大，存在之神秘，仿佛都在诱使着我，走上前去，走进未可测知的命运之中。

许多人在某个时刻，会感知到生命节拍的击打。我对文学的迷恋，也伴随青春期的到来而滋生。我家就住在西城墙内侧的县委家属院里，有一年暑假，一个深夜，睡不着觉，我便独自走到城墙上漫步。风轻轻吹拂，白日的暑气荡涤殆尽。脸上，四肢上，形容不出的惬意。朝里看，是几十户熟睡的人家，朝外看，是一大片延伸到远处的庄稼地。人声沉寂了，便衬托得唧唧吱吱的虫声分外清晰。房屋树木的轮廓都浸在黑黢黢的夜色中，看不分明，只有两三百米外的古塔亭亭玉立，沁出水银般的光亮，像一件玲珑剔透的玉器，柔和、静谧、安宁，望上去有一种似真似幻的、超现实的感觉。沿着南北方向的城墙走出好远，再抬头看时，我被眼前的一幕惊住了：从这个角度望去，月牙形状的一弯新月，正悬挑在古塔某两层最外端的飞檐之间，大概是八九层的样子。月色鲜嫩、温润、皎洁，像蛋黄的颜色，映得上面的铜葫芦发出隐隐的、清冷的反光。而旁边的门洞却被衬得发黑，显得深不可测。这幅图画中，有一种神秘莫测的美，一种难以言说的忧伤。不久前刚读到的一首唐诗中的几句，蓦地跳入了脑海："江畔何人初见月？江月何年初照人？人生代代无穷已，江月年年只相似。"个体生命短暂、岁月历史无穷的意识，鲜明而强烈地浮现出来，有力地叩击着灵魂，久久难以平静。那晚回家后，仍难以抑制激动的情绪，写了一首诗,依稀记得有这样两句——

> 是谁的手轻轻一拨
> 让月亮和古塔商量遥远的事情
> 再看到这一幕要过多久
> 又会是谁的眼睛在看呢

这里面有没有、有多少"为赋新词强说愁"的成分呢?不清楚,也不想去分析掂量。确凿无疑的是,那种淡淡的忧伤中,却同时也挟带着一种异样的快意。古塔还将长久地矗立下去,而一个人却很快会归为泥土尘埃。那么,怎能不发愤努力,争取留下一点痕迹,证明自己曾经来世间走了一趟?由惶惑到自励,前后两个念头之间,原本并不具备一种因果关联,那么,促成这一遽然转换的驱动力,只能是来源于那个年龄,那个特别的年龄,点石成金的年龄,连眼泪都最终通往笑容。

我明白,这些都属于人生最基本的感慨,毫无新意可言。放置到广大的背景上看,说是陈词滥调也不过分。但具体到每个人,生命中都会有一些特殊的时候,存在的奥秘于那一刻在他面前敞开,他仿佛发现了新大陆。当时灵魂受到撞击产生的那种震颤,就好像电光石火一般,在以后岁月中再也难以复制。

一位我忘记了名字的法国诗人,写下过这样几行诗句:

"世界在我的耳膜边,在你的鼻息中,在他的舌尖上。"真理会栖身于万千碎片中,每块碎片都包孕着相同的意义内核,但彼此之间的形貌,却可能毫无共同之处。不同的个人的成长史中,那些引发感受、开启性灵的事物,也多是独特的、难以重复的个人经验,因时因地而大不相同。对我来说,古塔就是这样一种深深地楔入生命历程的存在物。少年时代,它巨大的身躯上曾吸收过我多少质询的目光,也曾经给予我一些朦胧的解答。还是在那时,我就隐约意识到,它仿佛是一卷意蕴深厚的古书,你以为很熟悉了,过后再读,总能够发现更新的意味。年龄、经历以及远近显隐的种种,都会成为触发物,随时增删、修改你的认识和感悟。

三

　　古塔下,曾经是我的母校、本县的最高学府,景县中学。
　　这所中学,曾经有过"宝塔中学"之称。这一称呼,可谓写实和象征的统一。写实,是因为学校就位于塔下;象征,是因为它汇聚了全县范围内最优秀的学生,像古塔最顶端的塔尖部分。20多年前的高考前夕,气氛和当时的天气一样炽热难挨,一位老师给疲惫焦虑的我们打气,说过这样一句话:"同学们,你们一定要有自信,要把自己想象成塔顶上的宝葫芦!""文革"前老师就在这里任教,"文革"中学校停办,成为县党校的校舍和家属宿舍，老师也返回几百公里外的原籍，10多年后县中学恢复开课，老师又被请了回来。古塔依旧，校园依旧，人却老去10岁。校园的兴衰，也正可看作是文化在当代中国的命运的一个小小缩影。

无法忘怀那些紧张备考的日子。20世纪80年代中期，刘震云写过一篇题为《塔铺》的小说，就是以迎考作为背景，描绘了中原农村子弟们从物质到精神的困窘痛苦，读来令人鼻酸。相似的场景，当年也曾经出现在我的同学尤其是农村同学们的身上。那是一个短缺匮乏的时代，对于没有可供凭借的社会背景的他们来说，高考几乎成了获取有限的社会资源、改变自身生存状况的唯一途径。因此只要考取，不管是大学还是中专，都欣喜若狂，就像今天买彩票中大奖。那一张薄薄的录取通知书，便是通往幸福王国的一张护照，意味着从此可以跳出农门，告别父辈们脸朝黄土背朝天的劳苦生涯。未考取的，个别人复课重读，寄希望于明年有好运气，但大部分则因为家庭无力负担，回乡务农了。这种一考定终身的方式，当然带来了种种弊端、遗憾，但在当时却是最为公正公平的。在一场毁灭一切的文化浩劫初告平息之时，这种选拔人才的方式，重新确立了知识、文化的地位，唤起了人们对它的尊重。

古塔北面，过去还有两处建筑，分别叫作无量殿和千佛阁，都建于明代。这三处建筑共同组成了开福寺，一个曾经远近有名的佛教寺院。我第一次见到古塔时，后面二者就已经不存在了。比足球场还要大的一块场地，好多年间一直是一片废墟瓦砾，一直到我上高中时，刚刚恢复不久的县中学因缺少校舍，才在这上面盖起一排排新房子。后来我看过一些资料，得知无量殿即是开福寺的正殿，殿名当取佛法无边之意。大殿体现了传统建筑技术的高超，看不到一根支撑的梁檩，通常被本地人唤作"无梁殿"。千佛阁则如名所示，供奉了一千尊佛像，阁分上下两层，木质楼梯相连，每层各有五百尊。两组建筑，都是在"文革"之初，被中学的红卫兵作为"四旧"拆毁，可叹几百年中栉风沐雨的精美殿阁，一瞬间便销声匿迹于镐头铁锹之下，至今只能从旧照片中遥想当年的神采。据说拆毁无量殿时，有一位学生踩上了生锈的铁钉，感染破伤风而死。幸好当时还不具备相应的技术手段，否则古塔很可能也将不存，整个开福寺就留不下一点痕迹了。

如今，古老的校园也已完成了它的使命。几年前，县中学在城外建造了新校舍，搬了过去。上次回家时，正是学校搬迁后不久，匆匆赶到老校园看了一眼。但见人去屋空，荒草芜生，破败冷清。听说，县里有关部门打算在原址上重建千佛阁和无量殿，通过开发旅游资源带动经济发展。这个思路倒是合情合理。但过了好久，听母亲讲，那片地方仍然在搁荒。这倒不奇怪，县里财政一直紧张，到处都是补不完的窟窿，远比重建殿阁急迫，估计这个计划一时半晌难以立项。我衷心希望，地方经济能有快的发展，以便早日实现这一设想。

我一直觉得，学校建在古塔下面，冥冥之中似乎蕴含有某种意味。作为文化的物化形态，古塔的存在，会以某种方式，作用于在其身躯下面度过多少个求学日夜的莘莘学子，使他们对于文化产生亲近、信仰和尊崇。他们当时未必能够意识到这一点，但那个目前每天要从其身边走过、将来会经常在脑海中浮现的挺拔的形体，总会在某个时候，把一种价值观和感悟，植入他们的灵魂。比起那些翻云覆雨的政治运动，朝秦暮楚的意识形态，它以其不为时光所锈蚀的坚固恒久，证实着文化的强大生命力。天道沧海桑田，世事白云苍狗，但文明的传承是无法阻断的。

四

尽管古塔可能引发种种联想，但它毕竟还是首先作为佛教文化的产物而存在的。这是路标一般的提示，就仿佛打开电脑启动某个程序，会出现相关的窗口、界面一样。

塔以"舍利"名，顾名思义，应该是供奉了舍利子。舍利子，即德行高的和尚圆寂后，肉身焚化留下的结晶体，一种坚硬、粗糙、半透明的东西，据称是凝结了灵魂的精华。20世纪70年代初的那次维修，是不是曾经从塔顶铜葫芦中，取出过几颗舍利子？记不得了。舍利子被说得很玄妙，但现代科学证明，不过是骨头被高温烈焰粉碎后残余的颗粒。如果说有什么不同的话，是由于高僧大德虔诚恪守饮食禁忌，长年修炼，患上了严重的营养不良，造成了骨头的质地和常人有些区别，一些矿物质的含量更为稀薄。我无从查考这座塔供奉的是哪位得道之人，其生平事迹如何。但不知道也无妨，无非是一心向佛，虔诚修持，终于修得正果。他的光荣实际上是托举起了佛学的光荣。人们敬仰的目光，是通过瞻仰具体的存在物，而投向其背后的佛教精神。

然而，当我试图说服自己也用这样的目光，仰望佛教极乐世界时，眼前却总是闪掠过一道阴影，而非浮现出香火缭绕、仙乐飘飘的祥和景象。读小学时，班里有一位女同学，曾做过我的同桌。她住在县城内一个叫作"西门里"的地方。这个地方在城墙里面，不是那种常见的村落，但居民都属于农村户口，在城外有耕地。这个女生长得矮小瘦弱，穿着破旧，一副受气包的模样，谁也不拿她当回事。但有一天，她说了一句话，让我们目瞪口呆，她自己也当了好几天的新闻人物——她说她相信世界上真的有神和鬼。一个和我们一样的被称为"祖国的花朵"的孩子，却对"封建迷信"深信不疑，这是怎么回事？好几天中，我们像真的见了鬼一样看着她。那以后她就成了大家取笑的对象，谁也不愿意接近，她就更孤单了。后来才听说，她的父亲因为得了重病，总也治不好，绝望中跳塔而死。母亲每天吃斋念佛，也逼她念，告诉她活着就是受苦，死了才能享福。等到死后升入天堂，就能见到她父亲了。看来母亲的话已经深深烙在她心中。我至今还能记起,她说到相信鬼神时,那双满带惊恐的眼睛。

许多年后,我才对佛学的真谛有了一些皮毛的理解。佛教视此生为苦海,试图授人以参破尘世苦难、获得解脱的智慧。以一个农妇的理解力,以及她对于现实苦难除了逆来顺受别无其他选择的处境,佛教中另一个极乐世界的允诺,正是一剂最能够带来抚慰的麻醉剂。鲁迅小说《祝福》中的祥林嫂,经受了亡夫丧子的沉重打击,仍然坚持活下去,也是因为相信身后世界的存在。而她一旦了解到这不过是诳语时,生存的勇气一夜之间便土崩瓦解了。对于这些,我们那时当然无法理解。随着年龄阅历的增加,目睹和亲历的苦难都在增多,一些曾经深信不疑的观念如人定胜天等,也被证明只是虚妄的痴人说梦。这时,对于个人与天命、苦难和圆满的关系,就都有了新的、更深入的认识。再来看佛教,就越来越能够认识到它存在的合理性,理解它作为人类的伟大精神创造的深远影响。当一个社会不能给人提供现实生存的安全感和满足感时,来世的慰藉就变得分外强烈,宗教便成为落水者无奈中紧紧抓住的一根稻草。

佛教将众生之苦,归纳为生、老、病、死、爱别离、怨憎会等"八苦",看上去是很齐全了。然而,人类却受着本身花样翻新的虚妄之念的操纵,不断发明制造出这一苦难谱系之外的新的种类,戕害别人也折磨自己。倘若佛祖得知他所致力于消除的人间苦难，在其身后多少年中，不是减少而是增加了，一定会瞠目结舌。上面说到的自戕事件，发生在作为佛教精神象征物的古塔上，不啻是一个强烈的讽喻。它一方面证明了不明之雾何其浓重，另一方面也表明救渡的任务何其艰巨。人类要想跨越迷障，摆脱苦难，求得心内心外的安宁澄明，还要面对漫漫长路。

五

参加工作后，尤其是成家有了孩子后，回乡的次数就少多了。虽然故乡距京城也就300来公里路，不能算很远。每次来去匆匆，难得有闲暇做更多亲近，顶多是到塔下绕行一圈，仰望一番。有几年，塔门被封死，禁止攀登，据说是为了保护古迹。再后来有一次回去，发现又重新开放了，不过在老槐树前面砌起了一堵墙，墙上开了一个门，进去要买票。一种雏形的旅游经营形式。我在相隔多年后再一次爬上去，几乎只有我一个游人。脚步声在廊道里碰撞出的沉闷回声，手掌贴在砖壁上的凉爽感觉，都和当年一般无二。

当然也有不同的感受。似乎是第一次，我强烈地感觉到古塔的老旧，比记忆中当年的模样苍老不少。

理性告诉我这只是主观的感觉，是错觉。十几年二十年的时光，能够使少女双颊的红晕褪尽，让少年光滑的前额布满犁沟，把青丝染遍白霜，把雄心消磨殆尽。但对于有着千年寿龄的建筑，这段时间只不过是短短的瞬间，除非遭遇强烈地震、兵燹，可能会有明显的损毁痕迹外，岁月风雨的漫漶的痕迹则几乎可以忽略不计。

进一步思考这种前后迥异的感觉的由来时，我想起一个说法：外界不过是我们心情的投射。此刻在我眼中显得剥蚀苍老的，当年其实也是同样的模样，只不过我不去注意罢了。那个年龄，对新的事物一见倾心，而对于一切古旧事物怀有本能的排斥，即使每天从旁边经过，也熟视无睹。或者讲得准确些，即便我过去也感知到了其形貌的老旧，但目光最多也只是停留在它的表面，并未能够真正进入它们的意义层面。开启意义之门的钥匙是经历。它是随着年龄的增加而获得的，只有拥有了一定的人生经验，经历了相当的人生坎坷，才能够具备相应的理解能力，才可以接受、破译它们的古旧中所蕴含的历史的密码，社会的玄奥，生命的意味。

那么，已经邻近不惑之年的现在，庶几该是发生这种感光作用的时间了。它从一处单纯的游玩之所，变成了一个蕴含意义的所在，一处启示之地。对于这样一座阅历千年风雨的建筑物，产生这样的期待应该是正常的，不应被看作故弄玄虚、不着边际。如果说它是一篇艰涩的古文，我如今已经逐渐地能够标点句读，理解某些句子和章节的含意——当然只是局部的、片段的，甚至还要说是浅陋的。彻底而深刻地解读它，对它的底蕴产生密集而深邃的把握，需要知识、眼光，还有其他。如果我的破译只能止于上面所言，那是因为我掌握的密码还很有限，思索的步伐无力迈得更远，无法洞悉其苍茫浑然的内涵。

另外一种感悟，则相对清晰一些。它有关生存的真实和虚幻，有关肉身的短暂和艺术的恒久。

父母年迈，身旁没有儿女侍奉，几年前便离开家乡搬来京城住，但一直保持着和故乡的联系。多年相处的老朋友、老同事、老街坊，谁谁故去了，谁谁卧床了，是他们越来越频繁的话题，语调间掩饰不住暮年的感伤和人生一世草木一秋的慨叹。以我的年龄而言，这种情绪体验还不明显，但也时常有触发的渠道，仿佛午后晴朗的天空上，不时会飘过一朵浓重的浮云。其中最容易发生，也最容易体会得深切的时刻，便是在面对古迹时。如果说一个人的死亡凸现了生命的断裂，那么古迹的存在则见证了存在的永恒。古迹不会轻易湮灭，倒是我们将很快消失得无影无踪，像一辈辈的祖先，早晚会凋零成灰。这样的时候，在虚无广漠的背景的映衬下，一个人的价值感、意义感最容易发生动摇和漂浮。世间万物，都将归入寂灭虚空，执着什么是否有意义呢？

然而转念一想，佛教正是建造于人生飘忽之感的地基上，是勘破和彻悟人生的产物。这种试图证实世界虚幻的学说，却牢固地存在下来。眼前的古塔、佛经、寺庙、壁画、雕塑，虽然是以具体可感的物质的形式存在着，但同时也是精神不灭的反映和见证？起源和结果之间，达成了一个悖论。这样想下去，一条严密的逻辑链条就会清晰地呈现在面前：最容易被看作是虚幻的精神，恰恰最真实、最坚实、最能抵御时光的销蚀和吞噬。倒是最能显示物质存在的事实的坚硬性的金银财物，丝毫不留痕迹。这样想来，也就更理解了"人生短暂，艺术长存"的含义。这当然不是什么新发现，却也能够给致力于构筑精神神庙的人们，增添一些坚持下去的信心、勇气和毅力。同样，也能给拜物狂们一剂清醒剂，让他们多少能够窥见物质的限度。

六

距上次回家，转眼又过了5年。

5年，五度寒来暑往，五个春夏秋冬。大约还是在这段时间的开头，某一天，照镜子时偶然发现一根白发，曾经大为讶然，仿佛感知到生命季节中第一缕秋风的吹拂。而今，白头发可以随手找到，心情却如同止水，不复起一点波澜。从前后对比中，也许足以窥见今天的心境。当年曾经十分执着的，如浪漫的向往、名利的诱惑、恩怨的纠缠、意气用事等，不知不觉中淡薄消退下去了许多，而另一端，对父母的牵挂、对孩子的操心，却在一寸寸地增添上涨。其中，乡情也侵入并占据了一个新的角落。闲暇的时光，或者一些特定时候如读到有关故乡的消息或文章时，往往就会心骛神驰，思绪飘飞回当年。而当年的诸般风景中间，总是端坐着古塔秀丽挺拔的影子，似乎已经在梦的深处深深扎根。想来真是很有意味：当年，它曾经是向世界和人生的远处眺望的原点，是梦想借以起跳的平台，如今却成了目光投向的所在，成了目标本身。

这种变化，也是源于岁月老人的神奇魔法吗？

都说老马恋栈，人老怀乡。以40岁的年龄，我还没有资格和这个字眼发生攀扯，那样未免显得矫情，对别人也容易造成冒犯，但生命之舟正在向着虚无的深渊渐行渐远，却也是一个不争的事实。虽然科技进步所提供的巨大的方便，已经大大削弱了这方面的情绪，但它既然已经在数千年文明史中演化成一种人性，成为心灵构造的一部分，就不会被彻底消解、颠覆。

父母已接来身边，今后就更难得回去了。那么，故乡的古塔，恐怕只能幻现于我遥望的目光之中了。

有些遥望曾经令人肝肠寸断。像农业时代从军戍边，黄沙滚滚，羌笛悠悠，征程漫漫，归期遥遥，便只有"双袖龙钟泪不干"，只能"一夜征人尽望乡"。那一份无奈与凄凉，曾濡湿了多少诗词卷册。再像于右任的绝笔诗，"葬我于高山之上兮，望我大陆。大陆不可见兮，只有痛哭！"产生于政治和意识形态的对立的人为隔绝，使得一湾浅浅海峡，成为分离骨肉的天堑，使得诗句无法负载一腔沉重的愁绪。好在今天大多数的乡情不必这般难堪，而是一种夹带着怅惘的亲切之感，一边伤感，一边又陶醉于这种伤感，乐于领受这种滋味。

　　隔着几百里的云雾烟树，不时在脑海中播放古塔的形体，以慰藉心中起伏的乡情。围绕它，时常还会有一些回忆的碎片闪现，就像一棵百年老树的树根旁边，一簇簇丛生的灌木花草。它们可能是一些场景，一些表情，甚至只是一种感受。有时你难免恍惚，分不清楚，到底是谁引出了谁，谁使得谁浮现，谁在前谁在后，谁是背景谁是主角。但这也没有什么关系。一个清楚的事实是，故乡塔被镂刻在心中，便使得生命里的一段光阴得以更好地保存下来。一些容易随着时光而漫漶的东西，也获得了寄寓之所，并渐渐沉淀出一些情怀和思索。

　　就这样，遥望每每变作遥想，遥想又常常成了不着边际的胡思乱想。但只要涉及故乡，哪怕是胡思乱想，也自有一种割舍不了的幸福滋味啊。

故乡人物

我的故乡河北景县,地处华北平原东南部,与山东省接壤。如今的知名度虽然不算大,但若寻检一番历史,却有不少可以夸示一番的荣耀和辉煌。尤其值得一提的是,这块土地上曾经出过不少重量级的名人,他们的名字已经被镌刻在卷帙浩繁的文献典籍中,千百年来被一代代的后人传诵。在历史幽暗的夜空中,他们是若干颗闪烁不灭的星辰。像冒死直谏、名垂青史的隋代名相高颎,以"推敲"而闻名、在文坛上留有一段佳话的诗人贾岛,隋末起义于清河、席卷山东河北的义军首领高士达……

如果按照在历史上产生的影响,让我介绍几位故乡人物的话,我最想推举的,还是以下三人。

一

第一应当谈谈周亚夫。还在童年的时候,我和许多同龄的小伙伴们,就已经知道了这个历史人物。没有别的原因,仅仅因为他是凭借一种直观的形象进入我们的视野的。

当年,出了县城残破的旧城墙,向西边走不多远,顶多两千米的样子,那条穿城而过的东西方向的马路,也是当年县境内最主要的公路,被一个隆起的大土丘分作两岔,一段继续向西,另一段斜向西北。土丘并不算很高,垂直距离也就20来米的样子,但土丘的底部周长有600多米,体积庞大,又是位于一马平川无遮无挡的平原上,因此颇引人注目。这是西汉车骑将军周亚夫的陵墓遗址,是一处省级保护文物,墓前立着一块朴素的、称得上是简陋的水泥碑,上书4个字"周亚夫墓"。本地人祖祖辈辈都称其为"大冢子"。

说到周亚夫,不能不谈到其父周勃。父子二人都是大名鼎鼎,太史公司马迁《史记》中曾有《绛侯周勃世家》专章记载父子的功绩。周勃是汉初名将,江苏沛郡丰县(今江苏丰县)人,当他还是驻扎京城的部队里的一名大尉时,得知吕氏集团密谋推翻刘氏朝廷,带兵直奔未央宫,取下主谋者的首级,挫败了政变阴谋,有大功于刘汉王朝,被封为绛侯。周亚夫是周勃次子,承袭父爵,汉文帝时,周亚夫被封为条侯,条即故乡的古称。匈奴大举入侵边关,朝廷调周亚夫率军驻守在细柳军营,即今天陕西咸阳西南一带,抵御来犯的匈奴,保障首都长安的安全。

我读中学时,语文课本上有一段选自《史记·周亚夫军细柳》的古文,讲的是他军纪严整,连前去慰劳军队的汉文帝也得遵守，按辔徐行。"将军令曰：'军中闻将军令，不闻天子之诏。'""将军约，军中不得驱驰。""介胄之士不拜，请以军礼见。"……至今我还能背诵这样的句子。描述受检阅的军队，则是"军士吏被甲，锐兵刃，彀弓弩，持满。"这是怎样一幅威风凛凛的画面啊。汉文帝不由为之动容，称赞周亚夫为"真将军"。

汉文帝临死前，告诫太子刘启（即后来的汉景帝）说，"国家若有急难，周亚夫真正可以担当带兵的重任"。景帝即位后，任用周亚夫为车骑将军。后来他率兵平定吴楚七国之乱，立下大功，屡得升迁，先为太尉，后至丞相，到达了事业的巅峰。

周亚夫为人耿直，深受广大军民爱戴，却与皇族结下了种种矛盾。他任丞相期间，在一些重大问题上不断与景帝发生争执。七国叛乱攻梁时，梁王多次向周亚夫求救，他坚持既定作战方针，不发救兵，为此遭到梁王怨恨。王信是景皇后之兄，窦太后经不住皇后百般奉承，让景帝封王信为侯。景帝和周亚夫商议，周亚夫说："高皇帝（刘邦）有约在先，无功不得封侯。王信虽为皇后之兄，无功不得封侯。"耿直忠言，却无法阻止皇帝的行为，周亚夫只好称病辞职。不久，他儿子为他造寿冢，购买了五百套铠甲和盾牌，准备将来作为殉葬器物。有小人向上面打报告，诬称周亚夫"盗买兵器，妄图造反"。这本来是捕风捉影的事，很容易查清楚，但气量狭小的汉景帝，本就忌恨他"功高震主"，一直想除掉他，这下可找到了借口，立即将周亚夫下狱。周亚夫蒙受着天大的冤屈，绝食五天，呕血而死。周亚夫死后，消息传至条地，当地人悲痛万分，每人一捧土，就堆起了一座高大的衣冠冢。

"文死谏，武死战。"这是古代士子所称道的人格风范，是他们为服务朝廷效力国家而描绘出的道德境界，是一种理想化的自我期许目标。出有良将，入有良相，保江山，兴社稷，辅佐君主成就伟业，也一直是封建帝王心目中理想人臣的标准。在抵御外侮的时候，或者在开疆拓土的年代，武将的形象获得了凸显，被推向历史的前台。为了民族的生存而慷慨赴死，为了国家的强盛而跃马边陲，都是无上荣光、青史留名的壮举。同时，回顾历史，我们也会发现，对于一个国家来说，当其处于发展壮大的阶段，整个社会上都充满了浓烈的尚武的精神。周勃、周亚夫父子身上，都体现了这些时代精神。

但是不论在什么时代，由于人格的高洁，不肯、不屑于同流合污，因而被排斥遭构陷，也是许多良相良将的命运。太史公在撰写《史记》这部伟大作品时，灌注了强烈的感情。当他叙述笔下人物的命运时，也一定联想到自己被诬陷、蒙受宫刑的屈辱，结合了痛切的身世之慨。

好在公道自在人心，忠良流芳百世，奸佞长留骂名。墓茔将一直存在下去，在以后的多少个世纪中，让一代代的人们遥想两汉名将的风范。据县志记载，墓顶曾建有一座祠堂，墓旁曾有亚夫村，现都已不存。据说亚夫墓当初要壮观得多，这么多个世纪过去，经历了洪水冲刷，大风吞噬，窃贼盗掘，现今的样子远不能和当年相比，但在童年、少年时的我们的眼中，仍然称得上壮观。那时，游戏娱乐方式稀少，爬"大冢子"便成了一个经常性的节目。墓的顶端开阔浑圆，长了许多野酸枣棵，远处望上去一簇簇的，绿意葱茏，秋冬两季，则变得一片枯黄萧瑟。

当然，这是过去的情形了。前不久，隔了8年之后返回故乡，发现那一带已经成为县城里的一处公园。以墓茔为中心，四周被铁栏杆围了起来。时间匆促，未能进去游览，望见似乎缩小了不少的墓茔前边，新立了一尊汉白玉的塑像，是那种到处可见的古代将军的形象，毫无个性可言。

二

如果说，面对一位叱咤疆场、马革裹尸的武将，我们会产生敬重乃至敬畏的感情，那么一位大诗人的在场，又意味着什么呢？

武功与文绩，在人心中唤起的，通常是两种不同的感情。毕竟"兵者，凶器也"，多用不益，刀光剑影总是和流血、伤痛、死亡形影不离，对于日常生活的平静安详是一种侵犯，一种干扰，违背人类爱好和平的天性。因此，对于武将，我们可以从远处投以崇拜的目光,但似乎难以产生亲近感。诗人则不同,他随身携带了一种人间的、亲和的、飞扬的气息。他很容易让人们感到内在的相通,随时乐意进入他所描绘的境界。他吟诵的是心绪和感悟,它们会沿着无数无形的管道,传递到每一个灵魂的深处。

一个地方,只要产生过一位伟大的艺术家,这片土地便立刻变得生动,变得富有灵性,仿佛空气中被注入了某种神奇的元素,产生出一种类似化学反应的变化,整个气氛都超凡脱俗了。艺术家是造物的一个化身,是他的另外一种显现形式,分享并传递了他的精神。凤凰,一个闭塞僻远的湘西小城,就是因为沈从文先生的一系列如诗如幻的作品,而成为一个凝聚了大自然和人性的纯朴之美的乌托邦,一处令无数颗心灵牵梦萦、竞相奔赴的目的地。

故乡也出过一位诗人,一位大诗人,一位真正的文学巨匠。

这个人就是高适。

高适和岑参,并为唐代边塞诗两大重镇,其名字早已牢牢地镌刻在文学史上。高适生活于唐玄宗开元年间,唐帝国最为鼎盛的时期,曾北上蓟门,远赴东北塞外征过契丹,也到过西北,在河西节度使哥舒翰的幕府做掌书记,既能挽弓射雕,又能赋诗填词,是一位"喜言王霸大略,务功名,尚节义"的诗人,向往"万里不惜死,一朝得成功"的壮烈生涯。在有唐一代的大诗人中,高适的官也做得最大,直做到淮南节度使、剑南西川节度使这样重要的职位,死后还被追封为礼部尚书。其实,高适的成功来得比较晚,46岁才中举,而且只得到汴州封丘县尉这样的芝麻官。直到安史之乱时,才因为献策平叛有功,迅速得到擢升。他在漫游梁宋之际,曾经与李白、杜甫同游,饮酒逐猎,登高怀古,传为诗坛佳话。

高适最有名的作品是《燕歌行》。"汉家烟尘在东北,汉将辞家破残贼。男儿本自重横行,天子非常赐颜色",何等高亢激昂,壮怀激烈!但同一首诗中,也有"战士军前半死生,美人帐下犹歌舞""少妇城南欲断肠,征人蓟北空回首"这样的沉痛之声。高适性格落拓,不拘小节,丝毫没有人们想象中的文人的酸腐气。言为心声,从诗句中就能够看出诗人的气度。即便是容易写得黯然悲戚的送别诗,在他笔下也飞扬起一股豪情:"莫愁前路无知己,天下谁人不识君。"比王勃那句著名的"海内存知己,天涯若比邻"更为豁达雄健。

高适堪称是盛唐气象的代言人,转换成今天的说法,是足以充当时代精神的"形象大使"。读着这样的诗句,遥想当年诗人的风采,一方面对其文武双全的卓越才华心仪不已,另一方面也不由得深自惭愧——相形之下,我们的生存显得多么委顿琐屑。诗句中迸射出来的那种气吞山河的豪迈气魄,除了生发自诗人本身的血性,还沾被了不可复制的时代的魂魄,令人联想到余光中写李白的名句:"绣口一吐就半个盛唐。"那是一种仰之弥高的感受,是今天的我们无法企及的境界。

当然,高适是武将中的诗人,这是他的作品充满阳刚之美的另外一个重要原因。再进一步地想下去,思绪会延伸到若干相关的命题领域,譬如人的性情气质与环境的关系。"燕赵古称多慷慨悲歌之士",历来民风豪雄侠烈,置身于这种环境中,受到这种地域文化的哺育,与生长于山温水软的江南,精神气质当然会很不相同,进而会影响到作品的艺术风格。清代著名江南诗人黄仲则,对自己诗风的绮丽伤感曾经颇为不满,写下过这样的句子:"自嫌诗少幽燕气,故作冰天跃马行。"抒发了对悲壮沉雄的艺术境界的向往,并启程北上,希望自己的创作从此能够得到雄浑壮丽的江山之助。

在《纪念碑》一诗中,普希金曾经自豪地宣称:"我给自己建立了一座非手造的纪念碑……我的名声将传遍整个俄罗斯。"口气何其豪迈自信。高适是否有过这样的自诩,我不曾读完他留存下来的全部文字,也不曾做过深入的考证,无从得知,但他的杰作,却无疑已经成为唐诗乃至整个中国古代文学中最珍贵的财富。

一颗照耀了1000多年且将永远闪亮的文学星辰,其最初的形成,与故乡这一块土地密不可分——每念及这一点,胸间就会弥漫起一股自豪感。

三

行笔至此,我开始迟疑了,对于自己作为一名书写者的资格,感到没有把握。因为相比前面两个人而言,下面要谈到的这个人,要丰富得多,也复杂得多。他的身上有着多方面、多层次的意蕴,难以一言以蔽之。这是一种远为费力的言说,它所对应的,是一种错杂纠缠、颇难厘清的价值形态。

他就是董仲舒,一个在中国思想史上十分响亮的名字,一个极大地影响了中国历史进程的人物。

从"大冢子"再向西行几十里,快出县境了,有一个叫作董故庄的小村子,是西汉经学大师董仲舒的故里。我曾在县志办公室的资料库中看到过董子祠及旁边断残石碑的照片,祠堂在"文革"时被红卫兵拆毁了,石碑上面的字迹也漫漶不清。当然,如今早已经祠堂复建,石碑重立了。不久前,县里还召开过一次颇有规模的"董仲舒思想研讨会",全国各地的学者及董氏后人100多人与会。但我至今不曾去过那里。少年在故乡时,对这位隔了多少个世纪的古代同乡并不了解,自然没有前往的想法。后来出来读书、工作,虽然已经知道了此人,但想法也很淡漠。年代久远,那些后世修建的纪念性建筑,也仅仅是一种装点而已,并无多少文物价值,对于理解其思想也并无什么助益。

西汉年间,董仲舒以"三策",向汉武帝首倡"罢黜百家,独尊儒术"，获得采纳。自此以后，儒学变成了儒教，由一个学术流派上升为官方意识形态，中国社会形成了以儒家思想一统天下的局面。在思想史上，他也上承孔孟，下开程朱陆王，成为儒家思想发展演变长长链条上的一个重要环节。他的理论学说，在政治制度层面，对于数千年封建社会大一统格局的奠定，在社会意识层面，对于中华民族文化心理结构的塑造，都产生了重要的影响。这样一位影响历史进程的旷古人物，却是出自吾乡。过去相当一段时间里，我是以一种夸耀的口气向人谈起董夫子的。

然而，随着心智的发展以及对中国历史了解的渐趋深入，如今话题再涉及对其人的评价时，我却变得犹疑不定。

个人和历史进程的关系，很难用简单的一两句话说清楚，但杰出人物的作用无法忽略，却是不争的事实。我时常想，倘若从来没有出现过董仲舒这个人，或者他安于做一名皓首穷经的学者，并没有"为帝王师"的雄心，不曾以思想影响政治，中国历史将会呈现怎样一种面貌？

在汉武帝将儒家学说作为治国大策之前，汉代统治者吸取了秦王朝滥施苛政而导致覆灭的教训，有意推行"黄老之术"，无为而治，与民休养生息。另外，当时毕竟距学派林立的春秋战国时代不算久远，百家争鸣的流风余韵尚在延续，存在着相当阔大的自由思想的空间。历史发展的路径是可以有多条的，所谓历史必然性云云，只是一种解释而已。因此，当翻阅史书时读到某些惊心动魄的记载，或者从当下现实生活中感受传统弊端的阴影时，我倒是宁愿家乡从来不曾出过这位大人物的。

也许，不能把这笔账都算到他的头上。一种思想学说在流布的过程中，每每被有意识地进行了改造，其间的演化变迁，呈现为十分复杂的状态。孔子有关仁爱、仁政的论述在其《论语》中比比皆是，孟子也曾反复表达过"民为贵君为轻"这样具有强烈民本色彩的理念。只是在现实政治运作的层面，其思想内涵发生了某种变异，民权民主内容被过滤掉，或者仅仅在某些时候被当作一种装饰，君臣父子秩序等有利于当权者控制、驾驭社会的成分，则被一步步地强化和放大。毕竟，阐释、传播的话语权力，掌握在统治者手里。明代开国皇帝朱元璋，曾经把孟子的塑像毁掉，因为他说过"君为轻"，对其统治构成了威胁。同样，董仲舒思想中也有不少反对滥刑滥杀的内容，但却被有意识地忽略了。历史既无法假设，也难以简单地归纳出前因后果，所以，这些念头，只适合当作探索历史发展之谜的思维之路的一个端点吧。另一方面，毕竟也应该看到，"独尊儒术"的实施，使得儒学深入人心，成为民族精神的主干和民族凝聚力的强大基础，成为一种普遍、深厚、弥漫性的存在。

这是一个过于巨大繁复的题目，面对它，我感到无力把握和言说。毋庸置疑的一点是，观念的力量甚为巨大，因为它驱动了现实的运转，是一切行为的终极根源。所以，当代最伟大的思想家哈耶克,曾经把自己的全部努力概括为一句话:"用观念战胜观念。"就让有关故乡大儒的种种,成为我心中一个长久的悬想吧,希望经由一次次的晤对,能够逐渐在复杂的观念坐标系中,标注出它的恰当位置,也希望能够通过这些思索,不断开启和培育自己的心智。

身边的人们

同事

对一位职场人来说,一生中相与度过最长时光者,除了家人,恐怕就是同事了。

一周中就有五天,自早至晚,和同事在一起。办公桌彼此相连,文具报纸侵占对方地盘,呼吸相互交融,进屋出门时注意避让躲闪。这是一个特定的空间,室内的豪华或者简陋,安静或者喧嚣,窗外的花开花谢,春雨秋风,被其中的人们共同感知。

诸种人伦关系里,亲人间时时牵挂,朋友间心心相印,而成了同事的人们,却注定了要在或长或短的一段时间内,相守相望。有些人甚至大半辈子做同事,在同一个屋檐下度过数十年。佛家讲究缘分,有"百年修得同船渡"之喻,那么,这种漫长的厮守,细想起来,自应有着深厚的因果关联。世相纷繁流转,人生存的方式也有多种多样,但一旦做了同事,生命却在共同的时间与空间中展开和流逝,为同一桩工作而分工合作,感受共同的上司的宽厚随和或者刻薄乖戾,仔细想来,岂不是颇有意味?

但遗憾的是,大概不少人并不认为这种缘分值得珍惜,否则也不该有那么多鸡零狗碎的龃龉和争斗了。佛家有八苦之说,其中的"怨憎会",在现代社会形态中,相当程度上应该是发生在同事之间。对于普通人来讲就更是如此,因为生活、交往的范围有限,同事便成为他的社会人际关系的重要构成,他的欢欣或者忧烦的一个主要来源。

如果细心审视单位、公司等小天地中的人际关系,其间种种心思机巧,不乏波谲云诡,诸如合纵连横、围魏救赵、远交近攻等等更多运用于国家之间的交往谋略,在此似乎也很能够获得印证。麻雀虽小,五脏俱全,单位也是社会的一个缩影,具体而微地折射出并阐释着人世间的游戏规则。利益的蛋糕总是嫌小,不敷分享也无法分享,晋职、增薪、出国,好事任谁都惦记,但偿愿的毕竟只有少数。再加上天性各异,好恶有别,共事中难免产生出种种间隙。办公室政治成为社会学研究的一个分支,颇有道理,公司单位处世术之类的文章书籍也就应运而生。同事相处的艺术是把握好尺度,分寸的拿捏是需要经验和智慧的。一个刚刚工作的年轻人,或者按现在的说法"新鲜人",往往会吃一些苦头。他胸中无城府,眼前多明朗,对人笑脸相迎倾心诉说,却未料到自己无意中已经得罪了与此人有过节的人。对不少人来说，成长的代价，是要在这个相对封闭的空间里支付的。

使人际关系以同事的面貌呈现的那类地方，天然地排斥诗性，是冷冰冰的现实主义的地盘。旅途上，聚会中，许多临时性的场合经常萌生的那些浪漫的悸动和遐思，在办公室里是难以找到的。恋情是浪漫情感的一种极致，但办公室的恋情和别处相比却打了不少的折扣：一是彼此间缺少足够的陌生之感，二是在同事的眼光下，要按照现实主义的原则来行事。也正是因为这些因素的制约，我们经常会看到某些情感的幼苗和碎片，某些欲言又止，某些含糊朦胧，总之是一种不清晰、未完成的状态。男女之情是生命的自然本能，异性同事之间当然同样可以萌生，只是相对于别处，此处土壤更为瘠薄，不适宜进一步生长。这种情形下，不少朦胧的恋情转换成了明确的好感，然后随着时间的流逝而又渐渐褪色。

要想了解一个人的优长和局限，知晓真实的人性，同事也是最好的观察对象和解剖标本。

萍水相逢的邂逅场合，人有时容易对某个异性一见钟情。姣好的容颜，悦耳的声音，迷人的姿态……会有那么多的地方让人怦然心动，坠入情网。陌生造成了神秘，而神秘则放大了好奇心。最初映入感官的只不过是吉光片羽，但想象力却匐匐燃烧起来，要把这个美的片段慷慨地放大，一直笼罩了对象的整体。这种经常是盲目的激情，很难滋生在同事之间。因为朝夕相处，近距离接触，优缺点一览无遗，便扯去了那层浪漫想象的轻纱。一个走到哪里都能吸引眼球的美女同事，我们知道她的做事拖沓，她的粗粗拉拉，她的虚荣心和小心眼，等等，知道那张漂亮面孔后面的诸多不够完美之处。我们仍然可以欣赏和喜爱她，但那是一种平视的目光，心静如水。然而面对别的陌生女人，别人的同事，我们依然会神魂颠倒，不恰当地把对方安放到梦的高度。这也许是上帝为人性所设置的密码吧，他饶有兴味地观赏着人因为自己的局限而屡屡制造出的一个个悲喜剧，品尝到一种游戏般的惬意。

当然，上面从男女间情感的角度端详，只是因为这是一个更容易感受的方面。同事关系提供的东西其实要丰富得多。让人寒心的东西当然有，但我们且挑些好的来说吧。一些打动人的事情，因为发生在同事身上，不需要为了某种目的而人为地拔高，也更让人相信美和善的力量，存在的普遍性以及朴实无华的方式。那位坐在角落里沉默寡言的中年人，多少年中耐心伺候瘫痪在床的岳母，从不流露一句怨言，亲生儿子也未必做得到；那个性格不够通融随和的人，却默默地资助了一个贫困山区的儿童，一直到送进大学。这些都展现了生命的丰富性和矛盾性，让人眺望和思索人性可能的边界。

存在的种种局限，生命受到自然力操控的本相，也最能够从同事身上体现出来。

譬如时光的杀伤力。一位同事，我们看着他，从20岁出头意气风发的青年，一步步走到了哀乐交织的中年，疲惫开始爬上了面容，衰弱开始拖住了脚步。除了他的妻子，只有我们才说得清，哪一年起他的鬓角开始长出白发，哪一年起他的肚腩发面团一样膨胀起来。当年他是多么生龙活虎，打起扑克来可以一夜不睡，但如今他却一定要在午后去打个瞌睡了。因为自恋，也因为某种浅薄盲目的乐观，一个人有时会像鸵鸟一样不敢、不肯承认发生在自己身上的变化，但有同事在旁边做自己的镜子，他会变得清醒些，会减少这种错觉。从他的日渐衰老，我们也看到了行进中的自己的模样，以及无法摆脱的共同的自然生命前景。幻灭之情会真实地产生，氤氲开来。

这一面镜子，不仅映照了外貌的变化，也能折射出属于内里的一些东西。我们面前展开了某位同事的生命的脉络。那些体现在言行中的性格弱点，眼高手低，瞻前顾后，虎头蛇尾，抱怨太多而自检太少，等等，在他的生命路途上，是怎样集腋成裘般地积累起来，拖住了他向前迈进的脚步。而从同一间屋子里的另一个人身上，我们却能看到，从内心发出的力量是那样真实，笑容明朗，目光热切，一件件工作都能够安排得妥帖，一个个困难都悄然地化为乌有，似乎一切都能够化为享受。因此当某个令人羡慕的奖赏降临到他的头上时，所有人都认为极其自然。

启示因为来自身边，更能够对我们的精神产生实际的影响。

同学

嘀嘀的声音响起，手机接到了同学聚会的信息——哪一天，几点钟，在什么地方。愉快的情绪从内心滋生，期待开始进入倒计时。

相信接到通知的多数人，感受会和我一样。同学间的交往，总是带给人一种恬适的感情。置身这种场合时的轻松、愉快，和那类功利性的聚会完全不同。原本彼此陌生的人们，怀揣了某个目的而临时凑在一起，费尽心思地想着下一句话该怎样说，最要害的企图何时亮出，面对满桌的珍馐却食不知味。而非目的性却是同学关系的最本质的特点，与其他种种应酬往来划出了鲜明的边界。即使在举世信奉实利的今天，在走出校园十几年、二十多年后，绝大多数情况下，这一特点仍然鲜亮如初。

想想看，生命中最年轻的时光，属于诗的浪漫，属于梦的多彩的时光，和社会规则不曾发生纠葛的时光，他们和我一起度过，我们构成了一个"命运共同体"：在一个共同的空间内，一段共度的时间里，一起成长，一起梦想，一起犯傻，也许彼此冒犯，但互相不以为忤。这样的时光不可复现。"此情可待成追忆，只是当时已惘然"——这种感慨并非仅仅适宜于描摹朦胧的恋情。

对同学的感情，其实很大程度上是对生命中的那段最美好时光的怀恋，只是未必意识到而已。同学是那一种生活的人格化存在，负载了那段日子里的记忆。每人的个性都不同，其前其后的生命轨迹也不一样，但因为这份因缘，拥有了共同的校园和师长，生命中有些内容彼此重合。如果把每个人的一生想象成由若干个区域构成的话，那么在几十个生命中，有一块田亩中生长着一样的佳木修竹，树影倒映在同一片湖水里。因为这种重叠和交集，一些东西彼此融入渗透。我的那些忧伤或者欢喜，他们也有份。

最深厚的友谊，能够延续一生的交情，往往正建立在同学之间。这很自然也容易理解。数年的过从中，彼此间的了解深入透彻，又值最渴求真实友谊的年龄，心灵更临近赤子的率真状态，利益的考虑尚未侵入，因此不用委曲求全，不必违心说话做事，亲近谁疏远谁，凭的是彼此的心仪和敬重，声气相投。

告别校园小天地，走上社会大舞台，人生道路开始分岔，每个人的旅程从此指向不同的方向，一路展开殊异的风景。多数人之间交往慢慢地淡了，联系渐渐稀疏了，甚至多年间彼此不知消息。即便长期保持联系的，也往往一年半载才通个音讯。这也很正常，生活的圈子不再交集，每个人在社会上要尽责任，在家庭中要尽义务，生活状态和当年在校时大为不同，没有时常过从的充分理由了。

不过这些都没有关系，并不妨碍在数百上千个共同度过的日子中形成的情谊。只要重新见面，一切仿佛如昨。那些熟悉的笑容、声音、姿态，似乎一点儿没有变样，中间数年、十数年甚至数十年的时间距离，也仿佛并不存在。往昔重现。在同学聚会的场合，一些当年的趣闻轶事会被翻出来，激起一片笑声。曾经的场景片段也在脑海中浮现，感受到当年的某种氛围。尤其是那段时光中与爱情有关的种种，往往会被更多地提起，成为最好的调侃话题。光阴流转，当年要死要活的当事人也都超脱了，曾经的伤痕早被时间抚平，自嘲的口吻中，混合了对青春的怀恋，以时光飞逝做背景，当年的青涩都平添了几分动人。

每次聚会，并没有预设的话题，风起云行，忽东忽西，充满了随意性。在这个场合谈论些什么并不重要，主要是借由谈话聊天营造出的那种气氛，让人放松和惬意。彼此扶持关怀，那一份人间的友爱，也往往在同学中最能够体现出来。回想大学同班同学的多次聚会中，除了入学 20 年、毕业 20 年这类可以说是事出有因，大多并没有特定理由，往往是某个外地同学来京，或者国外的哪位回国探亲，谁一出面张罗就凑一起了。但有两次目的明确，一次是为一位同学捐款，他的女儿患癌症住院治疗，花费不菲；一次是商量如何援助一个不幸早逝的同学的孩子。那样的场合让人感觉温暖，不论是施予者还是受助者。

江山易改，本性难移，聚会颇能够印证此点。大抵当年调皮的仍旧活泼，当年内向的依然寡言。最戏谑的笑声，仍然发自当年的那几张嘴巴，同样还是那一两个人操控和调节着聚会的气氛和节奏。不过也不乏曾经羞涩的一变而为放任，一贯口无遮拦的多了些字斟句酌，相对于本人这该是变异了。这后一种情形里面，体现的就该是时间的力量了。把今昔联系起来看，有助于深入了解人生的玄奥，它们涉及了因和果，命和运，偶然和必然，时势的力量和个人的努力。一脉相承，合情合理，固然可以寻得到清晰的内在逻辑脉络，那些吊诡反常之处，其实也自有其演变的蛛丝马迹、草蛇灰线。

许多年过去，不同的境遇，拉开了彼此之间的距离。每个人要扮演命运派给自己的那一个角色，在人海中载浮载沉，社会的位置不同，人生的画面也不同，甚至是大异。一些人扶摇直上，一些人曳尾涂中。那些富了或者贵了，身居要津或者腰缠万贯的，按照社会上的游戏规则，在正式的场合要摆摆架子做做指示，这也很自然。但在同学面前，他不好意思用那样的姿态。倘若某个人真的就这样做了，会被同学讥讽，实在是自取其辱。社会上的规则是一回事，但同学之间的交往过从中，毕竟有着自己的标准和尺度。其实，那些别人眼中的社会栋梁和显达人士，每天的一言一行都要顾及与自己的身份相符，时时处处受到掣肘，也未必没有换个环境轻松自然一下，体会一回本真状态的念头。这类的场合并不很多，同学相聚便是其一。

同学数载，怎样说都是一场缘分。但因为性格志趣不同，有些人彼此不认为有交往的必要，冷淡疏远，甚者毕业分手后就失却音信，自此相忘于人世，仿佛生命中从来不曾存在过这样的一页。这颇让人感慨。但还有比这更为不堪的，往往和不正常的时代政治生态有关。或者迫于强大压力出于自保之念，或者是内心某种幽暗的成分借机发酵，于是从私下的告密信、小报告，到公开场合的揭发攻讦，甚至是毕业分离多年后面对来访的调查人员所做的证词云云，都让人感到内心恐惧冰冷。这样的情况，在历史上就不幸反复地出现过，伴随着一次又一次的运动。

坏的政治，总是鼓励和呼唤恶的溢出，在祸害社会的同时，更是对人性的最大毁损。

同乡

"君家何处住，妾住在横塘。停船暂借问，或恐是同乡。"

两个青年男女，在同一条江上讨营生，摆渡或者给人运送货物，小舟时常擦舷而过，但是不曾说过话。日子流淌，彼此间萌发了一缕好感，就想搭上话。按今天的话，就是"碰瓷"吧。如果两人谈得来，下一步感情再升温也无妨。不过这最初的话该说些什么呢？颇费些思量。要显得自然、双方都不会感到尴尬才好。有了，就问问对方和自己是不是同乡吧。

这首短诗，是唐代崔颢的绝句《长干曲》。可见，同乡天然地具有一种情感黏合剂的效果。

这种让人相互贴近的同乡之情所从何来,凭借的是什么?

首先该是源自一种共同的生活环境。生长在同一个地方,气候干燥或湿润,寒冷或炎热,目光望出去,是高山峻岭或者平川无垠,饮食口味偏重辛辣或甜腻,这些都是时时会作用于感知的。作为同乡,这些背景因素必然给彼此的生活增加了许多共性。比这更为明显和直接的,是那个区域内的许多人都曾经参与或者了解的一段生活,彼此都认识的人,都知晓的事件,都闻知的社会关系。如果不拘囿于时下,向历史回溯,家乡的历史和名胜,更具有一种强烈的标志性和凝聚力。这一些经历和记忆是共同拥有的,具有某种人际圈子的特性,经常是不足与外人道的。

同乡的感受,是和彼此间的距离成正比例的。距离越近,感受也就越深。在同一个县里长大,比起同属一个市但分属不同县的,显然拥有更多的共同话题。但同时,标准也是伸缩变动的。大抵离开故乡越远,故乡人的范围就变得越大。在省城,老乡的边际往往就是县境的分界,到了首都,来自同一个市的会被视为乡亲;等到脚步走出国门,尤其是来到那些华人稀少的国家,遇见的每一个国人都让他感到亲近。"客舍并州已十霜,归心日夜忆咸阳。无端更渡桑干水,却望并州是故乡。"唐代诗人刘皂的这首《旅次朔方》,描绘的正是类似的心境。客居并州,时时怀恋故乡咸阳,等来到了更北更远的地方,连时时想离去的并州，都变得像自己的故乡一样亲切了。

古典诗文中，有不少是描绘对故乡的深情。秋风刮起，张翰怀念故乡吴中的莼菜羹和鲈鱼脍，遂辞职返乡。"胡马依北风，越鸟巢南枝"，动物尚且如此，何况是感情丰富的人。年轻时可以离乡背井外出打拼，谋求功名利禄，等到渐入老境，便会格外惦念生养自己的那一片热土，故国乔木，时时入梦，乡愁连绵，不绝如缕。这些，也是同乡之情赖以生长的土壤。

这种意识，似乎外国人没有，即便有也该是极为淡薄。推究起来当是与社会形态的不同有关。中国是数千年历史的农业化社会，安土重迁，流动性弱，绝大多数的人，一辈子都生息歌哭于故乡这一个地方，自然会看重、眷念这片土地。而在其他处于不断变动、迁徙中的社会，这种感情就要大打折扣了。譬如对生活在被称为"车轮上的国家"的美国人而言，要让他们深入理解上述那些旧诗词中的幽微深沉，即便不是鸡同鸭讲，至少也是颇有难度。

有关同乡的意识，大抵是随着年龄的变化而有所不同。

年轻时，尤其是到外地求学时，最容易萌发乡愁。离开生活了多年的家乡，告别父母的荫庇，来到陌生环境，难免会产生种种不适。同学来自四面八方，同处一室，却是南腔北调，生活习惯也多有不同，这时身旁倘若有一两位同乡，彼此间会很自然地产生亲近感。所以几乎每所高校都有同乡会，尤其对那些新进入的学子很有吸引力，甚至可以说，它的主要功能就是给新学子提供一份家乡的慰藉。同乡相聚，操着家乡方言聊天，吃着哪个人带来的故乡特产，小点心或者瓜子果脯之类，唇齿间缭绕着自小就熟悉的味道，可以有效地缓解初来乍到的不适之感。这一点还可以得到反证：进入高年级后，就很少甚至不再参加同乡会的活动了。等到毕业后进入社会，正式登上人生的舞台，日日红尘间打拼，诸种功利考虑把灵魂空间挤占得逼仄，乡情会逐渐变得稀薄，而且更多和现实利益纠结在一起。不过到了晚境，喧嚣退去，生命状态回归沉静，又会更多地怀念家乡，同乡之情也容易重新被唤起。我的好几位长辈亲属都是这样，大半辈子生活在京城，和家乡少有联系，退休了，却时常念叨着想回去看看，同居一城多年没有联系的同乡，也开始走动了。

同乡之情会附带着产生一些结果。大学里，每年新生入学，都会有高年级的老乡前来看望，关心是当然的，但也经常有人会挟带了一些私心，看看家乡来的妹妹是不是适合成为花前月下的伴侣，的确也有不少成功的。这就是同乡关系产生出的红利了。生活和工作中，同乡之间也会有更多一些的关照提携，这也是人之常情，自古而然。我曾经看到过一个地市级城市的在京同乡会的会刊，只有薄薄的几页，主要内容就是在京同乡们的单位、地址和电话，封面最上方印着三行醒目的红字："相互提携，共同进步，回报家乡。"20多年前，参加工作的头几年，单位在北京菜市口附近，明清两代和民国时期，那里是各地会馆密集的地方。有两年的夏天,晚饭后到天黑前一段颇长的时间里,我骑着自行车,在方圆几公里范围内的小胡同里信马由缰地闲逛,随处能看到当年的各地会馆旧址,虽然大都变成了大杂院,但建筑格局基本上还完整,不少会馆的名称还依稀可辨。湖广会馆,渭南会馆,新会会馆,台州会馆……遥想在漫长的岁月里,在万方辐辏的京师之地,这些会馆负责了来自家乡的乡绅、官僚的过往居停,特别是成为大量的应试举子的食宿之所。有多少故事在其中发生,多少人的命运变化与它有关。历史悠久数量繁多的会馆,已然成为古都文化的一个重要部分了。

一个地方如果历史上出过彪炳史册的名人,就会成为当地的一块金字招牌。不久前刚从湖北秭归旅行回来,与同事们说到该地,多数人并不很清楚,但一说起那里是屈原故里和曾经的昭君故里,表情随即不同了,表现出了浓厚的兴趣。人杰地灵,因人而彰。其实,喜欢去一个地方旅行,无非是两样因素,风景或者人文之胜,而后者,往往牵连了一位或多位历史名人的行踪遗迹。外乡人尚且如此,名人家乡后人对先贤所产生的敬爱仰慕之意,在外人面前表现出的强烈自豪感,就不难理解了。"钱塘苏小是乡亲",唐代诗人韩翃曾经为南朝歌妓苏小小写下这样的诗句。故乡历史上一位绝代美妓尚且能够使诗人感到自豪,那些道德高洁、有功于民族社稷的名人先贤,其精神更是能够对后世乡人产生潜移默化的影响。如果把这作为一个课题来研究，应该能够有切实的收获。

  名人先贤生活的时代，距今天已有数百年甚至上千年之遥。岁月阻隔，人事代谢，古今如梦。但如果他们凭借其不朽的道德文章而长存史册，他们的英名不时地会在后人脑海中萦绕，让后人时常沉浸并缅怀他们的思想、情感和事功，那么，岂不是比每天晃动在身边的芸芸众生的身影，更具有一种本质上的生命的真实性？

童年乡野

田野四季

穿了一冬天的棉鞋觉得有些热了,小脚指头痒痒的。冻得像石头一样坚硬的土地,原来一镐头砸下去,只能凿出一个淡淡的白印,如今开始变松软了,有的地方还有水分渗出来,干一片湿一片,明暗的对比,就像阳光和影子。原来厚重晦暗的云层变薄变淡了,透亮了,阳光渗下来,陡然间就增加了不少热度。风仍然有一些凉,但柔和了许多,不再是过去的那种冰冷,不会感到针砭一般的难受。村边水塘一冬天厚厚的积冰也低下去了,冰面上出现了大量筛子眼般的孔隙,中间很大一片凹下去了,一汪清亮的水在微微荡漾,细腻的样子,像夏天乘凉时睡在身下的苇席的纹路。

这是每年初春时的事情。每到这个时候,就会听到村子里的人们说起那句话:七九河开,八九雁来。心中便隐约地激动了,在屋子里待不住了,总想跑到外面。盼望着什么发生,也预感到有事情将要发生,但都说不清楚。田野的强大吸引力，从这个时候开始敞开了。

紧接着，地上开始渗出星星点点、丝丝缕缕的绿色，很细微很清淡，若有若无，不仔细看都发现不了，然而很快就明显了，不但在地面上向四周蔓延铺展开来，还向空中发展，沿着树干，爬上了枝头梢尾。这是色彩的童年期，嫩绿、鹅黄，都是一种轻盈、闪光、飞扬的状态，让人欢欣，心里痒痒的，忍不住甩开脚步，和小伙伴们一起，在田野里没有目的地疯跑——春天仿佛给腿脚输送了一股特别的气力。

在明媚的阳光、和暖的风、粼粼闪光的水波之间，春天上演了一个个的节目。每个孩子都会有他最喜欢的内容。对于我来说，最难忘记的是寻觅和移栽果树幼苗。在麦苗长到小腿肚高的时候，行行麦苗之间窄窄的垄沟中，有时能够见到杏树和桃树的幼苗。那是头一年深秋裹带在粪肥中被埋到地里的果核，在大地温暖的腹部经过一个冬天的孕育，破土而出。杏树的茎干是红色的，桃树苗则是半透明状的翠绿，都只有几寸高，纤细柔弱，根系处多数还挂着张开着的果核壳，淡紫色的果仁，因为抽芽而变得干瘪了。我在好几个年头，醉心于把它们移植回家。目光在垄沟间搜寻，激动随时可能降临。我带一把小铲子，一个小水桶，发现目标后，就用水润湿根部，然后连土挖下去，捧回家种在院子里。小院里最多的时候曾经同时种了十来棵小树苗，但一两天后都蔫了，从来没有一棵成活长大过，这让我十分沮丧。

由春入夏，印象里总是很短暂，仿佛是一张巨幅图画在不停地变幻，那儿的色彩淡了一抹，这儿的线条重了一笔。有一年初夏在姥姥家，舅舅和村子里的人们一起拔麦子，我跟在旁边玩儿，忽然听到一声叫喊，原来有人发现了一个野兔窝，捉到了好几只小野兔。小野兔刚出生不久，炭火一样红彤彤的眼睛，刚刚长出来的雪白的绒毛，惊恐地挤成一团，瑟瑟发抖。舅舅拿给我一只，捧在手里毛茸茸的，当时心里涌出一种柔情蜜意般的感受，仿佛多年后青春期时在自己喜爱的异性身边的感觉。那该是最初的情欲的闪光吧。今天当我回忆起那一幕情景时，脑海里总是奇怪地和印象派的画作纠缠在一起。也许是因为那时田野中闪烁的光和影，翠绿和金黄交织的颜色，正是印象派作品中最主要、最鲜明的元素？

当吹拂在脸上的风开始变得炎热，季节的脚步便跨入了盛夏。盛夏是立体的，视野中是无尽的丰茂葳蕤，绿色铺张恣肆。高的是玉米、高粱，低一些的是棉花田，更低的是菜地、瓜田，织成了一张密密的大网，把大地罩得严严实实，人走进去，仿佛一滴雨点溅落池塘，隐隐中会感到一种压迫感。当在四周无人的小径上或田埂边遇到一个陌生人时，不由得会想到听大人讲过的拍花子、迷魂药的传说，面前的人变得可疑，心头掠过一丝恐惧。但好在对方既不曾拿出过糖块，也不曾掏出过绳索。因此，记忆中那些最为刻骨铭心的片段，还是与季节本身的光和热有关。难忘青纱帐中那种密不透风的闷热，脚步一迈进去立马就大汗淋漓，呼吸也仿佛要窒息了。胳膊被玉米锋利的叶片划出一道道印痕，红红的，再被汗水浸泡，火辣辣地疼。掰下最大个的玉米棒，或者摘一捧黄豆角，在田埂挖个洞烧着吃，便成了极富诱惑的事情了，那种清香味道，似乎至今仍在口舌间缭绕。相比之下，偷摘西瓜难度最大，因为有人看护，给逮住少说屁股上也会被踹上几脚。

田野的神秘魅力，在这个时节也最能够凸显。姥爷看护生产队的菜地，我跟着他住过一夜的窝棚。艾草拧成的绳子像一条蜷曲着的蛇，点燃了驱散蚊子，火头黯淡地燃烧着，冒出青色的烟，气味浓烈呛人。满天的星斗，低低地垂下来，光芒交织在一起，有一种烟雾弥漫的感觉。远处，一道暗红色的光缓慢地飘过，似真似幻，姥爷指着说那就是传说中的火狐狸。这一幕是夏夜神秘的极致，让我激动不已，也成了向小伙伴们炫耀的本钱。后来我读到了对这种现象的科学揭秘：狐狸居住在墓穴中，皮毛沾上了尸骨上的磷，磷是燃点很低的物质，狐狸奔跑时磷和空气发生摩擦而燃烧，就是我夏夜看到的样子了。科学解释的言之凿凿大大减弱了诗意的浪漫。

童年时节的夏天，似乎长得没完没了，但秋天终于还是来到了。仿佛一桶金黄色染料倾倒在大地上，但泼洒得并不均匀，有些地方没有染上，因此田野里绿色和黄色或相融或相间，错杂交织。选择一种庄稼作为这个收获季节的标志的话，得票最多的可能会是谷子了。金黄色的谷穗沉甸甸的，秸秆被自身的重量压得弯曲低垂，以一种最为朴素而形象的方式诠释了这个季节的内涵。等几年后读小学时，以"秋天"为命题作文，一多半的同学都写了谷子地，"谷穗笑弯了腰"这样的句子比比皆是。对在田野里长大的孩子来说，这样的比喻是很自然的，无非是描摹了一种熟悉的状态，丝毫不觉得夸饰。走在谷子地间，空气中飘荡着一种发酵般的味道。田垄间堆积了干爽的叶子，踩上去柔软富有弹性，窸窸窣窣地响。有一次我发现了一窝鹌鹑蛋，当时的感觉就好像是目睹了奇迹一样，兴奋了好几天。

收获的形式也是多样的，红薯和花生的果实生长在地下，采掘时更是能给人带来隐秘的、意外的欢喜。当年土地还都是归生产队所有，耕作和收获都不是很精细，但更可能是故意留下一些给人捡漏。收地瓜和花生那天，收割的社员队伍后面，会跟着他们的女人和孩子，我也曾经是里面的一员。社员在田间挖掘，有专人负责把收获物归拢成一堆，等这一块地弄完了，队长吆喝一声，等在地头的女人孩子们便涌进地里，这时挖出来的就都归自己了。我的工具是一把小铲子，前面大人们已经用镢头铁锹刨挖过一遍了，因此再挖一点儿都不费劲。被翻开的泥土很湿润，发出浓烈的气味，叶子、藤蔓和根须纠结在一起。被铲刀刃弄破或弄断了的地瓜块茎或花生，流出乳白色的汁液。最盼望挖到有三颗花生米的，我们把它称作"大马牙"。时常会挖出多足的小昆虫，还有白色的小小圆柱一样形状的蛴螬。这些都时时唤起生命中的惊奇情绪,让人意识到大地的丰饶和神秘。

深秋,庄稼收割后,田野变得辽阔空旷。曾经碧蓝如洗的天空,逐渐被涂抹上了层层的云霾,阴沉沉的,风也一天冷似一天。残存的枯萎了的地瓜秧,低矮的玉米根茬,颜色黯淡,沾满了露水。空气里有一种闻起来很不舒服的气味,类似燃烧后的灰烬,又仿佛树叶被雨水沤湿了,心情也变得闷闷不乐。季节和气候对于精神的影响,孩童时期更能够明显地感受到,那时全部的感官都是朝着自然敞开的,没有丝毫的阻隔。一年中我最不喜欢的,也是这一段时间。

不过当真正的冬天来临时,便有一些特别的乐趣了。北风呜呜地吹过,绕着弯儿地盘旋,卷起干枯的树叶和草根,满耳朵都是呜咽凄厉的声音。田野的活计拾掇完了,全村子的人都歇下来了,要过一个长长的冬天。此时最忙的该是猎人了。这时候打猎最容易收获,视野里没有遮挡,一览无遗。一只野物跑过,老远就能望见。我曾经跟着村子里的一个人,在村子方圆几里的田野中跑了半天,最后很得意地拎着一只野兔回村子,仿佛是自己打中的它。野兔很肥硕,浑身瑟瑟颤抖,伤口处隐约冒着热气,血已经干涸成深红接近黑色了。

最壮观的景色是在下了大雪后,那是堪与夏日浓郁无垠的碧绿相媲美的一种壮观,一种极为阔大的气象。记忆中童年时冬天经常下雪,且很大。站在村口望出去,四面八方白茫茫的一片，一切都被厚重地覆盖了，只能从轮廓上分辨出房舍、猪圈、草垛和树木。太阳出来，照得到处闪光，盯着看久了，雪地的颜色也会渐渐泅成血红一片，不由得眯起眼睛。把厚而松软的积雪抓一把吃，或者把房檐下垂挂着的坚硬冰溜子敲下一块，咽下去时，立马一阵冰凉，电流一样，从喉咙倏地传递到小腹。

河流

童年，常常意味着对事物感知的极致化，一种纯粹、丰沛和酣畅的心理状态。

县境里有一条小河，从村子东边，自南向北流过。今天看来，那只是一条狭窄的河沟，宽度也就20米，一端连接着京杭大运河，但在当时心目中却绝对是一条大河了。这种感受涉及不同年龄的认知差异，属于心理学研究的领域。就本性而言，每个孩子都是不自觉的夸大者。

它虽然不大，却是一条不曾显露出任何人工痕迹的河流。我庆幸自己一开始接触到的就是河流的原初形象，它呈现的是命名之初的面貌。它平静地流淌着，蜿蜒曲折，自然天成。两岸的芦苇，更远处的树木田野，全是彻底的原生态。我的女儿在城市里降生和成长，在她的观念中，河流是笔直的，河岸一定要被水泥砌衬，两边是挤满汽车的马路，再后面是高楼。因此有一年带她去旅游，看到了一条自然状态的河流，她惊喜不已，欢呼雀跃，舍不得离开。我想，这可以解释为童心和大自然本来是最为契合的。她的童年在物质上比我富足得多，但说到亲近自然她却是贫瘠的。

河水清洁澄澈，渴了可以直接捧起来喝。蹲下去，能够看到游弋的小鱼，两三寸长，三五成群，绕着芦苇光滑翠绿的根部转圈，相互追逐，把明镜一样的水面弄皱，细小的波纹荡漾不止。站在今天的许多河流边，要理解清澈这样的词汇是困难的，但在那时轻易地就能够理解，不需要借助想象力，没有任何阻隔，因为就生活在清澈之中，周身被清澈裹挟和浸泡。不仅河水如此，还有空气，更是以无边无际的存在，规定了世界的性质。

春夏时分，生产队用抽水机引河水浇地。河水从黑色胶皮管里喷射出来，水流的边缘，被风撕扯成薄薄的样子，<u>丝丝缕缕</u>，好像一张透明的铝箔。站在旁边，凉爽的水汽拂面而来，仿佛是水的粉末，凉飕飕的，十分惬意。经常会有被胶皮管进水口的漩涡吸入又扬上来的小鱼，个别个头大一些的，还会被水泵飞旋的叶片绞断。我守候在出水处，把捡到的小鱼装在一个铝质的暖水瓶盖子里，有时能装满一瓶盖，拿回家去，母亲抹上一层面糊油炸一下，喷香。童年时生活清苦，很少吃到荤腥，记忆中这是最好的美味了。

年龄更大一些，学会了游泳，其实只是四肢乱扑腾的"狗刨"。我也和同龄的伙伴一起，整个夏天都泡在河里，比赛扎猛子，仰面凫水，看谁憋气最长，谁躺得最久，晒得浑身黝黑。最快乐的游戏就是捉鱼了。弯着腰，两个手掌拢紧，在河沟底摸索，一感觉到坑洼的地方就轻轻地捂下去，有时会捉到鲫鱼。鲫鱼爱躲在脚掌踩出的窝里，很老实，一般不挣扎。鲇鱼更懒，通常待在洞里，洞则是位于河沟垂直或倾斜的壁上，手掏进去，可能会触到软乎乎滑溜溜的一团，这时后脊梁骨常会产生凉飕飕的感觉，因为据说水长虫也就是水蛇摸上去也是黏糊糊的，特别是在长着芦苇的地方，但好在始终没有遇到过。最讨厌碰上嘎牙，三角形的身体，像鲇鱼一样嘴巴上长了两条须，脊背上直直地立着一根硬刺，针一样锋利。我曾被刺破过手掌心，鲜血淋漓。如今据说在宴会上有它能提升档次，但那时我们都是拿它喂猫。从水面上能够看到的鱼里，厚子是最笨的，它就趴在紧靠河岸的浅水里，也不怕人，手指头快戳到它了，才懒洋洋地挪动一下身子。用针弯成钓钩，穿上蚯蚓，甚至什么都不挂，放到厚子嘴边，它张口就咬。但它的肉有一股子土腥气，通常也都扔给了家养的小猫。鲢鱼则不安分，成群结队，在水面上倏忽来去，翻身时鳞光闪耀，白花花一片。多是两三寸长短，更大一些的也有。用细纱布做一个口袋，用铁丝箍住开口处，再绑在一根长杆的顶端，我们叫抄子，瞅准闪亮的地方，飞快出手，能够兜上来几条，肉质鲜嫩好吃。

　　不知为什么，那条河里当时很少捉到鲤鱼，因此它就成了大家的牵挂和梦想。一个小伙伴的父亲有一张渔网，有一次捞上了一条很大的鲤鱼，全村都轰动了。鲤鱼足有好几斤重，浑身都是金黄色的鳞片，比大拇指指甲盖还要大。鱼嘴巴边缘是一圈红色，圆圆的嘴一张一合。捕鱼人欢喜得几近忘形，我们也都用极其崇拜的目光瞅着他，觉得他太了不起了。对我们来说，大鲤鱼同时也带来了一种神秘，一种日常生活之外的惊奇，他和神秘有了缔约，因此和其他的人都不一样了。如今想来，隐喻作为一种认识世界的方式，童年时其实就在不自觉地了解和运用了。

河流的某个转弯处，有一个深坑，据说里面有活了好多年的大黑鱼，成精了，其他各种鱼都是它的食物。用竹竿捅不到坑底，谁也不敢下去，听人说水底有漩涡，还有暗洞，吸进去就出不来了。这该是无稽之谈，平原上一条其貌不扬的小河，不像南方河流那样水量丰沛，也没有地质构造带来的溶洞暗河，不会有什么诡异的地方，但童年总是愿意相信神秘之物的存在，这种念头是年龄的分泌物，很自然。不过，也确实发生过奇异迷人的事情。有一年，上游放水，流来了很多鱼，其中有些是难得一见的种类，肥大的鳜鱼欢蹦乱跳。全村的男女老少都扑到河里，用脸盆、笊篱、抄子、渔网等各种工具捉鱼，人人喜笑颜开，仿佛一个集体的狂欢，这也让我强烈地感觉到，某种未知的神奇随时可能降临。

其实不必一定有捕获物，只要身体浸入河水里，脚踩着河底胶质的、松软而富有弹性的淤泥，胸腔里就会有一种惬意涨满，那样深沉酣畅，就仿佛身体被水流涌来荡去冲击摇晃着一样。我把头埋进水里，尽可能地下蹲，憋一口长气，逐渐地有一种酒醉般的恍惚，紧闭着的眼帘前面也晃荡着一片红晕。等到再也坚持不住，才缓慢地浮出水面，睁开眼睛，嘘出长气。耳朵眼里灌满了水，会有一会儿听不见任何声音，眼前看到的东西也都似真似幻。

河流在另一处拐弯的地方，分出一个支岔，形成了一个很大的苇塘，芦苇从四周密密层层围过来，幽深寂静。塘水凝滞不动，水面上糊了一层绿色的苔藓样的东西。偶尔有很小的鱼儿露头换气，弄出细碎绵密的声音，仿佛人在吧唧嘴。还有一种黑色的昆虫，我们称它"打酱油的"，类似蜘蛛一样，长长的足在水面上轻盈地滑动。水边长着一簇簇茂盛的荷叶，蜻蜓经常飞来落在上面，还会落在尚未绽开的荷花骨朵上，于是会有轻轻的晃荡，很短暂。拾到过莲蓬，白白的莲子咬在嘴里有种淡淡的清香。去苇塘深处找最宽大的苇叶，摘下来交给母亲包粽子。还捡到过一只灰黑色的小乌龟，和我的手掌一样大，放在院子里的水缸中养了十几天，因为一场大雨灌满了水缸，无影无踪了。

有一次，曾经和一个小伙伴结伴去县城赶集，要回家时他却忽然说要住在城里亲戚家，我只能独自回去。县城到村子大约四公里，顺着河岸就能走到。但在那时这却是很长的一段距离了,且我从来没有步行走过,以往都是坐大人的自行车从公路上走的。只能硬着头皮走,开始有些紧张甚至害怕,加快脚步,只想早点到家。但目光逐渐地被看到的东西吸引住了,第一次发现和意识到,河流经过的好几个村子,北关、王庄、赵庄、小申庄等,和自己的村子很不一样,一路走来,河滩上的植物,河流拐弯的形状,两边的树林和庄稼地,也都和自己过去见到的不同,是一种新的东西,说不明白,但感觉十分动人。一畦菜地,一片玉米地,然后又是一片西瓜地,中间有两棵高大的桑树,它们的排列中有一种让人着迷的东西。忽然间,旁边地里有几棵玉米瑟瑟地抖动,走出来两个拔草的孩子,背着筐,像是姐弟两个,弟弟和我年龄相仿。他们看到我,也吓了一跳,我们互相愣愣地对视着,最后是姐姐冲我笑了一下,拉着弟弟转身走下了河堤。

不知不觉中,一种快乐在胸膛里生长出来,并且飞快地弥漫开来。我一边连蹦带跳地走路,一边唱歌,把当时会唱的都唱了一遍,等到远远望到村子时,忽然遗憾这个旅程就要结束了,便有意地放慢了脚步,最后干脆坐下来,让快乐在心中回旋往复,直到暮色朦胧,才起身回村。母亲正站在村口张望,急得快哭了。

那一天,存在向我敞开。感受第一次上升为意识,意识到了世界的广阔和所蕴藏着的丰厚魅力。它是美的一次强烈的闪现,是灵魂对诗意的最初的贴近。以后,每一次新的审美经验对情绪的唤醒，实质上都是在重复这次旅程中的心理体验。只不过随着年龄的增加，那种丰盈洋溢的感受状态，已经越来越减弱了。

树和树林

在田野间行走和奔跑，视线中永远会有树木。

如果把植物比喻为大地生长出的毛发，那么树木就是其中支棱着的一缕缕一绺绺。一个人头发若是欠缺齐整匀称，理发师会被看作不称职，但在大地这一颗巨大头颅上，不同植物间高下、参差和错杂的排列，却让人感到有一种完整、开阔而厚重的美，其间体现出的，是一种我们尚无法完全理解的造物的秩序和尺度。

20世纪70年代初期，我的童年时代，在华北平原上，虽然没有南方或者东北地区那样成片的茂密森林，但三五棵一簇、七八棵一群的树木随处可见，数十上百棵树的树林子也不难寻觅。至于以孤零零的形态独自兀立的，更是躲都躲不开，分布在村头、路边，甚至在一片菜地或庄稼地的中间。这样单独耸立的往往是大树，树干粗壮，几人才能合抱，树冠巨大，遮住了一大片地面。它们有一种特别的威严气势，像村子里德高望重的老人，让人尊敬和仰望。

种类繁多的植物，覆盖了大地的表层。其中最能够让人产生亲近和依赖感的,就该是树木了。这种心情首先来自树木提供的一份荫庇,特别是那些大树。烈日暴晒,树下可以乘凉,大雨骤至,树下可以避雨。路旁的树下,是给行人歇脚的,村口的树下,则通常是全村的公共空间,村子有事常在这里聚集和商议,平时则是老人们打盹、妇女们拉家常、孩子们嬉耍的地方。

树本身就是极好的风景。它们的声音和形貌处处不同,时时各异,有着无穷无尽的表现。每一种树,在每一个季节里,都闪现动人的美。初春,柳树新绽枝条的鹅黄最为悦目,在蓝天的映衬之下,一抹抹,一片片,明亮,鲜嫩,轻盈得像云朵,仿佛随时会飘飞起来。它还伴生了许多有趣的事情。掐一段柳枝,捋开外表的皮,可以做成柳哨,噙在嘴里有苦涩的味道。这个时节,柳枝和白杨树新长出的叶片上,会缀满黄豆粒大小的黑色昆虫,有翅膀会飞,望上去一串串的,我们管它叫"黑老婆虫",摇晃或用脚蹬树干,个别的会飞走,大部分都纷纷落地,一动不动地装死。捏起来装到小瓶子里,带回家喂鸡,生出的蛋格外好吃。

稍后便到了柳絮飘飞的时节。白色绒毛纷纷扬扬,像是一场大雪,在碧蓝的天空和温暖的风中飘洒,脸颊经常会感到极其细微轻柔的碰触。当再也寻觅不到它们的痕迹时,仰望的目光就会落在一串串浅绿色的榆钱上。总会有人抢先爬上树干粗糙的榆树,捋下大把的榆钱向嘴里塞,然后折下一些枝条扔给翘首等待的伙伴，一同分享那种甜丝丝中带一点儿青涩的味道。更晚一些，到了初夏了，槐花开放。柳絮展现了下雪的过程，而缀满枝叶间的簇簇串串的槐花，白蒙蒙的，则模拟了降雪的结果，尤其在月夜里望去，更是朦胧神秘，发散着玉石般的光泽。槐花带着甜味儿的清香，会随着脚步的贴近，蓦地浓郁起来。槐花既可以摘下来直接入口，又可以将花瓣揉碎放在玉米面里蒸窝头吃，香味沁人心脾。季节的脚步行进到这个时节，树木中唱主角的应该是高大的白杨了，半透明的碧绿叶片，金箔一样闪光，在风中哗啦啦地响动。

那时果树不像今天这样大面积种植，桃、杏、梨、枣都是零星地长在自家院子里的，顶多是房前屋后的自留地上，产量少，远不如今天这样容易吃到。但如今很少尝到的桑葚，那时并不稀罕。有人家里种了桑树，不过好像更多的是长在野地里的无主树。成熟的果实分为白色和黑紫色，很甜，吃多了汁液会把牙齿和嘴唇染紫。还有野生的杜梨树，果实的形状像青绿色的玛瑙珠子，涩得很，摘下后要放到干草里焐一些日子，熟了后就变成了黑色的，闻上去有点儿酒味，吃起来酸甜。

说到树林，不能不说到栖居其中的那些鸟儿。鸟儿是树林中会飞的花朵。没有鸟儿的树林，就像没有演员的舞台一样不可想象。麻雀是数量最多的居民，但反而最不被人注意，就像乡镇集市上挨挨挤挤的人们。喜鹊和老鸹更像是个人主义者，懂得显示自己的存在，它们在高大的钻天杨上搭建的巢穴，老远就能望见。黄鹂、戴胜、画眉等则是少数了，它们偶或现身，艳丽的羽毛，轻盈的身影，显示出某种与众不同的血统的高贵，仿佛从大地方来此走穴演出的名角歌星。啄木鸟更像一位地下工作者，通常住在老树腐朽的树洞里，极少能见到，只有到了冬天，循着笃笃的啄木声，才有可能看到它的影子。声音苍老空旷，仿佛是大地的咳嗽，因为这个季节的田野辽阔而寂静。而在其他几个季节里，这种声音被大自然各种浓密繁复的声响遮掩住了，过滤掉了。尤其是嘶叫长达3个多月的蝉声，把夏天渲染得热闹聒噪。

蝉当然不是鸟类，但因为善于制造音响，弄得反客为主，好像成了树林的主人了。蝉声没有起伏变化，十分单一枯燥，听久了会打瞌睡。一片林子里几十上百只蝉中，偶尔也会混入几只其他的种类，身体瘦长一些，声音也悦耳得多，听上去像是"伏了伏了"，于是单调的大合唱便有了节奏感和高低急徐的变化。夜里，蝉的幼虫从土里爬出，我们管它叫"知了爬爬"。在微弱的光亮下，把眼睛凑近树根和树干，寻找那黄乎乎的幼虫，也可以在地面上辨认新出现的小洞眼，把一根手指头伸进去，它就会用几个爪子紧紧抱着爬出来。拿回家里用碗扣起来，第二天早晨揭开一看，已经蜕变成蝉，蝉翼乌黑。蜕下的外壳学名叫蝉蜕，我们叫它"知了皮"，是一味药材。漫长的夏天，到一棵树下仰望，在树干、树枝甚至是树叶上，都可能见到悬挂着的黄色半透明的壳子。用长长的竹竿把它们碰下来，一个暑假攒下来也能卖几块钱。做这件事情也很好玩，好几个暑假我都乐此不疲，别的孩子也如此。雨后会形成水洼，这时候会有很多知了皮从树上被吹落到水洼里，小船一样漂浮着。

有一些树，树干上会分泌出树脂，像树的眼泪一样。好像果树更容易这样，特别是一种栗色的光滑的树干，是桃树吧，流得很多，积聚在一起仿佛瘤子一样。蜘蛛或蚂蚁若是被黏上，那就是遭遇灭顶之灾了，越挣扎黏得越紧。前些年，我曾在彼得堡买过产自波罗的海沿岸的琥珀化石，里面有一只栩栩如生的蜘蛛。我在想象中再现了它形成的过程：一滴松脂落下来，黏住了正在树下活动的蜘蛛，它动弹不得，然后有更多的松脂落下来，将它包裹在里面，后来随着地壳变动，松脂被深深地埋在地下，经过千百万年，松脂变作了透明的琥珀，但蜘蛛当时的姿态却被凝固了，亘古不变。

童年时，树林又经常联系着一些很怕人的传说。本村和邻村之间的一片田野里，有一片坟地，几十个高矮不一的坟头被四面的树林围着，坟头之间还有一些树，品种很杂，有松树柏树，还有叫不上名的树种，因为没有人调理，长势杂乱，奇形怪状。白天曾和几个伙伴一起互相壮着胆进去过，阴森森的，寂静幽冷，坟头上蒲公英长得十分茂密。到了夜里就更是黑黢黢的，十分吓人，听说那时候走到这里经常会迷路，绕着坟地一圈圈转，明明看到远处的村子，却总是走不到，俗称"鬼打墙"。有时候到邻村看电影，必须要经过坟地旁的一条小路，回来时天已经黑透了，虽然是一帮孩子结伴，但走过时，后脊背上仍然觉得凉飕飕的，总是一路小跑着过去。

但感受更多的，毕竟还是在树林荫庇下的快乐，隔了几十年后仍然清晰地记得。它们最能让人体验到人和大自然的亲情关联。相比原野的开阔，树林具有某种洞穴般幽闭的特质，让人油然产生一种置身母亲怀抱一样的安全舒适。躲进里面，外面的喧哗被隔离开了，尤其是在捉迷藏时，你藏在某一丛灌木里，或者躲在一棵合抱粗的大树后，转着圈儿躲避寻找者，对方就在是眼皮底下走过也发现不了你。这时候胸间会有一种特别的惬意，麻酥酥的，仿佛战栗般的感觉，只感到无比的快乐。

说到树木或树林，不应该遗漏掉它们的附生物。鸟儿们是其中活跃的群体，但这里要说的却是另外的安静的一类。那是草地、灌木和野菜，一个按照某种自然的规则而建立的植物群落。这样的树林才是完整和真实的。夏天，树下常生长着一丛丛的蓖麻，下面常常有母鸡的羽毛，干爽，发出一丝淡淡腥味。它们印在沙土地上的那些树杈形状的脚印，望去会有细腻的感觉。有一次还拾到过一颗鸡蛋，是哪只来不及回家的母鸡下在这里的吧。经常会有一种香味浓郁的草，成片地生长。蒲公英这里那里零落地点缀着。一种叫"甜么梭"的野菜，花朵像喇叭，放在嘴里嚼，有一种淡淡的甜味。下过雨后，树林里还会长出蘑菇，往往在树根的周围。但要小心辨别狗尿苔，外表很像蘑菇，不能吃，有毒。

　　树林里，或者就是三棵两棵树下，常常会有些凹进去的沟壑，是被风和流水长年累月冲刷形成的自然地貌。夏季大雨后会积存雨水，但平时却是干净的沙土地，堆满干爽的树叶和草叶，一堆堆一簇簇的，是被风从哪里搬运来的。躲在这样的地方，尤其能够感受到刚才说到的那种愉快舒适的情绪。多年后，在读屠格涅夫的《猎人笔记》时，我被其中一个描绘深深打动了，感觉说得太妙了：愉快的紧缩。对，就是这种感觉！

　　为什么这样的感受在童年时频频体验到？这种感受是否和远古人类躲进洞穴中寻求安全的本能行为有某种关联，而童年天然地接近那种混沌思维，接近那种人类童年时的心理？

　　而希望表达出这种感觉，却是长大以后的事情。特别是在读了屠格涅夫和普列什文等人描绘大自然美景的杰作之后，沉醉之余，也有了越来越多的不满足：我们的田野和树林也同样美丽，什么时候，我们才能有自己的大师，能够描绘出它们动人的美，以及面对它们时灵魂中那种种隐秘、细腻而又无比丰富的感受？

返乡记

一

计划了很久，终于，在3月底的一天，开始付诸行动了——开车带上父母，回河北老家。说到3月，容易让人联想到暮春3月杂花生树、群莺乱飞之类的形容，但那是南方。这里的视野中仍然还只有浅浅的绿色，早晚风吹过来，仍然裹带着料峭的寒意，毛衣还不敢脱下。

父母搬来京城已经满8年了，以往每次回老家，多是坐长途客车。坐我的车回去还是第一次，方便了很多，尤其是父亲有个习惯，一出门就觉得憋尿，忍不住想上厕所，哪怕出门前一点水也没有喝。很明显的心理作用，但就是无法摆脱。因为这种顾虑，他怕坐长途车，这些年来比母亲少回去好几次。这回省事了，不过也许是因为卸掉了心理负担，他倒是一点事情都没有了。

从永定河大桥下了京开高速北京段，就进入了固安，河北省的地界。虽然自此以下不是高速公路，但也很好开，轻轻松松地就上了 100 迈。第一站是任丘华北油田小姨家，要接上她一同回去，给姥爷姥姥上坟，清明节快到了。不到 2 个小时就到了小姨家，一家人都站在门口等着。姨父的母亲，我一直叫大奶奶，20 来岁就守寡，把独生儿子抚养大，如今快 80 岁了，不过和差不多 20 年前最后一次见面时相比，变化并不算大。表妹也带了孩子，从婆家赶过来照了个面。上次见她时，她刚刚高中毕业，考上了东北的一所警校，我在北京火车站提前买好票等着，在附近饭馆请她吃了一顿饭，然后把她送上火车。她毕业回到华北油田当了一名民警，然后成家，养孩子，如今她的孩子都读初中了。不知不觉就过去了这么多年，想不感慨都难。表弟那时还穿开裆裤，如今也早就到了该成家的年龄。最近谈了一个，处得还不错，女孩提出要来家里看看，就定在今天下午。姨说计划赶不上变化，未来的儿媳妇我怎么也得瞅一眼，把把关，不跟你们一块儿走了，过后我坐长途车回去吧。

  20 世纪 80 年代，是华北油田，可能也是整个石油行业的黄金期。那时候，小姨家数得上是亲戚们眼中的富人了，吃的用的，都比我们要高一个档次。姨父为人豪爽大方，尽自己所能给了老家的亲戚们不少经济上的支持。但如今却风光不再，油田早就采掘枯竭了，收入大幅度减少，住的地方也很逼仄，和当年比没有什么改善。但他几十年的老习惯没有变，仍然是喜好交往，每天烟酒不离口，虽然烟换成了几块钱一包的，酒也是很便宜的酒。没多少事干了,和一帮朋友打麻将的时间更长了,屋子里总是烟雾缭绕。父亲是节俭惯了的人,一直对姨父的大手大脚颇不以为然,多次说过他这么多年喝掉抽掉的那些钱,都够买一处大房子了。要是节俭点,会计划些,哪会像今天这样住得紧紧巴巴的。母亲也赞同,但有时候嫌父亲说得多了,也会抢白两句:人家哪像你那么封闭,跟谁也不交往,一辈子抠抠搜搜,舍不得吃舍不得穿的。看来性格、生活方式不同,沟通起来真不容易。

吃过小姨和表妹上午就做好的一桌饭菜,便又动身。接下来的路更好走了,不久就到了河间市。此地历史久远,古代曾为河间国,宋朝设河间府,明清两朝是通往南方各地的"御路",俗称京南第一府,极为繁华兴旺,但如今却只是冀中平原上的一个普通县级市。驴肉火烧是这里的名产,因此满眼都是卖驴肉火烧的店铺招牌。但我不免有些疑惑:驴是耕地拉车都用得着的生产工具,谁舍得杀,哪有那么多?成了人口中菜的,要么是老死的,要么是病死的,或者是挂羊头卖狗肉也未可知。当然,这只是个人的想法,不曾求证过,或许真有专门食用的所谓菜驴?读书人的迂腐气不觉又发作了,我忽然想到,驴子以其温顺的性格,乖巧的形象,在西方文学作品中向来是正面角色。大诗人希梅内斯、史蒂文森等,都以充满爱怜的口吻,咏之诵之,他们倘若来到这里,看到满街的招牌,会做何想?

然后是献县、阜城，车开得更快了。当年路可远没有这样宽阔平坦，坐长途车回家，差不多要六七个小时。如今有了自己的车，3个多小时就到了，且一路很舒服。当年那些旅途辛苦，夏天的炎热，冬天的寒冷，颠簸和拥挤，都仿佛变得不真实了。如今回家变得这么容易，看来今后要多回几次，即便仅仅是为了父母。父母随着岁数越来越大，近年来更多更经常地念叨老家里的人和事，毕竟那里是他们生活大半辈子的地方，叶落归根，老马恋栈，这一点也是基于人性的奥秘吧。一路上，父母都很兴奋的样子，话也多，觉得没有跑出多远，就看到了前方地平线上浮出了古塔的轮廓，那正是县城的标志。

当晚就住在父亲当年的一个同事家，这是早就说好了的。多年来两家人走动频繁，父母搬来京城后也一直保持电话联系。这是一个新起的小区，当年这里是西南城墙外边的一片庄稼地，地势低洼，一下雨时就变成了水塘。这位伯伯是县城机关官员中的文化人，爱读书，擅书法，温文儒雅，大姨更是热心肠。孙女也争气，考上了北大，很快又被香港中文大学录取，提供全额奖学金。一直聊天到很晚。

二

第二天在旁边一家饭馆吃早餐，油条、豆浆、鸡蛋、咸菜，熟悉的家乡味道。饭后到银行办理工资异地提取的手续，到社保机构提出近两年的医疗保险费用，等等，都是来之前筹划好要办的事。开着车，所以办得较快。县城比当年大多了，新添了好几条很宽的马路，新起了不少5层6层的楼房。原来熟悉的几条老街都还在，但显得短了很多，窄了很多，两边保留下来的少数老房子，看上去也那么低矮破旧寒碜。父母目睹了它们多年中逐渐的变化，搬来京城后差不多每年也都回去一趟，感觉不明显，但自己离上次回来已经有8年了，感受自然要强烈得多。办事情时，碰到好几个人，要么曾经是当小学教师的母亲的学生，要么是当年县委家属院里的孩子。县城小社会，低头不见抬头见，当年中学的同班同学，有的彼此变成了妹夫妻兄的关系，有的又成了连襟，娶了同一家的姐妹。社会学家要是研究一番县城人际关系网络的话，肯定会很有趣。

经过一条污水沟时，恍然意识到这应该是原来城墙东边的那条小河。现在是春天，没有感觉到什么，但看那个黑乎乎的程度，估计到了夏天老远就得捂鼻子。上小学乃至上中学时，这条小河都是我的天堂。那时没有别的娱乐，夏天跳到水里就是最开心的享受了，现在还恍惚记得每次赶往河边时那种欢喜雀跃的心境。当年水很清很干净，渴了可以捧起来喝。河两岸绿树成荫，芦苇密布。有个要好的同学，父亲是转业的老军人，最大的嗜好就是钓鱼，每天花很长时间坐在河边。家里也总是有鱼吃，虽然多数个头不大，超不过半斤。他的母亲是广西人，做菜的味道很不一样，好几次被留在他家吃饭，觉得极好吃。

但20来年过去，如今小河却变成臭水沟了，两边原来的庄稼地也盖上了房子。县城里和当年的自己岁数仿佛的孩子，想都不用想我们那时候曾经体验的快乐，只能玩玩花样繁多的电脑游戏了。

中午，父亲原来工作的单位请吃饭，多一半是新的面孔。有几个当年的叔叔阿姨，也早都退休了，得到消息临时赶来的。有的差不多20来年没见面了，但声音笑貌一点儿也不觉得陌生。不知不觉，如今我也是他们当年的岁数了。这样一想，人生短暂的感慨就陡然变得浓烈了。有一位我一直叫铁成大叔的，是骑车从七八公里外的一个村子赶过来的。我记得，当年他生活十分艰难窘迫，脸上总是愁容不展。家在农村，好几个孩子，妻子又有病，晚上下班后他经常骑车回去干农活。他有一个比我小一两岁的女儿，有时会带到办公室来，也瘦弱得不成样子，黄黄的头发，一看就是营养不良。当年干瘦得像竹竿一样，如今却发胖了，仿佛变了一个人，但言谈举止中仍然是那种谨小慎微的模样。分手时，他对父亲讲，以后再回来时一定要提前通知他，他一定赶过来，老伙计见一面不容易。两个人眼眶都有些湿润。

饭桌上，有一搭无一搭地聊天。这个部门是信访办，说起下个月该轮到谁去北京，把上访的人接回来。现在干信访的常挨骂，想想真冤。访民反映的情况，该汇报的都汇报了，有关部门拖着不给解决，信访又能怎样？说到县里有实权的部门的领导们一般不来这个饭馆，都去20多公里外的德州吃饭，一是那里档次高，二是他们可能也不愿意给人看到吧。说起县委大院里另一个部门的谁谁，老伴去世后想续弦，儿女死活不同意，他执意做了，如今得了重病，儿女都不来看一眼。然后免不了感叹几句。

离餐馆不远处，一条街道的内侧，就是原来的家，一个小院，3间平房，从搬来到离开，差不多住了20年。当年父亲专门回来一趟，几万元卖了出去，如今听说涨了几倍了。买主把房子拆了，将地基垫高，在其上重新盖了两层的楼房，开了一家商店。这条300来米长的街如今变得非常热闹了，两边起了不少小店铺。少不了要看看几家临街的老邻居，坐上一刻钟，说说各自的健康、子女们的近况等等。每次回家，都会听到有老熟人老同事故去，这次也不例外，又让父母唏嘘一番。从一个邻居家出门时，远处走过来一个熟人，邻居悄悄说，前些天他查出了大肠癌，家里一直瞒着他，说是痔疮。

又绕到家属院东边的舍利塔前看看。这是本县的名胜，建于佛教兴盛的北魏年间，在全省也很有名，被列为"河北四大古迹"之一。当年还有千佛阁、无梁殿两处附属建筑，"文革"时被县里中学的红卫兵"破四旧"拆毁了，当时还死了一个人，是脚被生锈的铁钉扎了得了破伤风。前几年无梁殿按原貌重建，塔周边也整修成了一个很像样子的广场。广场东边，新建了一座佛堂，正在做法事，香火缭绕，梵乐阵阵，煞是兴旺。母亲在门口探头，意外地发现当年一位老姊妹即在小学教书的同事也在里面，穿着样式宽松的灰色居士服。她走出来跟母亲高兴地聊了半天，说还有几个当年的同事，也是这里的常客了。我还记得，她当年操着让我们听来发笑的腔调念课文，教我们做共产主义事业接班人。听她讲，城西边的天主教堂里人更多。

因时间匆忙，本来未打算和县城里当年的同学们联系，但在街上碰到了一个女同学。女同学一家四个姐妹，个个漂亮如花，当年曾引起县城里多少人的遐思绮想。记得小学三四年级时，晚上和小组的几个同学到她家去，在一张桌子上写作业，头挨头，心中曾浮现出最初的朦胧甜蜜的情绪。如今她已经是政府机关一位干练的科级干部了，听说下一步有可能出任某个更高的职位。女同学对事先未告诉她颇有微词，不由分说，当时就拨打手机通知了几个同学，说好晚上请我吃饭。见了面，那些多年未见的老同学，神态声音动作，都不觉得有什么变化，恍惚回到了20多年前。也是话题散漫，东一句西一句的，如当年同学时的趣事逸闻等，但更多是对于高层内幕的一些打探，许多传言荒诞不经，但看得出很多人信以为真。这也正常，谁让这些总是被遮掩在幕后呢？那就难免让人猜测。在座的同学多数都是在县里各个部门级别相当、有点权力的了，那些混得不济的基本上也不在他们日常交往范围中了，我问起两位同学的情况，都说不清楚，好久未联系了。

说起他们天天都要应酬、喝酒，得了脂肪肝了也得喝，对上面的要恭敬，对下面要显出领导的样子。也烦，但都是这样，不能不参加，得罪谁也不好。要建和谐社会了，但首先要和领导和谐好，和关系单位和谐好。吃到一半，一个同学匆匆离开，说请老同学原谅，还得赶另外一个饭局，早就答应人家了。

和这么多老同学聚，20多年来是第一次。因为高兴，不用人劝，自己就喝了不少，头晕乎乎的，筷子接连掉到地上，说话也不利落了，倒是大家阻止我再喝下去，送回所住的宾馆房间，一沾枕头就昏昏睡去了。

三

第三天的早餐是在县城西门旁的一家早点店吃的。这个地方，我听父母念叨过多少次了，搬走前多年中他们经常来这里吃饭。不大的门脸，前面是铺面，摆了四张长条桌子，后面是厨房，不少人只能站着吃。50来岁的主人和善谦卑，让人想到旧电影中那些信奉和气生财的掌柜。见到多日不见的父母，掌柜满脸堆笑地问好。母亲说生意这么红火，把店面扩大点吧。掌柜笑笑说倒是有这想法，可小本生意没有积攒下那么多钱啊。

早餐后即出发去衡水，本地十几个县的行政首府所在地。小时候觉得这里是很远、很大的一个地方，记得第一次走在它的街上时，体验到了一种羡慕和自卑相混合的情绪。没想到如今开车一个小时就到了，和我在北京每天上班路上一个单程花的时间差不多。年龄增加的过程，也就是世界缩小的过程。到市公安局办了有关申请护照的手续，然后到指定的照相馆照了相，妹妹在国外，一直想让他们出去看看。然后去看望当年在县城的一家老邻居。多少还有些亲戚关系，按辈分我叫他们姑父姑姑，前几年搬来这里跟儿子住。问了彼此身体情况、儿女情况后，话题移到了当前形势上。姑父长期在法院工作，列举了当地几个近期的案件。姑姑多年前就半身不遂了，说话含糊，样子显得有些傻乎乎的。但告别时，却分明流下大滴的眼泪。大概心里在想，今后是不是还能见面难说了。

出了门，又去二舅家。十几年不来，周边环境完全变化了。二舅一家人已经等在楼下了。二舅性格忠厚平和，平时话很少，退休前在电台做技术工作，舅母也是温婉贤淑。不大的三居室，东西不多，收拾得极为齐整。阳光照着清洁寂静的屋子，有一种知足常乐的氛围，那是一种属于小民的安宁平淡的幸福。两个孩子性格也像父母，内向文静。大表弟在省城读的中专，分配到市里对口的部门当了公务员。小表弟毕业于北京的一所名牌大学，如今在北京有很好的工作。

去旁边的饭馆里吃了饭，带上二舅，开了一个小时车，又回到县城西边七八公里远的姥姥家。说来也巧，小姨也刚刚下长途车进门。小时候，我前后在姥姥家住过不少时间。十几岁时，读浩然的小说入迷，梦想着将来也当一名写农村生活的作家，内心中把这里当成了自己的根据地。和大舅、小舅都有10多年未见面了，因此脑海中保留的还是当年的模样，觉得肯定会变老一些，但没有料到老得那样多、那样明显，见面时的第一眼，给了我内心一种颇强烈的撞击。大舅脸部不停地抽搐，据说是得了面部神经麻痹之类的毛病。他当年当过乡中学的老师、校长，后来被调到乡里当了党委秘书，也退休多年了。当年很有抱负，如今言谈话语里却只剩下牢骚了。大表弟在公路边开了个商店，生意还好。小表弟当年在北京部队机关大院里给首长开车，大字也写得不错，都以为他会转成志愿兵留下来，结果被别人给顶替了，说起来，表弟直后悔礼送少了。如今在乡政府开车，爱人在乡里中学教书，想调到城里，正在托关系找门路，但听说难度也极大。

相形之下小舅光景最差。小舅人长得土气，小名就叫"小丑"，但心地极其善良，热心助人，在村子里有很好的口碑。记得好多年前的一个冬天，姨父送给他一件簇新的油田工人的棉衣，当时可是非常珍贵的，但穿了没几天，看到村子里一个光棍汉没有棉袄穿，当场脱下来给他。我小时候泡在姥姥家，在小舅身边的时间最长，因为调皮，经常气得他够呛，但最多也就举起手吓唬一下，从来没有落下来过。如今庄稼人上了岁数，能够依靠的只有孩子，可惜，两个儿子都不争气，没有继承他吃苦耐劳的秉性，地里的活不爱干，又没有本事干别的。

如今小舅给村子里人开的一家乡办企业看大门，也是人家念他的好，让他挣几百元的零花钱，这点钱有时还要补贴儿子。说起来，大家都让他厉害点，家长的架势该端还得端，这时候小舅只是憨厚地笑笑，说认命了。

母亲一家兄弟姐妹，坐在一起喝茶、抽烟、闲聊。忽然有谁说了一句：好多年没有聚齐过了！然后一起回忆，上一次这么齐全是姥姥过世后不久的那个春节，至今已经有30年了。我也清晰地回忆起来，我当时正生痄腮，也就是流行性腮腺炎，疼得要命，母亲按照别人介绍的偏方，将仙人掌弄碎捣成糊糊，抹在腮上，冷冰冰得难受。那几天什么也不想吃，除夕晚上，经再三劝说才夹了一个饺子吃，不料是豆腐馅的——几百个饺子只有一个是豆腐馅的，寓意"有福"，我当时明白了什么是苦笑：原来得痄腮是有福啊！此刻他们回忆着当年的种种情形，颇有感慨。过后我有些后悔，为什么没有把这个场面拍照下来。人生匆促，聚少离多，这样的时候肯定是难得的。

晚上，我和父亲睡在表弟临近马路的商店里。半夜起来，去外面小解，看满天繁星，明亮皎洁。旁边村子里的狗，高一声低一声地吠着。这样的情景也多年没有闻见了。

四

第四天，在姥姥家吃过早饭，又开车去20多公里外的一个村子。这是我的老家,填表时在出生地一栏里要填写的地方。其实我从出生起,就跟着当小学教师的母亲,前后住过几个村庄,后来又搬到县城,在老家村子里待的时间,加起来也没有几天。如今县里各个村庄贫富不均,那些搞得不错的地方,或者土地条件好,或者靠近公路可以做些买卖,或者有"能人"带头弄个工厂企业把乡亲们带动起来。这里却是哪一样都不沾,所以多少年都不成,一直破败,附近村子的闺女都不愿意嫁过来。别的村子再穷,进村的路起码是柏油路了,这里却仍然是一条坑洼不平的土路,飞土扬尘,和我 20 多年前来时的样子似乎没有什么不同。

阳光明亮地照射着,让人眯了眼睛,春天的风也大,顺着过道刮过来,扬起满地的尘土,像是黄乎乎的烟雾。父亲沿着老宅所在的那一条巷子,挨家登门打招呼。按血缘讲,住在这条巷子里的是最为亲近的。父亲至少也十几年没有来过了,但哪里是谁家都说得基本不错,也证明老家没有太多变化。不过好多家的老人已经不在了,年轻些的多不认识,往往是父亲费半天口舌自我介绍,对方才明白过来,于是有叫叔的,有叫大爷的,还有叫爷爷的,又让父亲不由得感叹。

小姑嫁到了旁边的一个村子。说是两个村子,实际上只隔了一个水坑,多年前就完全干涸了,坑底变成了道路,车辙遍布。小姑几年前就得了高血压半身不遂了,只能维持最基本的治疗,每天吃一片降压药。表弟和嫁到本村的表姐,还有嫁到外村的表妹,都在门口迎候。他们和我前后差不了几岁,但看上去比实际年龄苍老得多。姑父说家里就那几亩地,女人家弄弄就够了。村子里没有厂子,要想挣点活泛钱只能出去打工。老家有个风气,女孩子都不兴出去,既不当保姆,也不当餐馆服务员,个别出去的也是到亲戚家帮着做家务,照料老人和孕产妇,等等。男的多数是去石家庄、天津或者北京的建筑工地上做农民工,一年下来弄好了能挣个万儿八千块钱,不济的话就难说了。表弟18岁的儿子现今就在天津当瓦工。

自己在媒体工作,也编发过一些赞美新农村的稿子,但在这里似乎难以感受到那种喜庆的气氛。当然生活是比过去改善了,一般不再为吃穿犯愁,但种种操心忧虑总是影子一样伴随,随时可能出现让日子重新变得艰难的事情,让人难以彻底地放宽心——像家里有人生病,孩子考上大学交学费,等等。说起让下一代好好念书,将来考大学出去,改变自己的身份和命运,他们也并不以为然,还张口就举出例子来:旁边的一家,闺女考上了省城的一所高校,4年下来花了家里不少钱,但毕业快2年了,到如今也找不到工作。女孩心理都有问题了,整天把自己关在家里不出门。村子里有一半以上的初中生都辍学了,帮着家长干农活,或学着做点小生意。

父亲让表弟带着,来到了一处麦田,当年奶奶就葬在这一带。我恍惚记得出殡时的情形,吹唢呐,放鞭炮,穿一身素净的白色孝服,将一个瓦盆举起来摔碎,等等。那时我大概七八岁。麦苗还不够高,只是淡淡的一抹绿色,风扬起尘土一缕缕飘过来。坟早就被平了,只能知道大致的方位。父亲跪在地上,朝着那个方向,嘴里念念有词:娘,你儿子、你媳妇、你孙子,今天来看你了!然后磕了三个头,我则鞠了三个躬。仪式是一种感情的寄托,给祖母上一次坟,是父亲念叨多次的心愿,今天算是终于实现了,我看到父亲脸上挂着欣慰的神情。

然后又开车七八公里,到了二姑家。二姑快 80 岁了,身体还算健壮。姑父多年前去世了,她跟着二表姐过,上门女婿很能干,又十分孝敬。二姑反复说了几次:我虽然没有儿子,可女婿比好多当儿子的还知道孝顺我呢,你说我有福吧?后院他三叔家,有仨儿子又怎么样,老了,生病了,谁都不管,住在放柴火的耳房里,吃剩饭,冬天也不给生炉子,脚指头都冻下来了。在县城里时,我就听一个在民政局工作的同学讲到过类似的事情。同学是文学爱好者,说农村如今可不是当年沈从文笔下的样子了,道德沦丧的事并不比城里少。

大手大脚的表姐,一直在旁边忙着做饭。肉是到旁边乡镇市场上现割的,一半瘦肉一半肥膘,炖好后装在大碗里,油汪汪的。真空包装的德州扒鸡是别人送的,一直舍不得吃。还有二姑自己家腌制的萝卜缨子、茄泥、芹菜梗,样样味道都让我想到了多年前,那种感受,和小玛德琳点心的味道让普鲁斯特恍惚回到童年时光,该是没有什么两样。味觉最能够唤起记忆,这是被科学研究证明了的。

二姑得知我的女儿14岁了,读初三了,便念叨说过几年也该找婆家了,家里还有些好棉花瓢子,趁着眼神还行,先给絮几床被褥,算是姑奶奶的一份心意。她当然无从知道,孩子眼下正是多梦时节,小脑瓜里三天两头有新想法,前几天还嚷嚷着想考 SAT(美国高中毕业生学术能力水平考试),到美国读大学。我忽然联想到了如今颇时髦的后现代主义理论,对它我始终是一知半解不得要领,但此刻在华北平原的一个农家小院里,却对其中一个主要的观点,就是同一空间中不同时间的并存,似乎有所理解了。我和二姑所生活的世界,虽然只有几个小时的车程,但从外观到内里,却是多么的不同,中间仿佛隔了一个世纪。

午饭后,稍稍打个盹儿,就驶上了返回北京的国道。

车飞驰着,很快就将故乡甩在了后面。我想,随着重新回到前方那个巨大的城市,随着进入那里的生活和工作,这几天所经历、所感受的一切,很快就会被忘却,变得像影子一样虚幻。

远处的墓碑

那个地方，蓦然间变得邻近了。近得仿佛就在身边，伸手就可以触摸到。

此刻，掌心中有一丝轻微的寒凉之感，分明是当初手贴在大理石墓碑光滑的碑面上时的那种触觉。但此时的感觉，十分确凿地来自眼前的骨灰盒。因为这个物体，因为抚摸它而产生的感觉，使得长期以来藏匿在意识深处的那个影影绰绰、飘忽不定的东西，一下子变得确切和坚实。灵魂受到一种突兀的叩击，仿佛身体被飞来的石块击中。

我说的是对死亡的感知。

两个多小时前，在八宝山殡仪馆火化室门口，家人亲属一同迎接了岳父的骨灰盒，驱车带回家中，放置在他生前使用的那张书桌上。86岁的岳父，生命化为另一种形式，寄寓在这个长方体的木质匣子里。青黑的颜色，也和墓碑近似。因为它的存在，在观念中那一道横亘于生死之间的巨大鸿沟，一瞬间化为乌有，仿佛强风掠走一缕云烟。

骨灰盒后面的书架上，摆放着岳父的遗像。不久之后，遗像将被烤制成瓷像,镶嵌在50公里外的那一处墓园中属于他的那一块墓碑上。

仅仅是一夜之间,将来容纳这个匣子的地方,那个仿佛不真实的远处,变得生动真切,如在眼前。

是在前年的岁末,预购了这一处墓地。那时岳父做完肿瘤手术不久,大夫对疗效不乐观的预期,让我们意识到这是一个需要考虑的问题了。

这个地方与十三陵山脉相接,驶出京藏高速公路不远。墓园视野辽阔,坐北朝南,背倚层峦叠嶂,地势由高到低舒缓地延伸。初冬时分,空气寒冽清新,阳光明亮澄澈,勾勒出山体刚性硬朗的线条。而经霜后的松柏和草地的绿色,又平添了一种凝重。整体的气氛肃穆、宁静、高远,合乎心意,所以当时就确定购买了。

岳父查出顽疾是在单位组织的例常体检中。在那之前,他身体一直颇为健壮,极少生病,每天至少步行1万步。家里人都相信他肯定能够活过90岁。虽然得知病情后,观念中的死亡开始萌生出了明确的形状,但由于他手术后一段时间恢复得不错,加上作为亲人都会顽强地抱持期望,因此在多数时候,想到那个地方时,潜意识中仍然把它当作一个不甚确切的存在,一个远处。

直到两个月前,仿佛断裂一般,他的病情急遽恶化,一周之内两条腿先后瘫痪。然后是辗转于三家医院的病房间，各种抢救手段轮番使用，除了一步步地增加痛苦之外，没有效果。一周前的那个黎明，在熹微的晨光中，他呼出了最后一口气息。

现在终于明白了，对岳父来说，以发现病情为起点，他到那个地方的距离，是 17 个月。

最后的数日，在高烧不断引发的意识谵妄中，岳父口齿不清地反复念叨两个字：回家。

此刻，他终于如愿以偿，回到了自己的家，回到这间他度过生命最后几年时光的屋子里，栖身在他生前阅读和写作的那张书桌上。房间里一应陈设，都是他最后离开时的样子。只是骨灰盒前面摆放的一碟数种水果，一缕袅袅飘荡的燃香的青烟和气味，让人意识到已然是生死暌违，物是人非。但情感自有自己的执拗，面对岩石一样坚硬的事实仍然不愿相信，迟迟驱散不尽那一阵阵袭来的恍惚。

这里只是他暂时的寄居之地，是迈向另一段旅途的中转站，一个承前启后的旅舍。那个远处，才是他的长眠之所。

已经确定了下葬的日子，是 3 月下旬的一天。西北方向的那一座陵园中，那个位于东区竹园中的墓穴，覆盖墓穴的石板将被移开，在家人的目送中，在哭泣和泪水中，在深深的鞠躬中，骨灰盒被缓缓地放入。

那时正值生机盎然的时节，满眼都是从冬眠中醒转过来的大自然蓬勃淋漓的活力：野草青翠鲜嫩，树枝摇曳新绿，迎春、玉兰、连翘等一批开得早的花卉也已经竞相绽放。在这样的背景下举行生命告别的仪式，显然更容易让人体会到生与死互相接续、彼此融渗的意味。

遗像上的岳父，笑容爽朗欢畅。这样的笑容，已经被镌刻在墓碑上，凝固成为一种超越了时光的永恒。

但将来，在漫长的日子中的绝大部分时间里，遗像上的那一双眼睛所望见的，将不会是下葬仪式上亲人们的悲恸和依恋。他看到的将会是另一种风景，缓慢、静默、递嬗往复。那是春天恣肆的新绿，夏天骤至的暴雨，秋天飘坠的落叶，还有冬天寂寞的积雪。在这一处远离尘世喧嚣的山坳中，时光的流逝和表现，充分依从自己的法则。

每年的清明节前后，还会有另外的日子，家人会来这里看望他。可以肯定的是，这样的场景会在此后的多年中反复出现。而悲痛将随着时光推移而逐渐减弱，等到多年后，每次的祭扫，更像是一次家庭的郊游踏青。当鲜花和水果摆到墓碑基座上，家人们肃立鞠躬时，每个人眼前都会闪现出当年他的样子，某一句话，某一个表情或者动作。哀伤不复汹涌和持续，但缅怀会在心中年复一年地叠加。

还有一点不同的是，前来祭奠的亲人们，会渐渐地变老。

某一天会有人不再前来，某一天来的人中也会有新加入的人，那是现在还没有诞生的孩子，他孙辈的子女，这个家庭的第四代。最让人难堪的，是必将会出现的一幕：这些前来祭奠他的亲人，在难以确定的年月之后，也将一个接一个，次第消逝，不复存在。那时，如果墓碑还在，遗像犹存，那双眼睛所望见的，将会是一片虚空。

我努力让自己的思绪，止步于这一道虚无的边界。

但这真的需要躲避吗？既然已经越来越多地目睹真切的死亡，既然这样的事实每时每刻都在发生，那么，仔细端详一番那个必然会降临的日子、每个人最终的归宿，不也正是一件值得去做的事情？

如果将生命的过程给予一种形象化的呈现，岂不是可以说，不分你我彼此，每个人的一生，其实都是在向着那个地方，向着某一个墓碑所在之处，移动脚步。那是他的远方，他的终极目的地，他一出生就注定了会抵达的地方。

每个人都走在路上。通常这会是一个缓慢的过程，仿佛电影镜头中，一个人的身影渐行渐远，越来越模糊，最终走到了视野之外。在相当长的时间内，行走者对于自己所奔赴的远方，或者浑然不知，或者只是一种观念上的了解，仿佛一道虚幻飘忽的色彩。随着他拥有的岁月的增多，那个地方也会变得越来越近，越来越清晰，遮掩它的神秘面纱也被一寸寸地抽走。最终，每个人都将与它直面相向，真切地体验到一种贴近感。

行走者的步伐，同样是千姿百态。有的人要走很久，走得跟跟跄跄精疲力竭才能抵达，有的却到达得爽快麻利，某一条血管破裂，顷刻间绊倒了他的脚步，訇然倒地，来不及说出一言半语。当然，也还有那些因为坍塌、火灾、撞车等飞来横祸猝然离去的，更是以一种尖利的方式，直接被一双冥冥中的手臂投掷到了那个远方。天涯变作咫尺，只在一瞬间。

于是，每一个生命与所对应着的那个远处的墓碑，在这样的想象中，便呈现为两种面貌的距离。一种是空间的，一种是时间的。前者是刚性的，仿佛岩石一样坚硬实在。后者却具有不确定性和伸缩感，仿佛岩石上缭绕着的雾霭，经常变换形状。谁能说得清相互之间的那种纠结和缠绕，那种神秘和诡谲？

所以，那一句话才广为传布："一个人应该在从墓地回来的路上，成为诗人。"

因为诗歌是语言的闪电。它的形象凝练的语句，以一种特异的感性力量，瞬间照亮了生活和存在的天空，使其幽昧中的本质得到显影。引发这道闪电，需要一些特别的机缘和触媒。而因为绾结了生与死这个人生最大的话题，墓地显然是一个诗与思、情感与思想的合适的催化之地。

陵园很大，逝者按照生前的职业身份，埋葬在不同的区域。园中的主要道路旁，一处醒目的位置，是一个知名曲艺艺术家庭的墓地，两代家庭成员的几座雕塑，参差排列又彼此相望，形成了园中园的格局。这种家族墓地想来还会有，只是逝者不那么出名，未被人们注意到。

岳父的在天之灵，不会感觉到孤寂清冷。他的岳母，我们称呼为老奶奶的外婆的骨殖，不久前已经从西山旁的一处墓地迁来，葬进了这个三人规格的墓穴。我至今清晰地记得，20年前，95岁高龄的外婆辞世后，遗体移到复兴医院太平间保存，岳父将自己关进外婆居住的那间屋子里，来回地走动，眼角挂满泪痕。共同生活了40多年，他们两人的关系胜似亲生母子。在历经20来年数十公里的时空距离后，他们又将厮守在一起，从此天长地久，再也不会受到任何的阻隔。甚至妻子退休的姐姐、姐夫，也在这里为自己提前预订了墓地，为了将来能够长眠在父母身旁。

想象一下那种超越了时间的相伴相守。

那更像是一场变换了地点的聚会。如今在这间屋子里言谈走动，将来移到那里安静相处。两代人之间，距离也就是百十来米的样子。同样的一片星光照耀，同样的一阵雨水浇淋。从这个墓碑上方吹拂过的风，到达那边的墓碑时，摇动树枝的强度是同样的，发出的窸窣声是同样的。这样的想象，会让人感到一种深长的安慰，即便他是一位彻底的唯物论者。

以半百之龄，行走于生命路途的中段，我们的生活还可能有一些变数，还不能确定属于自己的那一块墓碑，最终会安放在哪一个地方，哪一处山陬海隅。但我在此为自己年过八旬的父母预购了墓地，为了应对那个必然会到来的结局。他们退休后搬来京城，接近20年了，已经成为故乡的异乡人，不可能更不情愿将来把他们送回冀东南的家乡。他们将来长眠于这里，方便分散在天南海北的几个兄妹前来祭扫，也可以和多年来默契友好的亲家继续相伴。

没有告知父母这个安排，但相信一旦他们知道了，内心会感到慰藉。

岳父即将入土为安。近和远，此处和彼处，这些曾经对应着他的距离，随着肉体生命的消失，也即将消弭无痕。而家里活着的每个人，仍将面对各自的远方。

最核心的问题，对每个人其实都是一样的：这段距离有多远。

譬如说，我的父母。

这样想时，地理的勘测倏忽间转换成了时间的度量。他们现在住在城里，和我同一个小区，离这一座陵园差不多80公里，开车走高速，也就一个多小时的样子。但他们移居到这里，需要多少年？或者说，时间的距离是多长？

作为人子，当然期盼这是一段漫长的距离。20年，30年，多多益善。属于他们的那一块墓碑，黑色大理石碑面的底端，简约地镂刻了一朵莲花图案。期盼莲花上方的空白处，将来要刻上他们名字的地方，能够年复一年，空旷如斯。期盼不得不搬动覆盖墓穴的石板的那一天，遥遥无期。

然而这不可能。于是，问题就转换成，面对一天天减少、越来越有限的时间，我能做什么？当望着他们的身影不可阻拦地渐渐远去，难道仅仅是叹息？

显然不是。虽然最终的结局无法躲避，我们仍然可以做出自己的抵抗——

用耐心和细致，用呵护和眷注，时时刻刻。这样，就会有一种力量生长出来，虽然肉眼难以看到。这种力量拽紧他们朝着那个方向倾倒的身躯，让倾倒更慢一些，再慢一些。让掌心更多地触摸到他们的体温，让脸颊更多感受到他们嘘出的气息。不要过多地戚戚于他们的眼神日趋昏花，声音日益嘶哑，步履日渐蹒跚——因为，连这一切都将彻底失去。

将这一段望得见的距离，尽可能地抻长，让那远处的墓园，尽可能地，总是在远处。让那黑色的墓碑，只是偶尔在意识中闪现，而迟迟不会面对目光的直接投射。

努力让这一切，接近最大值。

在母语的屋檐下

一

少年时代的伙伴自大洋彼岸归来探亲,多年未见了,把盏竟夜长谈。20世纪80年代中期他自复旦本科毕业后即赴美,近30年过去,英语的流利程度不在母语之下。我们聊到故乡种种情形,特别谈到了家乡方言,并长时间固定在此一话题上。兴之所至,后来两人干脆用家乡话谈起来。毕竟如今说方言的时候不多,聊天中对个别语词一时感到生疏迟疑时,我就改用普通话,而对方更是习惯性地时常冒出一两句英语。

当时倘若有外人在场,一定会觉得这个情景颇为怪异。

故乡在冀东南平原,方言中有很多生动传神的地方。譬如表示时间的词汇,中午叫作"晌午",上午便是"头晌",下午就成了"过晌",傍晚则叫作"擦黑"。表示动作的,滑行叫"出溜",整理叫"拾掇","我去某某家扒个头"说的是不会待上很久,很快就离开,仿佛只是到人家门口探一下头。对某件事情感到不舒服是"腻味""膈应",说一个人莽撞是"毛躁",不爽快是"磨叽",不靠谱是"不着调",讲话夸大其词或不得要领是"瞎扯扯""胡咧咧",办事没头绪是"着三不着两"。还有一些读音,难以找到对应的字词,暂且不谈。

本来以为这么多年不使用,很多方言都已忘记,不料却在此时鲜明地复活了。恍惚中,甚至忆起了听到这些话时的具体情境,眼前浮现出了说话人的模样。这个词,最早是听已经故去几十年的奶奶说的,那句话,出自耄耋之年的姑姑之口,那个说法,来自村子里一个倔强的孤身老头。

友人感慨:真过瘾,今天晚上说的家乡话比过去多少年中加在一起都多。

因为这个话题,很自然地联想到了很久之前的一个场合。一个短期的培训班上,来自不同省份的学员,在一次联欢活动中,分别用各自家乡的方言,描述某个动作、情感、状态。吴越方言的温软柔媚,东北方言的幽默亲和,陕西方言的古雅朴拙,湖北方言的硬朗霸气,巴蜀方言的豁达谐谑……观众兼表演者们乐得前仰后合,笑声一波波响起。

这真是一次难得的体验。语言通常是作为思维的工具,描绘具体的对象、客体,比如人物、事件、风景,也表达对于世界、对生活的观念和看法,而本身却很少作为被打量被分析的目标。一旦语言成为目标时,你就会发现,原来它蕴藏了那样丰富的美,那样奇异的魅力。

就仿佛人的一双眼睛,通常是用来发现外界万物之美的。

但当它本身成为艺术描绘的对象时,也成就了众多名作。达·芬奇的《蒙娜丽莎》,罗中立的《父亲》,其非凡的魅力,深刻的内涵,离不开对眼睛的出色描绘。前者,神秘的笑容里,似乎有几分隐约的揶揄,几分暧昧的期许,指向的是怎样的人生谜语?后者,被岁月风霜严酷地雕刻过的脸膛上,凄楚和迷茫的眼神后面,又藏着什么样的卑微的恳求?

光线照射之处,事物明亮而生动。

语言,就是那一道道投射向生活的光束,有着繁复摇曳的色谱和波长。

二

对语言的命名,也如同语言本身一般丰富多姿。

法国哲学家萨特,曾将语言比作"触角"和"眼镜"。凭借着它,我们触摸事物,观察生活,和存在建立起真切而坚实的关系。世界在语言中显现,就仿佛白日在晨曦中降临,就仿佛风暴在云朵中积聚,就仿佛一滴墨汁在宣纸上慢慢地洇开,化为了一只蝌蚪,一片花瓣,一粒石子。

语言当然首先是为了表达和交流,但在这种工具性质的功能之上,更是别有一种自足的、丰富的、博大而精微的美。

深入感受并准确地欣赏这种美,是需要条件的。在一种语言中浸润得深入长久,才有资格进入它的内部,感知它的种种微妙和玄奥，那些羽毛上的光色一样的波动，青瓷上的釉彩一般的韵味。

而几乎只有母语，我们从牙牙学语时就亲吻的语言，才应允我们做到这一点。

关于母语，英文里的一个说法最有情感温度，也最能准确地贴近本质：mother tongue。直译就是"妈妈的舌头"。从妈妈舌头上发出的声音，是生命降临时听到的最初的声音，浸润着爱的声音。多么深邃动人的诗意！在母语的呼唤、吟唱和诵读中，我们张开眼睛，看到万物，理解生活，认识生命。

诗作为浓缩提炼过的语言，是语言的极致。它可以作为标尺，衡量一个人对一种语言熟悉和理解的程度。"眼看他起高楼，眼看他宴宾客，眼看他楼塌了。"说的是世事沧桑，人生无常。"而今识尽愁滋味，欲说还休。欲说还休，却道天凉好个秋。"说的是心绪流转，昨日迢遥。没有历史文化为之打底，没有人生经历作为铺垫，就难以深入地感受和理解其间的沉痛和哀伤，无奈和迷茫。它们宜于意会，难以言传。

对于母语的异乡人，他时常会在哪里遇到一道屏障？认识一个法国人，汉语说得流利，一直自我感觉良好，但有一次却意识到了自己的匮乏。那是听一场相声，逗哏的一方调侃捧哏者，说他的妻子的名字叫作"潘金莲"。他无法明白，一个名字为什么引来了一片笑声。他倒是听说过中国古代有一部文学名作《金瓶梅》，但没有读过。

流传的手机短信段子,所谓外国人的汉语六级考试题,让人忍俊不禁:成为大龄未婚女的原因是"开始喜欢一个人,后来喜欢一个人"。前后有什么区别?不管这是不是杜撰,确实,前后完全相同的字句中,意思却大不相同。而发现这种歧异,从句读、节奏中获得细致入微的理解,需要的是文化潜移默化的熏陶。

这些精微细腻的地方,无法准确地转换到另一种语言中。所以作家张承志很多年前就宣称"美文不可译"。

显然,这一类的隔膜已经不仅仅限于语言本身了,而是属于文化的间隔和分野。

每一种语言都连接着一种文化,通向一种共同的记忆。文化有着自己的基因,被封存在作为载体和符号的特有的语言中。仿佛《一千零一夜》的故事中,阿里巴巴的山洞里,藏着稀世的珍宝。

三

"芝麻开门吧!"咒语念起,山洞石门訇然敞开,堆积的珠宝浮光跃彩。

但洞察和把握一种语言的奥秘,不需要咒语。时间是最重要的条件。在一种语言中沉浸得足够久了,自然就会了解其精妙。有如窖藏老酒,被时光层层堆叠,然后醇香。瓜熟蒂落,风生水起,到了一定的时候,语言中的神秘和魅惑,次第显影。音调的升降平仄中,笔画的横竖撇捺里,有花朵摇曳的姿态,水波被风吹拂出的纹路,阳光下明媚的笑容,暗夜里隐忍的啜泣。

对绝大多数人来说,这只能是母语。只有母语,才有这样的魅力和魄力,承担和覆盖。孩童时的咿呀声里有它,临终前的喃喃声中也有它。日升月落,春秋代序;昼夜不舍的流水,亘古沉默的荒野;鹰隼呼啸着射向天空,羊群蠕动成地上的云团;一颗从眼角滑落的泪珠有怎样的哀怨,一声自喉咙迸发的呐喊有怎样的愤懑。一切,都被母语捕捉和绾结,表达和诉说。

当然,在这种几乎是天赋的能力之上,要更好地理解语言的妙处,更要有一颗热爱的心。要像屠格涅夫对待母语俄语那样的深情款款——"在疑惑不安的日子里,在痛苦地担心着祖国命运的日子里,只有你是我唯一的依靠和支持!啊,伟大的、有力的、真实的、自由的俄罗斯语言啊!"每种语言都有自己的美。它的质朴或深奥、明亮或幽暗、灵动或凝重,折射着这种语言所负载的文化特质。在语言中安身立命的作家,无疑对这种美有着最敏锐的感知。

有了这样的情感,一定会被显克微支的《灯塔看守人》深深打动。一位年逾七旬的波兰老人,流浪异乡40多年后,在南美巴拿马的一个孤岛上,找到一份看守灯塔的工作,生活得以安顿，余生有望平稳。但有一天，他收到了在纽约的波兰侨会寄来的一册波兰大诗人密茨凯维奇的诗篇。相违已久的祖国语言令他激动和沉醉，乡愁如同海面上的波涛汹涌来袭。那一夜，他竟然第一次忘记了按时点亮灯塔，碰巧有一艘船不幸失事，他因而被解职。他重新漂泊，随身携带的只有那本诗集。他并没有过分沮丧，因为有了这册诗集。诗集唤醒他的怀念，也给了他慰藉。

只有这样，时时怀着一种热爱、虔敬和信仰，才会真切确凿地感受到母语的美和力量。

灭绝一个民族，必须要从剥夺它的语言开始。因为语言联结维系的，是这个民族的历史与记忆。而守护语言，也就是捍卫一个民族的尊严，传递一种文化的基因。历史上犹太人曾备受歧视和排斥，颠沛流离长达数十个世纪，只因为顽强地保留了自己的语言和文化，才有了一脉薪火相继的坚韧延续。仿佛古诗中的"离离原上草""野火烧不尽"，只缘疮痍满目焦土无边之下，生命的根系依然葳蕤。

风靡一时的美国长篇历史小说《根》，也描绘了捍卫母语的悲壮。小说中，被从西非大陆劫掠贩卖到新大陆的主人公，在南方种植园中牛马般辛苦劳作的黑人奴隶，一次次逃亡都被捉回，宁可被打得皮开肉绽，也不愿接受白人农场主给他起的名字，而坚持拥有自己种族语言的名字——"昆塔"。这个名字背后，晃动着他的非洲祖先们黝黑的面孔和祖国冈比亚的河流上荡漾的晨雾——独木舟划破了静谧,惊醒了两岸森林里的野猪和狒狒,树冠间百鸟鸣啭,苍鹭一排排飞掠过宽阔的河面。

不能不说的是,我骄傲于自己的母语汉语的强大生命力。5000年的漫长历史,灾祸连绵,兵燹不绝,而一个个方块汉字,就是一块块砖石,当它们排列衔接时,便仿佛垒砌了一个广阔而坚固的壁垒,牢牢守卫了一种古老的文化,庇护了一代代呼吸、沐浴着它的气息的亿兆灵魂,也让一拨拨的异族入侵者,最终在它的深厚博大面前,俯首归顺,心甘情愿。

但更多的民族,却不幸成了反面的印证。先之以语言灭绝,继之以文化湮没,终之以民族消亡。马克思曾经指出,语言是一个民族中最稳定的因素。作为文化的载体和组成部分,一个民族的语言一旦消失,整个民族也就难以摆脱被灭亡的命运。澳洲土著,美洲印第安人,曾经是两个大陆长久的主人。随着欧洲殖民者的到来,短短一个世纪间,被大肆剿灭的不仅是他们的肉体,还有他们的文化。各自有数以百计的语言湮没无存,不复传承。当年他们雄健驰骋的身影,只能通过缥缈的传说和依稀的遗迹,通过今天少量保留的零星记载,加以想象性的再现。

那些土著人的后裔,肤色相貌和祖先并无二致,一张口却是流利的英语。英语已然成为他们的母语。肉身携带了种族的生物基因,但文化的缺失却让他们成了无根的人。

这样的人，行走在人群中，面目模糊，身份暧昧，仿佛一道飘忽的影子。

四

童年在农村度过。记事不久的年龄，有一年夏天，大人在睡午觉，我独自走出屋门到外面玩，追着一只蹦蹦跳跳的兔子，不小心走远了，一直走进村外一片茂密的树林中，迷路了，害怕得大哭。但四周没有人听到，只好在林子里乱走。过了好久，终于从树干的缝隙间，望见了村头一户人家的屋檐。

一颗悬空的心倏地落地了。

对于长期漂泊在外的人，母语熟悉的音调，带给他的正应该是这样的一种返归家园之感。一个汉语的子民，寄居他乡，母语便是故乡的方言土语；置身异国，母语便是方块的中文汉字。这或许有违定义的严谨，却是连接了内心的真实。"官秩加身应谬得，乡音到耳是真归"（高启），故乡的语言，母语最为具体直观的形式，甚至关联到了存在的确凿感。

语言阻隔的尴尬，在特定的环境中，会演化成为一种切肤的痛感。在纽约皇后区法拉盛的路边小公园里，一位来探亲的福建老人，看着脚下的鸽子在蹦跳觅食，神态落寞。他感慨梁园虽好，语言不通，想去曼哈顿看看，只能等在华尔街上班的儿子抽出时间。他还算不错的，毕竟这里有不少处境相似的华人，彼此间可以用母语交谈。而我的一位邻居，去国3月，寂寞即迅速地升级为难忍的焦灼。他退休后到美国中部一个小城的女儿家小住。方圆数里的数十住户中，只有他们一家华人。没有人可与交谈，看不懂电视，归去来兮的念头，从时时来袭，到挥之不去。蓝天白云，树木苍翠，清新的空气，深沉的静谧，一切都是那么符合他的期待。但仅仅因为语言，这一切都大打折扣。

一种通常被视作天经地义的状态，此刻，却成为构成幸福的关键因素。

这样的遭遇，常常不期然而然地通向那种罕见的时刻，启示的时刻，获得神谕的时刻。一个人和母语的关系，在那一刻获得了深刻而准确的揭橥：因为时时相与，反而熟视无睹。就像对于一尾悠然游弋的鱼儿，水的环抱和裹挟是自然而然的，不需要去意识和诘问的。一旦因某种缘故离开了那个环境，就会感受到置身盛夏沙漠中般的窒息。被拘禁于全然陌生的语言中，一个人也仿佛涸辙之鲋，最渴望母语的濡沫。那亲切的音节声调，是一股直透心底的清凉水流。

今天这个时代，全球化笼天下为一体，交流便捷，信息通畅，但语言反而更加凸显了强势与弱势的差异。英语、德语、法语、日语，在商业往来、贸易开展、国际事务中是不可或缺的媒介。乃至职位招聘、职称评审，也常常需要跨过它们的门槛。语言霸权的背后，折射的是曾经的荣耀或者当下的实力。

但对于绝大多数母语是其他语言的人，这些外语永远只是工具。他无法深入感知它的温度质地，它的取譬设喻，它的言外之旨，它的正话反说或者明扬暗抑。这一切，一个人只能从母语中获得。哪一句话会使心跳骤然加快，什么样的诉说能让泪水涟涟？答案深藏在和母语的契约里。

就这一点而言，世界毋庸置疑地公平。每一种语言的子民们，在自己母语的河流中，泅渡，游憩，俯仰，沉醉，吟咏，创造出灿烂的文化，并经由翻译传播，成为说着不同语言的人们共同的精神财富。以诗歌为证，《鲁拜集》中波斯大诗人海亚姆及时行乐的咏叹，和《古诗十九首》里汉代中国人生命短暂的感喟，贯穿了相通的哲学追问；中世纪的意大利，彼特拉克对心上人劳拉的十四行诗倾诉，和晚唐洛阳城里，李商隐写给不知名恋人的无题七律，或者隽永清新，或者宛转迷离，各有一种入骨的缠绵。让不同的语言彼此尊重，在交流中使各自的美质得到彰显和分享。

但所有这些，并不妨碍这一点——热爱母语，热爱来自母亲的舌尖上的声音，应该被视为是一个人的职责，他的伦理基点。他可以走向天高地阔，但母语是他的出发地，是他不断向前伸延的生命坐标轴线上，那一处不变的原点。

爱我们的母语吧。像珍爱恋人一样呵护它，像珍惜钻石一样擦亮它，让它更好地诉说我们的悲欢，表达我们的向往。

就像我的一位诗人朋友所写的那样——

在母语的屋檐下,
我们诞生和成长,爱恋和梦想。
在母语的荫庇中,
我们生命绵延,幸福闪亮。

当地名进入古诗

一

一处地名,当然是一个名词。

但这仅仅是在开始的时候。如果你深入进去,知晓了它的前世今生,来路去处,可能就不会这样想了。你会发现它拥有更为丰富的词性。

尤其当它被嵌入了古诗词,被一再地吟咏。

举例说明,自然以人所共知的地点为好。此刻我坐在窗下书桌旁,面向南方。20层的高处,视野中少有遮挡。秋日澄澈的天空片云不存,纯粹的蔚蓝色一直延伸向天际。朝向是一种天然的提示,为想象力的驱驰提供了区域。意识沿着几乎径直的方向奔跑,远远超过高铁的速度,甚至不限于光的速度,是刘勰《文心雕龙·神思》里"寂然凝虑,思接千载,悄焉动容,视通万里"的速度,是佛家教义中"一时顿现"的速度,乍一起念,刹那之间,便锁定了一个巨大的目标,1000公里外中国腹地的大都会,江城武汉。

武汉。扼南北之枢纽，据东西之要津，因而自古便被称为"九省通衢"。自古，诗人骚客便竞相状写它的万千气象，其中尤以吟诵黄鹤楼为多。流传最广的，当属唐代崔颢的同名七言律诗《黄鹤楼》了——"昔人已乘黄鹤去，此地空余黄鹤楼。黄鹤一去不复返，白云千载空悠悠。晴川历历汉阳树，芳草萋萋鹦鹉洲。日暮乡关何处是？烟波江上使人愁。"蹲踞蛇山之巅，近两千年间，黄鹤楼屹立成了江城的地标，一任大江奔流，岁月递嬗。

但实际上，有关这座"天下江山第一楼"的出色诗句还有很多。不妨依了时间的顺序，去自唐宋至明清的浩繁卷帙中，随手采撷一束："孤帆远影碧空尽，唯见长江天际流"（李白）；"银涛遥带岷峨雪，烟渚高连巫峡云"（王十朋）；"千帆雨色当窗过，万里江声动地来"（吴国伦）；"鄂渚地形浮浪动，汉阳山色渡江青"（陈恭尹）……长江穿越三镇向远方流泻，这些饱含水分的句子溅落在多个朝代的诗词册页上，湿气氤氲。

且让想象也随着江水的流向一路向东，瞬间便会抵达南京。大江的下游，水量更为丰沛，诗篇也愈发繁多。"江南佳丽地，金陵帝王州"（谢朓）；"碧宇楼台满，青山龙虎盘"（李白）；"千里澄江似练，翠峰如簇，征帆去棹残阳里，背西风，酒旗斜矗"（王安石）……六朝古都，天下名邦，其美不可方物。但一座城市亦如一场人生，悲欣交集，盛衰相继。兵燹频仍，王朝更迭，禾黍之伤，兴亡之怨，仿佛黯黯烟云，笼罩在石头城上。"吴宫花草埋幽径,晋代衣冠成古丘"(李白);"江雨霏霏江草齐,六朝如梦鸟空啼"(韦庄);"歌舞尊前,繁华镜里,暗换青青发。伤心千古,秦淮一片明月"(萨都剌)……

然后不妨再来一次小幅度的偏移,目标在东南方向,三百公里。杭州,古称钱塘、临安、余杭。名字不同,不变的是天堂和仙境的美誉。且不再追古抚今,只将它的美好约略端详。既然面对它的胜景一切辞藻都显得无力,索性也就只援引几句,只当举例说明,而把更大的空间留给想象:"东南形胜,三吴都会,钱塘自古繁华。烟柳画桥,风帘翠幕,参差十万人家。"(柳永)就在2016年,三秋桂子飘香、十里荷花绽放之际,一次美轮美奂的盛大峰会,云集了多国政要,恍若鲜花着锦,烈火烹油,让曾经的繁华相形见绌。

经过这些古诗词的点化,一个地名分明超越名词的简单指代功能,而具有了更为丰富的含义。你能看到它的姿态趋向,是属于动词的;看到它的样貌色泽,是属于形容词的;而这些地方在我们心中引发的向往、赞叹、感伤等种种情绪,不用说又涂抹上了叹词的属性。

伴随着词性的不断叠加,也是它自身的渐次袒露。吟哦之间,意味无穷。

二

　　每个人都会有与世界交往关联的方式。经由某种机缘，他进入了一条个性化的道路，并由此走向自己的情感、知识乃至信仰。释迦拈花，达摩面壁，牛顿望见落下的苹果发现了万有引力，阿基米德在澡盆里悟出了浮力定律。

　　想到列举这些响亮的名字只是为了引出自己的一点感悟，我不免有一些难为情。

　　但道理的确是相通的，因而也是可以比况的。身为一名汉语之美的欣赏和追逐者，过往千百载中的古典诗词，成了我几十年来不废吟诵的对象，念兹在兹的牵挂，习惯成自然的功课。这些被精心提炼和蒸馏过的语言，仿佛经历了千年雨露阳光滋润的甘美果实，自时间的深窖中，散发出浓郁的馨香。我心甘情愿地耽溺其中，心旌摇曳，心醉神迷。

　　恰如恋爱的开始，总是易于被意中人举手投足、衣香鬓影间呈现出的美所迷醉，讲究对仗平仄、宜于吟诵的字句，也许是古诗词最早吸引你的地方，但随着沉浸程度的加深，你会越来越了解什么是得鱼忘筌——那些深藏在文字间的既辽阔又深邃、既华丽又质朴、既真率又幽曲、既明朗又微妙的东西，足以构成一个广大的宇宙。

　　"乘着歌声的翅膀，亲爱的随我前往，去到那恒河的岸边。"德国诗人海涅的诗句，因为大音乐家门德尔松的谱曲，而传遍世界。一条远在印度次大陆上的想象中的河流,托举起了整首诗歌如梦如幻的意境,舒缓温柔,优雅恬静。

这样的河流也在我们身边。在更早的时间,早到诗经的年代,流淌在更为遥远的东方,古老华夏的腹地。它褪去梦幻的色彩,素颜朝天,更加真切确凿。"谁谓河广?一苇杭之。"(《诗经·卫风·河广》)面目模糊不清的先人们在吟诵。一条大河波浪宽,但用一捆芦苇做成小船,就能横渡过去。

怎么看这一句诗,都像是一个隐喻。无论是精短的绝句律诗,还是稍长些的乐府歌行,总归是有限的文字体量,仿佛轻舟一叶。它虽然小,却能够掠过浩渺的水面,抵达遥远的对岸。

诗歌的小舟穿越的这一道河面,有着一个阔大的名称:世界和人生。

波光潋滟,浪涛滚滚。一代代心灵中的喜悦和伤悲,梦想与幻灭,引吭高歌或低吟浅唱,流淌成一条情感的河流。每一个漩涡,每一道湍流,每一簇浪花,甚至每一滴水珠,都有着心绪的投影,情感的折光。只有语言能够驾驭它们,而诗是语言的最高形式。经过捕捉和辨认,提炼和浓缩,它们被聚拢在诗句里,仿佛香料被收藏在瓶子里。

诗是语言的最高形式。简约精练的文字里,却有着令人眩晕的宽广和幽深。

三

在我个人的经验中，面对地图时，也总是古诗词最能够以生动的姿态呈现的时刻。

读地图的爱好，从少年时固定下来，持续至今。目光摩挲过一个个地名，旁边那些或大或小的圆圈或圆点，在幻觉中次第打开。仿佛是岩溶地带大山峭壁之上的洞穴，外部看去并不大，一旦进入，却会发现溶洞宽阔，石笋奇诡，暗河幽深。这些或熟悉或陌生的地名下，也藏匿着自然、历史、传说、民俗……一个物质和精神的丰富浩大的谱系。而与这种感觉几乎同步，此时耳畔也总是会响起古诗词铿锵或宛转的音调，在眼前幻化成为一幅幅画面。

譬如此刻，目光所及之处，是甘肃武威，位于雄鸡模样的版图的背脊。丝绸之路的重镇，河西走廊的门户，"通一线于广漠，控五郡之咽喉"的关隘。汉武帝派骠骑大将军霍去病远征河西，大破匈奴，为彰显大汉的"武功军威"而命名此地。不过在漫长岁月中，它更为人知的名字是凉州。凉州，地名二字中已经有了凛冽的寒意，入诗，更是漫溢出边地的荒凉，戍人的哀愁。甚至"凉州词"在唐代成为专门的曲调，很多诗人依调填词："羌笛何须怨杨柳，春风不度玉门关"（王之涣）；"坐看今夜关山月，思杀边城游侠儿"（孟浩然）；"白石黄沙古战场，边风吹冷旅人裳"（王作枢）……从汉唐到明清，一片愁云惨雾,飘荡舒卷在西北大漠戈壁之上。

不过这种种负性情绪很可能被夸大了。献愁供恨,本来就是传统文人的拿手戏。真实的生活并没有那样可怕,只要真正走进了它的深处,就会领悟到"生活在别处"。这里有迷人的边地风景:"山开地关结雄州,万派寒泉日夜流"(沈翔),"草肥秋声嘶蕃马,雾遍山原拥牧羊"(张玿美)。这样的背景下展开了火热的生活:"车马相交错,歌吹日纵横"(温子升),"市廛人语殊方杂,道路车声百货稠"(沈翔)。市场繁华,物品丰饶,交织着四面八方的口音,穿梭着不同民族的身影。凑近看过了,少不了要给出一个面部特写:"胡腾身是凉州儿,肌肤如玉鼻如锥"(李端)。民族的交流,文化的融合,一个深奥的课题,在诗歌中以最为感性的方式呈现。

葡萄酒香,弥漫了这里千百年的天空。原产西域的葡萄,被汉使张骞经丝绸之路引入中原,第一站就是凉州,因此这里酿制的葡萄酒久负盛名。"葡萄美酒夜光杯,欲饮琵琶马上催",唐代诗人王翰品尝到的那一缕醇香,一直传递到了明代诗人张恒的笔下,可谓是回甘悠长,"垆头酒熟葡萄香,马足春深苜蓿长"。

这里更是一片歌舞的土地:"凉州七里十万家,胡人半解弹琵琶"(岑参),"唯有凉州歌舞曲,流传天下乐闲人"(杜牧),盛大而普及。"琵琶长笛曲相和,羌儿胡雏齐唱歌"(岑参)。这里的少数民族孩童,自幼受到音乐熏陶,稍稍长大,肢体动作也便有了特别的韵律,"狮子摇光毛彩竖,胡腾醉舞筋骨柔"(元稹)。

因为这些诗句,一个原本抽象单调的地名变得具体而生动,有了色彩、声音和气息。一行诗句便是一条通道,让我穿越时光的漫漫长廊,得以进入彼时的天空和大地,道路和庭院,欣赏四时风光,八方习俗,目击那时人们的生活样态,看他们笑语喧哗,轻歌曼舞,或者悲歌当哭,壮怀激烈。

如果一个地方是一只瓷器,诗词便是表面上闪亮的釉彩;如果一个地方是一株苍劲虬曲的古藤,诗词便是纷披摇曳的枝叶;如果一个地方是一个窗口,诗词便是自里向外望见的天光云影,四时变幻,任意舒卷。

四

这不过是辽阔版图上的一个点。广袤的大地上,有无数个这样的点,仿佛天幕上繁密的星辰。不同的点连接成线,众多的线又交织成面,于是在想象的天空里,星汉灿烂。

做一次连接起几个地点的旅行吧。此刻我目光正对着雄鸡地图上中间偏右的一点,开封,河南省的重要城市,曾经的古都。让想象的脚步自此处迈动,由东向西,踏上古中国坚实饱满的腹部。

老丘、大梁、陈留、东京、汴梁、汴京……历史漫长,给这里留下众多名称。然而变中有常，建城4000年，城市中轴线不曾移动，堪称世界仅有。"高楼歌舞三千户，夹道烟花十二衢"（何景明），八个朝代的都城，《清明上河图》和《东京梦华录》里的世界，享有"一苏二杭三汴州"的美誉。唐代大诗人李白、杜甫、高适曾经结伴来游禹王台，饮酒赋诗，为文学史留下了一段佳话。但对于普通游客，最为知晓的当属始建于北宋的开宝寺塔，俗称铁塔，这座城市的标志，"隋堤烟柳翠如织，铁塔摩空数千尺"（于谦）。那时登上铁塔，会看到一条大河流淌。汴河，隋唐大运河的一段，当时最重要的漕运通道。"汴水流，泗水流，流到瓜洲古渡头。"（白居易）以河流为纽带，中原的朴厚，连接了江南的灵秀。金元以降，汴河深埋于地下，就像这座城市的繁华，被封藏于记忆中。

继续西行，洛阳在洛河边迎候。自高宗起，它做过唐王朝50年的都城，故有东都之称。"唯有牡丹真国色，花开时节动京城。"（刘禹锡）洛阳牡丹，原来那时就已经闻名天下。通都大邑，从来都是野心竞逐之地，因此"古来名与利，俱在洛阳城"（于邺）。而富丽豪奢，即便登峰造极，最终也不免灰飞烟灭。君不见西晋豪富石崇的金谷园里，"繁华事散逐香尘，流水无情草自春"（杜牧）。吊古未免伤怀，那就不如欣赏日常的风景，体味朴素的人间情感吧。"谁家玉笛暗飞声，散入春风满洛城"（李白），"洛阳三月花如锦，多少工夫织得成？"（刘克庄）。大自然的声色之美，足以娱情遣兴。"乡书何处达？

归雁洛阳边"（王湾），"洛阳城里见秋风，欲作家书意万重"（张籍）。乡思乡情，最能慰藉一颗羁旅中的诗心。

这一段目光的旅程，且歇止于西安，八百里秦川的中心。它的古称是长安，大唐帝国的中枢，几个世纪间的世界第一都市，"九天阊阖开宫殿，万国衣冠拜冕旒"（王维）。众夷归化、万邦来朝之地，什么样的想象力，才能够担当起对这座伟大之城的勾勒？如果它是一幅巨型画卷，一首诗便是一道笔画，一抹彩色，参与了对它的描画。且只听听有唐一代诗人们的吟诵："长安一片月，万户捣衣声"（李白），"滞雨长安夜，残灯独客愁"（李商隐），"长安渭桥路，行客别时心"（綦毋潜），"秋风生渭水，落叶满长安"（贾岛），"长安大道连狭斜，青牛白马七香车"（卢照邻），"长安回望绣成堆，山顶千门次第开"（杜牧），"春风得意马蹄疾，一日看尽长安花"（孟郊），"长安陌上无穷树，唯有垂柳管离别"（刘禹锡）……从初唐到盛唐，复由中唐到晚唐，一辈辈人写下的诗句层层叠叠，仿佛远处终南山上的白云青霭，与这座城市相望相映。

诗句是时代的笺注，阐释着生活广阔的内容。字里行间，五味杂陈。有世相百态，有历史云烟，有心底沟壑，有眼前峰峦。王朝命运，人生遭际，相逢与别离，得意与失意，戍边将士的思念，留守妇女的哀怨。它们纠结缠绕，音律从高亢到凄凉，涵盖了宫商角徵羽，弥漫于东西南北中。

一首古诗，仿佛一部手机里的芯片，体积微小，却有着巨大的内存。

五

呼应着存在于万物之间的神秘关联，精神能够寻找到自己的对应物，地点便是体现者之一。向往某一个地方，反映出的其实是一个人的情感维度和美学嗜好。总有一些地方，最能够与处于某个生命时段的你，产生同频共振。时间和空间的共谋，孕育出了某一类文化的气质，精神的风度。

而诗句，这时便扮演了有力的证人角色。

青春时代，梦想的栖息地是江南吴越。长江之南，古运河两岸，苏锡常狭长地带，杭嘉湖平原周遭，一连串地名仿佛珍珠一样，被唐诗宋词里的句子擦拭得晶亮。江南好，黛瓦粉墙，水弄深巷，桨声欸乃，丹桂飘香。感官的筵席一场场排开，声音和色彩交融无间："夜市卖菱藕，春船载绮罗"（杜荀鹤）；"垆边人似月，皓腕凝霜雪"（韦庄）；"日出江花红似火，春来江水绿如蓝"（白居易）；"闲梦江南梅熟日，夜船吹笛雨潇潇"（皇甫松）……韦庄笔下当垆卖酒的美丽少妇，前身该是南朝乐府《西洲曲》的采莲女子，"单衫杏子红，双鬓鸦雏色"。以诗为舟楫，我划入了那一片湖面。在苇荡、乌桕和桑树之间，波光潋滟，莲叶田田。

时光悄然流逝。从某一时刻起，浪漫绮丽的少年轻愁遁隐了,内心开始向往北地的雄浑和寥廓,苍凉和悲怆。"为嫌诗少幽燕气,故向冰天跃马行",清代黄仲则这句诗,成为一种新的美学召唤。想到曾经迷恋山温水软、儿女呢喃,不免感到了一阵羞赧。向北,向西,一种迥异的境界在面前展开,是"明月出天山,苍茫云海间"(李白),是"蝉鸣空桑林,八月萧关道"(王昌龄),是"大漠穷秋塞草衰,孤城落日斗兵稀"(高适),是"行人刁斗风沙暗,公主琵琶幽怨多"(李颀),是"紫塞月明千里,金甲冷,戍楼寒,梦长安"(牛峤),是"羌管悠悠霜满地。人不寐,将军白发征夫泪"(范仲淹)……

就这样,经由诗句的陶冶,一处地点便不再是单纯的外在客体,而内化为精神世界的某个元件;它又仿佛是一帖试纸,能够检测出灵魂中存在着什么样的元素。

人同此心,心同此理。因此虽然是异域殊方,这种精神的乡愁也是同样存在的。我知道,同样身为德语诗人,黑塞向往着阿尔卑斯山南麓的明媚和温暖,而里尔克则把俄罗斯广袤阴沉的荒原,当成了自己的家园。风景背后,是精神的特定的向度,是灵魂深处的诱惑和呼唤。

时光和阅历改变一个人的容貌,同样也会改写内心。今天,大漠孤烟和小桥流水,西北腰鼓和江南丝竹,已经被悉数存放在我的审美收藏夹内,融融泄泄,不分轩轾。大千世界的复杂性,美的不同风格和范式,被我同样地凝视和品赏,内化成为一幅经纬交织、花纹斑斓的彩色织锦。

这也是一种有力的印证:"各美其美""美美与共"作为普遍原理,也同样能够生动地体现在许多具体的领域。

六

济慈说过,诗人是为万物重新命名者。

有一些地方,虽然早已经地老天荒地存在着,但长时间里都只是一种物质形态的面貌,枯燥粗糙。只有在经过文人墨客的描绘后,才变得具有精神性。诗文也是一种加持,为地名灌注了灵动的气质。仿佛出色的匠人手里捏出的泥人,被吹拂进了生命的气息,活灵活现。于是一切大为不同。

"郁孤台下清江水,中间多少行人泪?西北望长安,可怜无数山。"(辛弃疾)郁孤台,僻远闭塞的赣州城古城墙上的一处亭台,因为南宋诗人辛弃疾这首《菩萨蛮·书江西造口壁》,而得以广为人知。金兵南下烧杀劫掠,沦陷区百姓生灵涂炭,激发了诗人报国杀敌的炽热的爱国激情。这一腔热血,同样在挚友陆游的血脉中激荡:"楼船夜雪瓜洲渡,铁马秋风大散关。塞上长城空自许,镜中衰鬓已先斑。"瓜洲渡口,散国关隘,当年抗击金兵的前线;而今日"报国欲死无战场",恢复中原几成空想,思之如何不郁愤泣血?情感沉郁,气韵浑厚,千年后仍然让人震撼。

多情未必非豪杰。浴血疆场的勇士,同样也能深情款款。

沈园，绍兴的一处私家园林，江南众多园林中的一座，却因为陆游与唐婉的一段凄艳悱恻的爱情，而变得与众不同。情深意笃的伉俪，因为陆游母亲的干预，被迫劳燕分飞，内心郁积了永久的疼痛。暮年的陆游旧地重游，触景生情，写下七言绝句《沈园（二首）》：

城上斜阳画角哀，沈园非复旧池台。
伤心桥下春波绿，曾是惊鸿照影来。

梦断香销四十年，沈园柳老不吹绵。
此身行作稽山土，犹吊遗踪一泫然！

至情至性，天地可鉴。不妨说，在《沈园（二首）》之前，沈园并不存在；有了《沈园（二首）》，沈园与日月同光。

个体命途的侘傺，有时却也促成了正向的收获。贬谪无疑是一种惩罚，但一些俊杰之士却用他们的事功和著述，照亮了黯淡的岁月，也让履迹所至之处，一些原本生疏的地名，自此熠熠生辉。这方面，苏东坡无疑最为人称道。他一生三次被贬，流寓京外长达10年，且一次比一次走得远，由长江之畔的黄州，到南海之滨的惠州，再到海南孤岛上的儋州，因而他在词作中自嘲"问汝平生功业，黄州惠州儋州"。三个地方，当时都是偏远小城，是东坡的道德文章，使它们名闻天下。在黄州,他写下前后《赤壁赋》等多篇佳作,彪炳文学史册;在惠州,他致力改善民生,肃军政,减税赋,除水患,"一自坡公谪南海,天下不敢小惠州"(江逢辰);在儋州,他"设帐授徒""敷扬文教",致力于传播中原文化,被后人赞誉为"琼州人文之盛,实自公启之"。

在每一地,他都随遇而安,将乐观豁达发扬到了极致。黄州贫困孤独,他恬然处之,"一蓑烟雨任平生""也无风雨也无晴";惠州瘴疠遍地,他自问"试问岭南应不好?却道,此心安处是吾乡",更以"日啖荔枝三百颗,不辞长作岭南人"自期;儋州蛮荒尤甚,他在致友人信中说到"此间食无肉,病无药,居无室",然而洒脱不减,甚至宣称"海南万里真吾乡""我本海南民,寄生西蜀州",却认他乡做故乡。

今天,任何一个地方在宣传推介自己时,都不忘介绍历代著名文士的吟咏,借以提升自己的知名度。诗歌同时也是文化的力量,真切无疑。"屈平辞赋悬日月,楚王台榭空山丘。"(李白)诗句穿越岁月传诵至今,而曾经炙手可热的权势财富,早已灰飞烟灭。在价值的天平上,它们一边是泰山,一边是鸿毛。

七

古诗词中,不少地名寄寓了道德的力量,价值的指向,对作者是自勉自励,更向读者标举了立身处世的姿态。

暂且收拢目光，只向水边泽畔，寻觅有关的诗句。汨罗江，屈原于此怀石自沉。信而见疑，忠而被谤，只能赴身清流，以身殉国。"一掬灵均泪，千年湘水文"（孟郊），"独馀湘水上，千载闻离骚"（陶翰）。后世文人的景仰凭吊，也如同江水一样奔流不竭。北海，今天的贝加尔湖，苏武被匈奴扣留，远放此地牧羊十九载。"牧羊边地苦，落日归心绝。渴饮月窟冰，饥餐天上雪。"（李白）饱受冻馁之患，始终心怀故国。威武不屈，日月可鉴。

古诗词中，还时常借助自然形胜，提供一种启示。这样的地名，有关气度和胸怀，视野和境界。

这一次，不妨将目光改换方向，自滔滔汨汨，移向莽莽苍苍。大山无语，峰峦悄然，把深沉的蕴涵，留给那些睿智的灵魂，来破译和解读。《望岳》是杜甫登临泰山的憬悟，"会当凌绝顶，一览众山小"。气魄决定格局，自然和精神的绝美风景，都只向阔大的胸襟敞开。《题西林壁》是苏轼游览庐山的发现，"不识庐山真面目，只缘身在此山中"。主观与客观，整体和局部，在韵脚的停歇处，思辨开始起步。感性上升为智性，形象转化为哲理，倚仗的是深刻的功夫修为。

当一些地名被再三引用，被反复言说，它就上升为一种意象，具备了符号的功能。

阳关象征了离别，北邙寓意着死亡。巫山隐喻了男欢女爱，陇头意味着流离失所。蓬莱是来世的向往，昆仑是仙界的居所。碣石摹写北地的萧瑟荒寒，潇湘渲染南国的凄凉悲怨。金谷园是奢靡的狂欢，乌衣巷是繁华的落幕。陌上婉转地言说儿女情长，垓下明确地感慨英雄气短。首阳山，不食周粟的伯夷、叔齐于此隐居，喻示着操守高洁。烂柯山，樵夫看二童子下棋，一局未终斧柄已烂，比况了沧桑巨变。

在这样的场合，对这些地名的理解程度，又直接取决于阅读者精神文化的蕴积。没有对母语的热爱，缺乏对历史和传统的沉浸，就难以窥见字面背后的精微和玄奥，难以感知到那些不尽之意，言外之旨，声音中的声音，味道里的味道。

不同于今天以阅读为主，在古代，诗歌更多是用来吟诵的，舌头和眼睛发挥着同样重要的作用。所以才讲求音律之美，平平仄仄，抑扬顿挫。当一个个原本的地名变身为词牌名，岂不是更直接也更感性地彰显了二者之间的神秘关系？

西江月、忆江南、章台柳、武陵春、秣陵秋、扬州慢、酒泉子、望秦川、八声甘州、凤凰台上忆吹箫……这些都是宋词里的词牌名，而宋代也正是乐律的高峰。分明有朔方的风，楚地的云，春光秋色，雨丝风片，在词牌的字词之间，飘荡闪烁。

八

古诗词是一棵大树，根系深扎在过去，纷披的枝叶却一直伸展到今天。它永远处于生长中。

在它的荫庇下，是一种日常而恒久的生活，是这种生活的不停歇的循环再现，仿佛一年一度，大地上回黄转绿，春华秋实。今天生活的每一种状态，人们情感的每一次波动，大自然的每一副表情，都可以从丰富浩瀚的古代诗歌中，获得印证，找见共鸣，听到回声。它们最初生发于具体的人和事，寄托于特定的时间和地点，但后来却辐射到广袤的时空里，播散到纷繁的生活中，以众多的变奏方式，无数次地重现。

认识到这一点，便会从眼前望到遥远，自此刻看见过去。今天和昨天之间，被一条无形而坚韧的纽带牢固地绾结。时光流转，世事移易，今天从西安到成都，高铁只需要3个小时，倘若能起写下《蜀道难》的李白于地下，不知又该如何惊呼"噫吁嚱"了；安禄山在范阳叛乱，3000里外骊山华清宫中的唐玄宗得到快马驰报时，已经过了6天，而今天手机瞬间可以传递任何讯息。这些当然是巨大的差异。不过有些根本性的东西却是亘古不变的，那就是人情人性。写字楼里两情相悦的青年男女，四目相对时，眼神里闪动的，分明是《诗经》里桑中淇上的炽热；机场海关入口处，送多年故交远赴域外，想到去去经年，或许竟是参商不再，也难免会念及唐诗里的渭城相送，无声细雨打湿了客栈。

"谁谓古今殊？异代可同调。"（谢灵运）古诗词以历时性的方式，展现了共时性的内容。一首首诗词，正是一个个的接引者，引领读者步入人生与社会的广阔庭院，在今与昔、恒常与变易的对话中，加深对于世界和生活的理解。

　　仔细盯着地图上的一个个地名，时间久了，那些圆圈圆点就会幻化成一个个泉眼。想象一番，那些被以不同音调吟诵的诗句，岂不正仿佛泉水的汩汩滔滔之声？

　　泉水不竭地涌流，诗歌也一代代地传诵。

　　吟唱着山河苍茫，岁月沧桑，生命浩荡。

跋　对生活的感知和表达

衷心感谢广西师范大学出版社，愿意为拙作提供一个结集成书的机会。它们共有三册，分别是《心的方向》《阅读的季节》《大地的泉眼》。三册书中的文字，都是我游历、阅读、感受和思考的记录和描绘，或者说得更简洁一些，是我对自己所经历和遭逢的生活的表达。

在《心的方向》中，地点是每一篇的主角。它们大多是我旅行和采风到过的地方，每一个地方的风景、历史和文化，都有着丰富的美和咀嚼不尽的况味，令作为一名外来者的我沉浸其间，迷醉不已。华夏大地上，无数的地点，无数的诗和远方，都成为灵魂向往和驰驱的方向。也有几篇，描写了我数十年间京城生活的几个处所，包括校园、住处、工作单位等，它们可以说是一种熟视无睹的日常风景，但生活与生命最为本质的最具普遍性的内涵，却可以从这些地方，从它们所承载的生活的波澜不惊的流动中，获得感知。

《阅读的季节》，所谈都与书籍有关。我把目光从远方收回，落到一米前后的距离，手中的某本书上。一个人在阅读他喜爱的书籍,这是一个最适合拍成照片的场景。这样的照片上,阅读者的表情通常会是愉悦惬意的,这当然是真实的,但却未免有简单化、以偏概全的嫌疑,容易让人忽略他心中的千姿百态的情感波澜。它可能是欢欣,是痛楚,是纠结,是迷茫,是千回百转寻寻觅觅,是豁然开朗光风霁月,种种不同,取决于拿在他手中的是一本什么样的书籍。在用作本书书名的那篇文章里,我试图表达的,是有效的阅读总离不开真切而深刻的生命体验,而这种体验又总是与生命的自然流程有某种关联,这个流程就仿佛是大自然的四季。

《大地的泉眼》,是诗和思的涌流。我认为,散文写作呈现出繁复摇曳的姿态和面容,是一个需要充分探究的大题目,也产生了许多有关的书籍和文章。但对于一名普通的写作者而言,也不妨做出简要却不失准确的概括,那就是从某个方面看,它们无非是感受和思考这两种元素的充分表达,是它们的丰富组合与无穷变幻。人们到处在生活,生活每时每刻都在将感受和思考赐予人们。生活进行和开展着,如同大地一样广阔和丰富,每个人从中获得的感受和认识,尽管内容不同,质量有异,但都是从地层深处冒出的汩汩泉水。

总之,这些作品中所描绘的都是属于我的生活,我既是参与者也是观察者。这些生活所散发出的气息,宏大又精微。它们裹挟了我,成为我的精神情感生活的塑造者。

这几本书的出版,给了我一个整理自己过往作品的机会,更能够借此与读者朋友们进行交流。每个人的生活都是不一样的，有地域、职业等众多方面的区别，可谓千差万别，但因为有着共同的人性基础，在最为根本的方面却又是相连相通的，这也正是文学能够将人们联结在一起的原因。如果这些作品，能够在读者朋友们的心灵回音壁上，碰撞和产生出一些回声，我会备感欣慰。

2020 年 7 月